Владарг Дельсат

РАССЛЕДОВАНИЕ

критерий разумности — 9

2025

Copyright © 2025 by **Vladarg Delsat**

All rights reserved.

No part of this publication may be reproduced, distributed, or transmitted in any form or by any means, including photocopying, recording, or other electronic or mechanical methods, without the prior written permission of the publisher, except as permitted by copyright law.

The story, all names, characters, and incidents portrayed in this production are fictitious. No identification with actual persons (living or deceased), places, buildings, and products is intended or should be inferred.

Book Cover by **StudioGradient**

Edited by **Elya Trofimova & Ir Rinen**

Copyright © 2025 by **Владарг Дельсат (Vladarg Delsat)**

Все права защищены.

Никакая часть этой публикации не может быть воспроизведена, распространена или передана в любой форме и любыми средствами, включая фотокопирование, запись или другие электронные или механические методы, без предварительного письменного разрешения издателя, за исключением случаев, предусмотренных законом об авторском праве.

Сюжет, все имена, персонажи и происшествия, изображенные в этой постановке, являются вымышленными. Идентификация с реальными людьми (живыми или умершими), местами, зданиями и продуктами не подразумевается и не должна подразумеваться.

Художник **StudioGradient**

Редакторы **Эля Трофимова & Ир Ринен**

Расследование
Критерий разумности
Книга 9

Vladarg Delsat

Редактор
Elya Trofimova

Неожиданный вызов

Ульяна Хань

Мой отпуск прерывается совершенно неожиданным вызовом с работы. Я в «Щите» служу, сразу после Академии Разведки взяли, как одну из лучших. Нас двое стажеров, но Илью я недолюбливаю. Какой-то он слишком правильный, педантичный, раздражающий прямо. Еще и в пару нас поставили... Ну да ничего, стажировка всего три месяца, а потом раскидают по отделам, и я забуду, как его зовут.

Так вот, я лежу на пляже Миньянь, когда коммуникатор на руке издает громкую трель, привлекая мое внимание. Я, конечно же, сразу реагирую, а там даже не вызов, а сообщение:

«Срочно прибыть на Главную Базу». И все, никаких деталей, ничего. Такое бывает, и значит это обычно, что случилось нечто экстренное, поэтому я резко вскакиваю и, одеваясь на ходу, скачу в сторону своего электролета. Нужно быстро добраться до орбиты, а там или рейсовым, или воспользоваться служебным пропуском.

Интересно, что могло случиться такого чрезвычайного в пору отпусков и экскурсий? Стоп, экскурсии. А вдруг... Но не было объявления о катастрофе — значит ли это, что наши обнаружили что-то до того, как произошло непоправимое? Я влетаю в свой электролет, плюхнувшись на сиденье. Не успевший высохнуть купальник неприятно холодит тело, но сейчас просто не до него.

— Подъем на орбиту, экстренно, код тринадцать, — сообщаю навигатору, все-таки воспользовавшись служебным положением.

В ответ меня вдавливает в спинку кресла — электролет стартует вертикально вверх и на максимально позволенном ускорении. Несмотря на использованный мной идентификатор и код, правила навигации никто не отменял, поэтому летим мы быстро, но в отбивную я не превращаюсь. Правда, купальник переодеть на таком ускорении невозможно. На корабле, значит, переоденусь.

— Запрос орбиты, — командую я навигатору электролета. — Срочный до Гармонии, Главная База.

— Запрос орбиты, — соглашается со мной умный прибор.

Тихо жужжит коммуникатор, я с трудом поворачиваю голову и понимаю: дело нешуточное, потому что теперь он показывает код общего сбора, а это может означать что угодно — вплоть до трех нулей, поэтому нужно поторопиться. Нажимаю сенсор подтверждения, и в этот самый момент ускорение исчезает, отчего я провисаю на ремнях, которыми электролет меня пристегнул сам.

— Специальный «Заяц» готов принять, — сообщает мне навигатор, на что я только киваю.

«Заяц» — автоматический почтовый. Его квазиживой разум водит, потому что это быстрые почтовые звездолеты. Ну, каюта одна есть, ма-а-ахонькая, как раз для таких случаев, а больше ничего — ни синтезатора, ни экрана, только вода, и все. Но мне пока хватит, тут до Гармонии час лету, не больше.

Спустя несколько мгновений я уже на борту.

Электролет возвращается на планету, а я протискиваюсь тесным коридором к единственной каюте. Стены темно-зеленые, намекающие на военное прошлое «Зайца», экранов нет, иллюминаторов тоже, свет вдоль стен, и только чтобы не убиться. Дойдя до каюты, я устало падаю на койку, пытаясь собраться с мыслями. Со мной одна небольшая сумка, в которой смена белья и форменный комбинезон.

— «Заяц» приветствует стажера-щитоносца, — сообщает мне разум звездолета. — Вход в субпространство, время в пути пятьдесят три минуты.

— Благодарю, — киваю я, пусть он меня и не видит. Квазиживой, хоть и созданный, но такой же разумный, как и мы, поэтому вежливость никто не отменял.

Больше он меня не вызывает, а я принимаюсь переодеваться. Стянув с себя мокрый купальник, надеваю белье, а затем и форменный комбинезон с символом щита на груди. А вот шевроны у меня очень грустные — только по одной маленькой полоске на каждом. Но ничего, придет время, будут там и звезды, а пока я только стажер, то есть в самом низу пищевой цепочки, как шутит папа.

Времени у меня немного есть, и я просматриваю на коммуникаторе все пропущенные новости. Новый выпуск инженеров на Кедрозоре нас не касается, проблемы цветущих куанай на Миньтао тоже... а вот это что? На экране светится короткое сообщение о запрете всех детских экскурсий до особого распоряжения. Именно это как раз и может быть причиной общего сбора.

Итак, дело касается детей. Надо пригладить волосы, а то у меня ощущение, что они от подобного дыбом встали. Что можно предположить логически? Не зря же я читала все эти древние книги? Итак... дело касается детей, но отменены не занятия в школах, а именно экскурсии, значит, проблема в Пространстве или же в самих экскурсионных кораблях. Какие экскурсии у нас планировались незадолго до введения запрета? Записываю в вопросы, потому что в субпространстве информаторий мне недоступен.

Выяснить: какие экскурсии планировались, тогда можно вычислить, кого именно касается этот сбор. На самом деле, это больше привычка, воспитанная не самым приятным мне Синицыным, он очень любит это дело, потому что те же книги в детстве читал. Наше соперничество началось еще в школе, там мы и на древние книги набрели. «Детективы» они назывались. Вот тогда Синицын и принялся мне создавать ситуации, в которых требовалось учитывать все возможные факторы. Я-то понимаю, что это больше игра была, но как же она меня бесила!

Наверное, нас пошлют куда-нибудь, чтобы под ногами не болтались. Надо Илью поймать и уломать его выделиться в свободную группу. Вопрос только в том, как его уговорить. А, знаю! Я его на «слабо», как древние говорили, возьму! Он, скорее всего, поддастся, а в статусе свободной группы нам дышать будет проще. Может быть... До расследования нас, по-видимому, не допустят, но хоть не будем карточки на Форпосту перекладывать.

Это старая шутка Наставника, о том, что на Форпосту буи автоматические пластиковыми картами программируются. Я, когда услышала, проверить захотела. И действительно, был такой способ еще в Темных Веках. Это же Наставник, он все-все знает. Винокуровы вообще легендарная семья: раз за разом нас всех проверяют на разумность, а приключения достаются им. Хотя эти приключения... Лучше бы и не было их, но ничего не поделаешь, не от нас Испытания зависят.

— Выход, — информирует меня разум звездолета.

— К Главной Базе, — прошу я его, но ответа не следует.

На мою просьбу и не нужно отвечать, он же щитоносца по срочной надобности везет, понятно, куда мне надо. Я вздыхаю, проверив сумку, куда затолкала уже ком своих пожитков. Потом буду разбираться, а сейчас надо спешить, все-таки общий сбор...

Илья Синицын

Когда-то я мечтал стать учителем, как Наставник, но на старших циклах школы встретил Улю, и... В общем, немного изменил свои планы. Любовь ли это, мне неведомо, да и признаваться я ни в чем не спешу, что-то мне подсказывает, что это плохая мысль. Дар у меня, прямо как у Наставника — направлен исключительно на мое выживание. Мое и моей семьи, при этом Улю он воспринимает именно как часть семьи, что необычно, конечно.

Эту библиотеку очень древних книг на доисторических носителях, я обнаружил случайно, когда искал ответ в мудрости древних. И вот захватили меня «детективы». Пришлось, конечно, многое изучить, потому что терминология за столько лет изменилась, но словари помогли, да и папа еще... Вот я познакомил Улю с этими книгами, что ее увлекло. Вместе мы разбирали разные случаи, вместе зачитывались, становясь хоть ненадолго ближе. Мне казалось, достаточно и этого, ведь даже просто чуть-чуть побыть с такой дорогой мне девочкой — уже счастье.

Вместе мы закончили Академию Разведки, и нас как лучших отобрали в щитоносцы. И вот теперь стажировка перед распределением по отделам. Кажется мне, что Уля ко мне не очень просто относится, а мне без нее совсем тоскливо. С чем это связано, даже не представляю, но спрашивать родителей пока не хочу. Пусть будет как будет, потому что так правильно.

Я сижу на веранде нашего дома, стоящего в лесу. На Чжэньлесе много деревьев, это практически цветущий сад размером с планету. Отсюда по многим планетам Человечества разлетаются фрукты, в том числе экзотические, потому что натуральные витамины полезны не только детям. Родители мои напланетники, они управляют системой садов южного полушария, а я вот всегда грезил детей учить, но теперь — щитоносец. В раздумьях сижу я, глядя в слегка зеленоватое утреннее небо, готовящееся принять в себя дневное светило вместо трех ночных, в руках у меня наладонник, в котором открыты очень древние справочные материалы по психологии преступников, но читать отчего-то не хочется. Уля, наверное, на пляже валяется, она море обожает, а у нас на Чжэньлесе морей совсем нет.

Вдруг коммуникатор на моей руке издает трель срочного вызова. Я, конечно же, сразу обращаю на него внимание, в первый момент даже не поняв, что он демонстрирует на маленьком экране, браслетом обнимающем мое запястье. Общий сбор и код высокой срочности. Не три нуля, конечно, но тем не менее. Вскочив с шезлонга, быстро мчусь внутрь, к своим вещам, ибо необходимо переодеться в форму. Одновременно посылаю срочный запрос на орбиту — мне нужен корабль до Гармонии по делам службы, так что имею право.

Наговорив короткое сообщение родителям, я выскакиваю из дому на посадочную площадку, где меня уже ждет небольшой катер курьерской службы. «Щит» — это очень серьезно, поэтому у меня сейчас приоритет максимальный, чем я и пользуюсь. Запрыгиваю в похожий на длинную иглу катер. Только когда меня обнимает со всех сторон мягкая подушка кресла, до меня доходит: это не катер. Это звездолет, предназначенный для экстренных случаев, потому он, кстати, и на планеты садиться может.

— Гармония, экстренно, — только и успеваю произнести я, а затем на меня наваливается тяжесть ускорения.

— Звездолет «Игла» следует к главному штабу Флота, — информирует меня мозг корабля, а я задумываюсь.

Звездолеты серии «Игла» появились с год назад. Они используют какие-то новые принципы Пространства, что позволяет быстрой одноместной машине двигаться с совершенно немыслимой скоростью. Используют их в качестве курьеров, медиков или... Да, по надобности «Щита», как сейчас. Странно, правда, что делает такой редкий звездолет в нашей системе? Впрочем, вполне может оказаться, что случайно — привез что-то или увозил...

— «Игла», а как ты здесь оказался? — интересуюсь я.

— Информация недоступна, — ехидно отвечает мне мозг корабля.

Правильно, вообще-то, отвечает, не моего ума дело, что он тут забыл. Хорошо, переключимся на мотив, по которому меня позвали. Что могло произойти? Такой уровень тревоги — он необычный, ибо общий сбор да еще и код говорят об очень серьезной проблеме. Но что может быть такой проблемой? Пока летим, у меня есть возможность подумать. С точки зрения всех моих знаний: что может вызвать такую тревогу?

«Опасность для Разумных» другой код имеет, как и для Человечества, кстати. Значит, налицо нечто, не являющееся опасностью для всех, при этом сообщение очень срочное, практически экстренное. Метод дедукции вариантов в Темных Веках не подводил, попробую и я его сейчас. Итак, дано: сигнал общего сбора повышенного приоритета, то есть «всем быть немедленно». О глобальной катастрофе я ничего не слышал, значит, или интуиты что-то вычислили, или... хм...

На самом деле, есть только один повод — катастрофа с детьми. Но так как траура нет, то ее удалось предотвратить. То есть окончательно имеем катастрофу, скорее всего, космическую, связанную с детьми. Теперь надо подумать: какой именно она может быть?

Я еще размышляю об этом, когда разум

«Иглы» сообщает мне об успешном прибытии, буквально извергая меня наружу, да так, что я едва могу на ногах удержаться. С трудом выпрямившись, оглядываюсь. Я нахожусь на причальной палубе Главной Базы, вокруг много народа, куда-то спешащего, впрочем, я понимаю, куда именно они спешат. Направляюсь в ту же сторону, куда и основная масса разумных. Палуба заставлена различными кораблями, потому двигаться надо осторожно, чтобы случайно под гравитаторы не влететь. Убиться не убьюсь, но приятного мало.

Я двигаюсь вперед, вызвав на коммуникаторе меню новостей, одна из которых выделяется желтым цветом. И насколько я понимаю, именно она намек на то, что происходит, — запрет всех экскурсий. Учитывая, какой у нас нынче месяц, на экскурсии могут вывозить младший и средний цикл. А о чем это говорит? Ну же, стажер Синицын, напрягись!

Неужели котята? Ну, в смысле, раса Ка-энин, усыновленная Человечеством в полном составе, хотя их там оставалось всего ничего, но тем не менее. Принимая во внимание, что их не мнемографировали, вполне мог затесаться сюрприз. Несмотря на то, что я воспитан Человечеством, древние книги дали мне некую долю подозрительности, поэтому я уже раздумываю над тем, как этот самый сюрприз теперь искать. Надо будет Улю уговорить зарегистрироваться свободной группой, тогда у нас руки будут развязаны. Вот только как ее уговорить?

Постановка задачи

Ульяна Хань

Меня кто-то мягко поддерживает, стоит мне только выскочить из почтовика. Механически поблагодарив, я в первый момент и не понимаю, кто это, лишь затем сообразив: Илья, моя личная головная боль. Сначала задавшись вопросом, что он-то здесь делает, я затем вспоминаю: сбор общий, поэтому, поздоровавшись, принимаю независимый вид и направляюсь к подъемнику.

На самом деле, очень детское у меня поведение, но я ничего не могу с собой поделать. Мне очень с Ильей интересно, но он иногда ведет себя, как папа, наверное. Но он-то мне никто, да и я уже не маленькая девочка! Но сейчас мне нужно же его уговорить на самостоятельное плавание, а если я себя так веду, то не выйдет ничего — он просто обидится. Илью очень сложно обидеть, но у меня пару раз получалось, и больно от этого почему-то было обоим.

Зайдя в подъемник, я оказываюсь почти прижатой к нему, но Илья как-то умудряется сделать так, чтобы вокруг меня было пустое место, хотя подъемник забит до упора — не только нам пришел этот вызов. Иногда мне кажется, он меня оберегает, заботится, но именно это и раздражает больше всего. Впрочем, сейчас подобное поведение напарника «в струю», как говорили древние.

— Илья, — негромко обращаюсь я к нему, пока подъемник тащится по этажам, — а что, если нам в свободное плавание попроситься? Или забоишься?

— Ну отчего же сразу забоюсь, — мне кажется, в его глазах мелькнула радость. — Я очень даже не против. Сразу можем и зарегистрироваться.

Как-то слишком легко у меня получилось его уговорить. Может быть, и он о том же думал? Да нет, вряд ли. Илья любит соблюдать инструкции и правила, а в свободном плавании надо полагаться только на себя. Практически, зарегистрировавшись, мы досрочно прекращаем стажировку, утверждая тем самым, что можем справиться. И вот если у нас не получится — могут и отчислить. Переведут в разведку... Позор страшный для меня лично, ну и отметка в личном деле о переоценке своих возможностей. То есть риск большой. Почему же он тогда согласился?

Подъемник останавливается на нашем этаже. Илья будто вынимает меня из его переполненного чрева, но я в этот момент не обращаю внимания на происходящее — к терминалу спешу. Регистрация свободной группы, так как мы стажеры, — дело очень простое, если не стоит запрет куратора. А откуда бы ему взяться? Вот и терминал.

— Регистрация свободной группы, — сообщаю я матово отсвечивающему в свете ламп экрану. — Ульяна Хань и Илья Синицын, группа расследований.

— Приложите пропуска, — просит нас разум, управляющий всем, что в «Щите» происходит.

Я сразу же прикладываю свой идентификатор, а Илья — коммуникатор. Так тоже можно, просто я не подумала, а он опять сообразил вперед меня. Обидно немного, но я сама виновата, в следующий раз умнее буду. На экране зажигается символ синхронизации — он проверяет, нет ли запретов, нужно просто подождать. Вот бегут буквы с результатами проверки, затем показывается идентификатор группы, что значит — все получилось. Я скашиваю глаза, чтобы заметить, как меняет форму и цвет шеврон на форме. Все правильно.

Сразу же жужжат наши коммуникаторы, показывая, что явиться нам обоим нужно аж к Феоктистову. Страшно немного, но я справлюсь. Где начальник всего «Щита» сидит, мне известно, поэтому, кивнув Илье, поворачиваю в правый коридор. Здесь стены светло-коричневые, и напрашивается некрасивое сравнение, озвучивать которое будет сильно неправильным. Нам нужно дойти до конца, судя по всему.

— Оп-па! — громко удивляется кто-то незнакомый, стоит мне только шагнуть в большую комнату совещаний. — А зелень тут что делает?

«Зелень» — это мы с Ильей. У стажеров шеврон зеленый, а у нас теперь желтый — потому что мы сделали свой выбор. Это от стола видно не сразу, поэтому ориентируются по возрасту, а вот именно по нему мы совсем еще юные.

— Самостоятельный полет, — улыбается

товарищ Феоктистов, сидящий за большим столом. — Поэтому совещаются вместе с большими начальниками.

— Смело, — заключает тот же голос. — Ну садитесь, юные коллеги.

Странно, больше шуток нет, нас принимают вполне серьезно, я же вижу. Что бы это значило? Я ожидала уже шуток всяких, но их просто нет. Илья приглашает меня за стол, и я решаю сейчас не показывать свое раздражение его древними жестами. Все-таки вокруг много людей, и выглядеть в их глазах ребенком мне не хочется. Интересно, почему это меня беспокоит сейчас?

— Собрались, товарищи, — серьезно произносит глава «Щита». — У нас возможный кризис.

— Насколько серьезный? — интересуется кто-то.

Я здесь никого, кроме нашего куратора и товарища Феоктистова, еще не знаю. В голову заползает малодушная мысль: может, зря я так поспешила с объявлением группы? Но сейчас уже ничего не изменить, поэтому нужно сосредоточиться, а потом перезнакомиться со всеми.

— Прошу внимание на экран, — произносит глава «Щита». — Это мнемограмма сна Ксии Винокуровой, она имеет дар творца.

Ну куда же мы без Винокуровых... Кажется, везде они, но завидовать нехорошо, неприлично это, значит, надо просто посмотреть. На экране тем временем появляется обычный экскурсионный звездолет, судя по маркировке по бортам — младший цикл средней школы, то есть десять-двенадцать лет. Сквозь иллюминаторы видны дети, что, в принципе, естественно. Вот он выходит из субпространства, направляясь к планете, знакомой очень... Я морщусь, пытаясь вспомнить.

— Кедрозор, — шепчет Илья.

Ну вот, опять он не дает мне вспомнить! Мог бы думать потише, я же вспоминаю! Впрочем, спасибо ему... Итак, это Кедрозор, что логично — большая часть экскурсий там проходит. Звездолет подходит по обычной орбите, я даже начинаю недоумевать: в чем проблема? Он медленно входит в атмосферу, и тут вдруг активируется основной маршевый двигатель, заставляя меня вскрикнуть — экскурсионный корабль падает вниз, откуда затем в верхние слои атмосферы поднимается облако дыма.

Я замираю, не в силах пошевелиться, ведь это не просто катастрофа — это детская смерть! Ужас просто! Меня трясет от того, что я вижу, но тут меня обнимают кажущиеся какими-то очень надежными руки, а затем смутно знакомый голос начинает тихо уговаривать:

— Это всего лишь запись мнемограммы, катастрофы не было, — я слышу его и успокаиваюсь.

Но стоит только прийти в себя, как до меня доходит: меня Илья обнимает! Но как он посмел без спросу? И как мне теперь реагировать?

Илья Синицын

Решив срезать расстояние до входа в коридор, чтобы поскорей оказаться у подъемника, я делаю то, что не рекомендуется — прохожу прямо по причальной палубе, но места для парковки обхожу, чай, не самоубийца. И вот тут буквально рядом со мной на очерченное место падает курьер. Ого, интересно, кто это? Я останавливаюсь, но в тот же момент мягко придерживаю чуть не упавшее на пол тело юной девушки, лишь затем сообразив, кто это.

От Ули пахнет морем, и этот запах, неуловимо смешиваясь с ее духами, заставляет меня чуть улыбнуться. На душе становится спокойнее, как будто доселе я о ней беспокоился, не осознавая этого. Учитывая, что это наша стремительная

Хань, курьер уже даже не удивляет. Тут другое может удивить — она не встала в позу обиженного подростка, хотя я подсознательно этого ожидал.

Подъемник набит так, что вдохнуть сложно, но я исхитряюсь сотворить пустое пространство вокруг Ули — упираюсь намертво руками, и более старшие коллеги не возмущаются, значит, меня понимают. Вот и хорошо. Как же все-таки уговорить ее? «Одиночное плавание», как в древности говорили, штука небезопасная, не справимся — отчислят обоих. Если бы речь шла только обо мне, даже не задумывался бы, но Уля так мечтает быть настоящим щитоносцем... имею ли я право рисковать ее мечтой?

— Илья, — совершенно неожиданно обращается ко мне та, о которой я думаю, причем необыкновенно мягким голосом, — а что, если нам в свободное плавание попроситься? Или забоишься? — совсем по-детски интересуется Уля.

Это она что, мысли прочитала? Постановка вопроса соответствует тому, что мы в одной книге встречали. Называлось это в древности «брать на слабо», то есть провоцировать на определенные действия, усомнившись в каких-то качествах. В данном случае — заподозрив в трусости. Уля, хитрюжка, сама сделала шаг в нужном мне направлении. Показывать радость нельзя, поэтому я отзываюсь максимально медленно, как будто задумался.

— Ну отчего же сразу забоюсь, — отвечаю, увидев удовлетворение в глазах хитрой, по ее мнению, девушки. Надо «ковать железо, пока горячо». Тоже, на самом деле, древнее выражение. — Я очень даже не против. Сразу можем и зарегистрироваться, — провоцирую я ее, на что Уля просто кивает.

Очень интересно. Она что же, серьезно решила рискнуть всем? Непохоже на Улю, честно говоря. Ну что же, посмотрим, во что это выльется. Но посмотреть мне не удается: едва выскочив из подъемника, она регистрирует группу, введя меня в кратковременный ступор, потому что так не бывает. Надо проверить, не сплю ли я, а пока мы, как самостоятельная единица, отправляемся на совещание командного состава. По инструкции мы с Улей сейчас старшие командиры, несмотря на то, что звание не присвоено. Инструкции пишут кровью, и добровольно их никто нарушать не будет, если ты не Винокуров, конечно.

Странно, кстати, что Улю это так удивляет, но я молчу, усаживаясь с ней за стол. Замешательство старших товарищей, кстати, понятно — мало кто отважится с ходу решиться, но и особо странного здесь ничего нет, бывает и такое. Вот мотив сбора мне особенно интересен. Впрочем, очень скоро мне представляется возможность увидеть... Надо сказать, что мнемограмма ребенка — сам по себе необычный случай, да еще и Винокуровой, но, видимо, другого выхода не было.

Не принято делать мнемограммы детей, это считается не самым безопасным занятием, поэтому у нас совершенно точно эксцесс, заставляющий меня собраться. На записи хорошо видно срабатывание сначала двигателей ориентации, а потом маршевого, да к тому же корабль старался противодействовать, значит, дело не в мозге звездолета, а в чем-то другом.

Уля реагирует с ужасом, оно и понятно — дети. Гибель детей это жуткая катастрофа, но я запрашиваю информаторий о том, кто еще был на планете. Товарищ Феоктистов все видит, поэтому молча на второй экран выводит данные. Это логично, выяснили уже все. И вот я смотрю на цифры, понимая: здесь что-то не так. При этом обнимаю Улю, которая дергается в моих руках, отстраняясь от меня.

— Товарищ Феоктистов, а по народам и расам разделить детей на звездолете и планете можно? — задаю я вопрос, даже не успев его обдумать.

— Молодец, лейтенант, — кивает он мне, и картинка на втором экране меняется.

Я уже хочу возразить, мол, я стажер еще, не лейтенант, но тут вижу, что шеврон Ули уже изменился. Так как мы в одинаковых условиях, то и у меня тоже, а это значит — да, лейтенант, поэтому закрываю открытый было рот, вглядываясь в цифры. Выходит, до тысячи жертв, преимущественно Ка-энин, то есть — котята.

— Получается, целили в котят? — озвучиваю я свое удивление.

— Получается, — кивает глава «Щита». Что интересно — остальные хранят молчание, а вот мне становится совсем нехорошо.

— Мозг корабля сопротивлялся, — продолжаю я озвучивать отмеченное.

— Как так? — удивляется наш куратор.

— Разрешите? — следуя традиции, интересуюсь я у старшего по званию.

Товарищ Феоктистов кивает, приглашающе махнув рукой. Я поднимаюсь и подхожу к экрану.

Управление у него, как у наладонника, поэтому я отматываю запись на начало эволюций звездолета, пустив медленное воспроизведение, чуть ли не по кадрам. Причем делаю это молча, давая товарищам самим увидеть дернувшиеся эмиттеры гравитаторов.

— Маршевый двигатель работает на разгон, — показываю я на экране. — А в это время двигатели ориентации и эмиттеры гравитатора развернуты... Видите?

— Действительно, — соглашается со мной кто-то, кого я не вижу. — Молодец, зелень, верно подметил.

— Это значит, — заканчиваю я свое выступление, — что разум звездолета пытался сделать все возможное, чтобы не допустить столкновения.

— Отличные выводы, — кивает мне товарищ Феоктистов. — В таком случае, группа Петрова работает со звездолетами, группа Хуань — с котятами. Подумайте, как обосновать мнемографирование старших и взрослых разумных. Группа Си... — я делаю незаметный жест, в ответ получая понимающую улыбку. — Группа Хань — работает самостоятельно. Вопросы?

Вопросов у меня, конечно, тысяча, но сначала

я хочу ознакомиться с тем, что есть уже, а потом уже и спрашивать. Обернувшись на Ульяну, вижу ее глубокую задумчивость. Что же, это даже хорошо, потому что, за что с ходу хвататься, я себе и не представляю. Очень нужно ознакомиться со всеми материалами, и только потом уже делать выводы. Как вообще можно так активировать маршевый?

Дело «Сон»: День первый

Ульяна Хань

Илья лезет вперед, демонстрировать чудеса своего интеллекта. Я все еще раздражена оттого, что он ко мне без спроса прикоснулся, но, конечно, слушаю. Вот он переводит экран на медленное воспроизведение, а я все не понимаю, зачем он хочет мне показать опять тот же ужас. Нравится ему, когда я плачу, что ли?

Что? Лейтенант? Эта новость меня удивляет так, что я даже не сразу понимаю, о чем спрашивает Илья. А вот затем мне становится совсем нехорошо, потому что хотели убить детей еще и кошачьего народа. Соотношение показывает, что людей умерло бы два десятка, а вот котят больше тысячи. Это не просто ужас, это катастрофа! Но напарничек мой не останавливается, увеличивая на экране двигательный блок звездолета, и тут до меня доходит: разум звездолета сопротивлялся, пытался спасти корабль и детей!

Значит, что-то воздействовало на двигатель, минуя разум, напрямую. Что это могло быть? Кто-то на борту? Самоубийцу выявить довольно просто, мы умеем, и дети проходят обследование довольно регулярно. Поэтому вряд ли. Квазиживой тоже может включиться в цепи напрямую. Нет, не верю... Что же тогда? Что?

— Отличные выводы, — кивает товарищ Феоктистов, начиная раздавать распоряжения. — В таком случае группа Петрова работает со звездолетами, группа Хуань — с котятами. Подумайте, как обосновать мнемографирование старших и взрослых разумных. Группа Си... — он запинается, удивляя меня, потому что логично в таком случае поставить старшим Илью, хоть и обидно, ведь я же его склонила... — Группа Хань — действует самостоятельно. Вопросы?

Как так? Я сильно удивлена, потому что товарищ Феоктистов переменил решение на лету, старшей сделав меня. Это совершенно невозможно, потому что ему-то какая разница? А

Илья еле заметно улыбается, я его хорошо уже изучила. Не дай звезды, узнаю, что он подстроил! Хотя нет, как он мог это подстроить? Кто мы, а кто глава «Щита»... Значит, дело в чем-то другом.

— Нам материалы нужны, — кляня себя за робкий тон, произношу я, на что коммуникатор сразу же отзывается вибрацией.

Эти два события точно связаны, в чем я и убеждаюсь, взглянув на браслет. Опустившись туда, где сидела до сих пор, я изучаю пришедшее на браслет, совсем не заметив, каким образом передо мной оказывается наладонник. Краем глаза замечаю, что Илья занимается тем же самым, а полукруглая комната совещаний погружается в полумрак. Свет есть только над нами, впрочем, я на это внимания пока не обращаю, знакомясь с материалами.

Развернутая мнемограмма содержит больше информации, чем нам показали на экране, тут, правда, понятно, почему: девочка эта, Ксия, из того же народа, а еще она симпатизирует мальчику, что вызывает у меня грустную улыбку. Обо мне бы кто-нибудь так заботился... Но в любом случае почему именно она, теперь объяснимо. Хорошо, что еще можно вытянуть из сна?

— История ее известна? — механически спрашиваю я Илью, забыв, что сержусь на него. Привыкли мы так при разборе древних «детективов».

— Четвертая запись, — коротко отвечает он. — Она в школу творцов еще в детстве пробилась, при этом увидев что-то... Нехорошее.

— Значит, с ней пока все, — понимаю я. — Творец — история сложная. Стоп! А сколько среди котят творцов мы знаем?

— Все, — лаконичный ответ меня заставляет замереть. — Да, историю я тоже помню.

Совсем недавно мы с ним сдавали Историю Человечества, где о Враге много чего сказано. Но вот как раз мотив того, что «чужие» яростно бросались именно на нас, я вспоминаю мгновенно. И если нацелились на котят... А только ли на котят?

— Информаторий, — командую я коммуникатору голосом. — Раскладку по дарам у детей, что должны были находиться на экскурсионном бэ-эм тридцать два и на планете в указанный период времени.

— Подтверждаю доступ, — также голосом отвечает мне мой браслет.

— Считаешь, большинство творцы, — понимает меня напарник. — Имеет смысл, но тогда это Враг и у нас три нуля.

Мне становится холодно от одной мысли об этом, но тут выдается информация, из которой следует, что я хоть и не полностью права, но очень близка к истине. Что делать в таком случае, я знаю — инструкция есть. Поэтому я вызываю товарища Феоктистова напрямую по коду три нуля. Во-первых, имею право, а во-вторых, если я права, то ситуация совсем невеселая.

— Слушаю, — отзывается коммуникатор голосом старшего начальника.

— У нас выходит информация три нуля, Игорь Валерьевич, — признаюсь я, отправляя массив информации.

Пауза затягивается, но я думаю о другом: если это Враг, то нужно сначала осмотреть все корабли, а затем найти абсолютно всех, кто к ним имеет доступ, и под мнемограф, ибо не шутки уже. Илья подсовывает мне протокол осмотра именно того звездолета, выведенный на наладонник. Раньше, до этих древних книг, я бы не поняла, что он имеет в виду, а вот теперь мне ясно: мина, активирующаяся по времени. То есть врага на самом экскурсионнике не предполагается.

— Код три единицы, — делает вывод товарищ Феоктистов, объясняя мне: — Непосредственной опасности нет, но ситуация грозная. Даю вам синий знак, работайте.

Я ошарашенно замираю. «Синий знак» это неограниченные полномочия, я даже оглядываюсь на свой шеврон, чтобы убедиться. Он действительно глубокого синего цвета, значит, не шутка. Хотя шуток со стороны товарища Феоктистова я раньше не видела, так что надо работать.

— Нужно получить список всех, кто доступ имел к кораблям на этом уровне, — замечает будто совсем не удивившийся Илья. Вот же толстокожий! Я тут чуть ли не в панике, а он...

— Сейчас запрошу, — киваю я. — Но еще должен быть опыт подобных действий, да и понять, отчего именно котята.

Я накидываю запрос прямо на наладоннике, сразу отправив его. На запросе уже синяя метка стоит, поэтому лишних вопросов не будет. Нам нужно ответить на следующие вопросы: почему котята, почему именно сейчас, кто это мог проделать? Не понимая, почему котята, мы не узнаем, по какой причине именно сейчас. Ну мне, по крайней мере, так кажется, надо мнение Ильи спросить, а то обидится. Мальчики вообще жуть какие обидчивые, а мне не нужна война с напарником, хоть и переношу я его с трудом.

В этой истории мне странным кажется совершенно все, еще и потому, что я не могу понять: как подобное вообще возможным стало? Илья о чем-то напряженно думает и, насколько я его знаю, он что-то понял. Теперь информацию надо из него вытрясти, если сам не признается. А еще поесть очень стоит...

Илья Синицын

Пока рассматриваю материалы, выстраиваю логическую цепочку. Итак, что нам известно? Ксия Винокурова увидела сон, после которого были запрещены экскурсии. Так, а кем? Наставником, ожидаемо. Кто был этим фактом недоволен? Не указано, значит, записываю в вопросы. Нужно еще раз внимательно пересмотреть мнемограмму, что-то меня в ней цепляет.

Перебрасываясь фразами с Улей, я напряженно думаю. Что-то же зацепило... Вот только что? Стоп, вот приложение более ранних воспоминаний, может быть, ответ там, а не в блоке непосредственных событий? Напарница идет немного другим путем, что правильно, так в книгах написано было. Запрашиваю блок и внимательно отмечаю ключевые слова. Получается, фанатики? Странно... Но чем им могли помешать дети?

— Информаторий, — запрашивает Уля, — раскладку по дарам у детей, что должны были находиться на экскурсионном бэ-эм тридцать два и на планете в указанный период времени.

И вот тут до меня доходит.

— Считаешь, большинство творцы? — озвучиваю я свою догадку, после которой картина складывается полностью. — Имеет смысл, но тогда это Враг и у нас три нуля.

Три нуля — опасность для Разумных, куда входит не только Человечество. Если это действительно Враг, то нужно мнемографирование вообще всех, кто мог приближаться к звездолетам, да и рядом стоять просто, ибо у Врага, насколько я помню, были возможности напрямую вторгаться в работу мозга. Нужно докладывать, вариантов нет.

По-моему, у защитника что-то прослеживалось. Я запрашиваю исторический архив, сразу же наткнувшись на нужную мне информацию. Хотя дар у меня формально слабый, но он выводит меня на необходимый блок: химия в крови, мнемоблок в памяти. От сложившейся картины мне становится совсем нехорошо, да и товарищ Феоктистов...

Что?! В древности выданные нам полномочия назывались «белой картой», и значит это, что, по мнению отца-командира, мы не ошибаемся. Новость из категории сильно так себе. Значит, нужно запрашивать, о чем я напарнице и рассказываю. Надо ее покормить, да и меня тоже. Все-таки, как древние говорили: «Война — войной, а обед по расписанию».

Сейчас запрос пройдет, и предложу ей поесть, потому как она-то точно голодная, прямо с пляжа сюда прискакала. Мне падает сообщение на коммуникатор, немного меняя планы. Я внимательно вчитываюсь в него, вначале даже не понимая, что означает полученное мной.

— Смотри, — показываю я данные Ульяне, а потом вывожу на наладонник. — Судя по звездолетам, получается вот этот период времени в третьем доке, видишь? Но вот какой смысл минировать автоматы?

— Внешняя программа! — восклицает напарница. Она у меня умная, поэтому и догадывается. Теперь главное не показать, что я ее вывел на догадку, потому что обидится. Но мне очень важна почему-то ее вера в себя. — Если робот, или...

— Враг умел манипулировать сознанием, — не выдерживаю я. — То есть кто-то мог сделать это, не отдавая себе отчета, понимаешь?

— Ой... — негромко произносит Ульяна, когда до нее доходит суть сказанного мной.

Это действительно «ой», но круг поисков сужается. Что делают остальные группы, я даже не знаю, скорее всего, работают квадратно-гнездовым методом — кстати, тоже термин из древних книг. Дело вовсе не в том, что они знают меньше нас, просто у современного Человечества нет подобного опыта, вот и все. Прочитанное в древних книгах для нас с Улей стало откровением.

— Давай поедим? — предлагаю я напарнице как можно более спокойным голосом, чтобы она не подумала о нарушении личных границ.

— Хорошая мысль, — отвечает мне Уля. — Часов пять уже сидим.

Да, действительно, я и не заметил пролетевшего времени. Зато теперь мы почти точно знаем и временной интервал, и с чем имеем дело, и какой может быть разгадка. Интересно, ночевать будем тут или по домам полетим?

Хорошо, что я догадался заранее изучить, что где находится на Базе по голограммам, так что вполне уверенно веду Улю в сторону столовой нашего уровня. Далеко нам идти не надо — на каждом уровне своя столовая есть. Поэтому мы спокойно топаем в ту, что... Ага, вот и она.

— Тебе что хочется? — интересуюсь я у напарницы, направляясь к синтезатору.

— Борща... — выдыхает она, но я не улыбаюсь, хотя выглядит Уля сейчас донельзя милой. Нельзя улыбаться, разозлиться может мгновенно и непонятно отчего.

Я подхожу к синтезатору, одним движением вызывая меню. Стоп, это что такое? «Борщ по-винокуровски», «салат по-винокуровски» и тому подобное соседствует в меню с обычными блюдами. Любопытно становится, просто жуть как, поэтому, переглянувшись с напарницей, выбираю «винокуровские» блюда. Интересно все же, чем они отличаются. Вот того, что самая известная семья Галактики еще и кулинары, я не знал. Синтезатор выплевывает из своего нутра поднос с выбранными нами блюдами, который я подхватываю, не позволяя взять его Уле.

Ну что сказать… действительно, вкус отличается. Обычный борщ — это еда, а «винокуровский» — просто торжество вкуса. Наслаждение, можно сказать… Такое только руками приготовить можно. Винокуровы действительно великие люди, умудрившиеся запрограммировать синтезатор на такой шедевр.

— Но Враг не мог достучаться до кого-то из… — начинает Ульяна, проглотив последнюю ложку великолепнейшего борща.

— Ты поняла, — киваю я.

На мгновение на ее лице мелькает злость, но затем напарница задумывается. На самом деле выбор у нас небольшой — это мог быть только кто-то из Ка-энин. Других вариантов просто нет. Но коммуникаторы есть у всех, я это совершенно точно знаю. Значит, нужно запросить протоколы передвижения тех, кто имел право находиться в двигательных отсеках звездолетов. То есть совершеннолетние, имеющие допуск к кораблям. Сколько у нас таких?

Ульяне эта мысль тоже приходит в голову, потому что напарница сразу же хватается за коммуникатор, посылая запрос другой группе. Но что-то мне подсказывает, что не более десятка таких разумных у нас. А это означает, что мы практически нашли. Интересно, старшие товарищи сообразят, что нужно не только установить, но и глубокое мнемографирование провести?

Спустя полчаса мы двигаемся в направлении зала совещаний, когда нам обоим приходит сообщение о раскрытии дела. Однако кажется мне, что старшие налажали, поторопившись. Вопрос теперь только в том, дадут ли нам возможность открыть рот или заткнут?

Заходим мы в зал совещаний под тихий звон коммуникаторов, оповещающих о начале нового дня. Намекают нам умные приборы о необходимости отдыхать, но пока никак.

Дело «Сон»: День второй

Ульяна Хань

Неужели вся наша работа Ка-энин под хвост? Сидели, пыжились, а на деле нас все равно обскакали в одном шаге от разгадки! Мне становится очень грустно, даже заплакать хочется, но Илья только головой покачивает, чему-то едва заметно улыбаясь. Первую свою реакцию — накричать на него, я подавляю, потому как хорошо напарника знаю: он понимает нечто, мне пока недоступное. Вот в таком настроении я и вхожу в зал совещаний.

— Присаживайтесь, товарищи, — приглашает нас Игорь Валерьевич, показывая на место недалеко от себя. — Старшие товарищи считают, что дело раскрыто.

Вот тут я настораживаюсь — товарищ Феоктистов не зря рассказывает о происходящем именно в такой форме, значит, он, как и Илья, что-то тайное знает, мне пока неясное. Но я разберусь. Видимо, рано вешать нос. Что же, послушаем.

— Прошу вас, товарищ Петров, — с почти незаметной улыбкой приглашает он главу группы расследований к большому экрану. — Расскажите о ходе расследования кратко, а затем и о его результате.

— Нами установлено, — начинает говорить товарищ Петров, начисто игнорируя нас с Ильей, — что двигатели были изменены одним и тем же разумным вот в этот период времени, — он показывает на экране.

Я с трудом сдерживаюсь — ведь мы запрашивали именно его с просьбой проверить звездолеты, а старший товарищ рассказывает так, как будто мы вообще ничего не делали и совершенно ни при чем. Мне опять хочется плакать, но тут Илья кладет свою руку поверх моей, и это... Почему-то не вызывает обычной резкой реакции, только на душе чуть легче становится.

— А почему именно этот промежуток? — интересуется поглядывающий на нас товарищ Феоктистов.

— Другого быть не может! — уверенно заявляет товарищ Петров.

— Не обосновала группа Хань, посылая вам запрос, — кивает Игорь Валерьевич, с улыбкой глядя на подчиненного. — Алексей, у нас ситуация три единицы, у ребят синяя карта. Все их запросы фиксируются, понимаешь?

— Виноват, — традиционным словом отвечает начальник группы расследований, кинув на нас удивленный взгляд. — Разрешите продолжать?

— Продолжайте, — вздыхает товарищ Феоктистов.

— Удалось установить, что в это время в данном месте находился только один разумный — Винокуров, — послушно продолжает глава группы расследования. — Значит, он и виноват!

— Очень интересно, — кивает глава «Щита». — А что нам расскажет группа Хань?

— Илья? — я понимаю, что в моем голосе мольба, но я просто до ужаса боюсь выходить в перекрестье взглядов старших товарищей, а напарник точно ответить может.

И действительно, он поднимается со своего

места, спокойно подойдя к экрану. Внимательно посмотрев в глаза главе отдела расследований, Илья вздыхает, будто не зная, с чего начать, но я осознаю: он ищет такие слова, чтобы его не прервали, во-первых, и не возненавидели, во-вторых. Сейчас я понимаю: он о нас обоих заботится... значит, и обо мне? Почему мне тепло от этой мысли? Почему?

— В древности, — начинает он, — было такое изречение: «После этого, значит, поэтому», и в ряде учебников оно постулировалось как пример грубой логической ошибки.

— Что вы себе позволяете! — выкрикивает моментально озлившийся товарищ Петров, но тут встает со своего места Игорь Валерьевич.

— Отставить, — коротко командует он, и наступает полная тишина. — Продолжай, Илья.

— Есть, — традиционно отвечает мой напарник, а я чуть расслабляюсь, потому что мне страшно отчего-то становится. Этот Петров еще как отомстить может. — Итак, по условиям задачи, у нас имеется манипулирование цепями контроля маршевого двигателя. Кроме того, установлено, что были таким же образом изменены двигатели еще четырех кораблей, включая почтовый автомат. Эта информация нам понадобится.

Илья как-то очень просто собирает в единую цепочку все наши размышления, указывая на то, какие и сколько было бы жертв, какова причина этого и каков мотив уничтожения. Я вижу, как краснеет товарищ Петров, не задавшийся этими вопросами. Ему что же, стыдно? Или он от ярости? Страшно на самом деле очень.

— Таким образом, установить, кто это сделал, недостаточно, — продолжает мой напарник. — Как мы смогли выяснить, в деле замешан Враг, а он, согласно протоколу Защитника, часть четвертая, мог манипулировать сознанием. На это указывает минирование почтового автомата, объективно бессмысленное.

Его, конечно, спрашивают о том, что такое «минирование», но вот с тем, что манипулировать почтовым автоматом бессмысленно, согласны все. Товарищ Феоктистов уже улыбается открыто, кивая на каждое слово Ильи. Это что-то значит, но вот что именно, я потом разберусь. А сейчас я уже понимаю, что и как он предлагать будет, потому что действительно все просто получается.

— Уважаемый товарищ Петров, — ровно

произносит Илья, никак не провоцируя, по-моему, совершенно красного указанного товарища, — точно выявил подозреваемого. Теперь я предлагаю углубленное мнемографирование с целью установить суть программы, как и время, когда она была установлена.

— Отличное расследование! — хвалит нас товарищ Феоктистов. — А товарищу Петрову стоило бы вспомнить еще одну деталь. Старшая дочь Наставника — Мария Винокурова, глава группы Контакта — чем известна?

— Телепат... — поникнув, отвечает глава группы расследований.

И тут до меня доходит: Мария Сергеевна врага бы учуяла моментально, значит, в мыслях кота совершенно точно не было зла. И именно этот факт как нельзя более точно подтверждает нашу версию. Мне бы вспомнить это самой... Но выходит, товарищ Феоктистов тоже проводит свое расследование. Значит, хотя бы здесь мы не налажали. От этой мысли грустное настроение уходит, позволяя мне выпрямиться.

— Группа Хань — за мной, — приказывает глава «Щита». — Остальные отдыхать!

Все ясно. Нам с Ильей покой только снится, как в древности говорили. Но товарищ Феоктистов прав: нужно поскорее установить истину, потому что ситуация может быть очень неожиданной, да и как бы не пришлось проверять вообще всех, а это задача класса глобальных. Для начала мы все-таки посмотрим сына Наставника, которого сейчас, как нам сообщает товарищ Феоктистов, доставляют на «Панакею». То есть на корабль — космический госпиталь.

— Если у него память блокирована была, то он вспомнить может и понять, что натворил, — замечаю я, лишь затем поняв, что сказала.

Как отреагирует парень, узнав, что чуть не убил множество детей, включая свою сестру?

Илья Синицын

Есть еще деталь, которую понимаю я и почему-то совершенно не осознает товарищ Петров: двигатели звездолетов Ка-энин устроены иначе. Для того чтобы быстро разобраться, а согласно протоколу сын наставника находился внутри каждого корабля не более десяти минут, нужно быть гением. Значит, был кто-то, кто знает, как устроены наши корабли. Кто же это мог быть?

— Товарищ Феоктистов, а кто еще из технического персонала был в доке в это время? — интересуюсь я, чувствуя уже усталость.

— Молодец, — отвечает он мне. — Догадался.

— И все же? — спрашиваю я, чувствуя удивление Ульяны. Интересно, раньше на уровне ощущений я ее не воспринимал. Что же изменилось?

— И все же — достаточно подать команду ремонтному комплексу, — объясняет мне глава службы «Щита». — А вот почему, выпуская его из дока, начальник дежурной смены не поинтересовался протоколом, разберется группа Петрова, как раз для них задача.

Как-то грустно это прозвучало. Грустно и едко одновременно, но суть мне понятна: кто-то или что-то объяснил подозреваемому, что конкретно нужно сделать, после чего тот механически повторил эти действия на всех доступных ему звездолетах, что и говорит о заданности действий. То есть он не осознавал, что делает. Пожалуй, именно это и есть самое главное.

— Подозреваемый не понимал, что делает, — минуту спустя доходит и до Ули.

— Почему вы называете его подозреваемым? — спрашивает ее товарищ Феоктистов.

— Потому что в отношении него есть подозрение, но оно не доказано, — объясняет ему напарница моя, как нечто само собой разумеющееся. Ну да, у нас же подозреваемых не бывает — мнемограф очень быстро ставит точку.

Интересно, Уля повторила то же, что говорила совсем недавно, просто другими словами, а Игорь Валерьевич отреагировал только сейчас. Впрочем, это неважно, ибо сейчас мы как раз проходим галерею, чтобы попасть на «Панакею». Наш госпиталь обеспечен очень хорошо, а подозреваемого группа Петрова уже доставила, поэтому можно начинать процесс мнемографирования. И обязательно фиксировать результаты.

Едва мы только входим в палату со светло-зелеными, как везде на этом звездолете, стенами, к товарищу Феоктистову буквально бросается офицер с отметками группы расследований на шевронах. Видимо, у него есть какая-то информация, с которой нас сейчас ознакомят. Я же, взглянув на Улю, понимаю: ей бы отдохнуть. Планетарное время разное, а на кораблях мы живем по всеобщему. Организм, конечно, перестраивается, но она больше шестнадцати часов на ногах, напарнице сложно уже. Да и мне не сильно весело, на самом деле.

Пока нашего начальника знакомят с информацией, я делаю шаг назад — к автоматическому распределителю медикаментов. Быстро набрав хорошо известный мне код бодрителя, получаю два стаканчика с ярко-красной жидкостью. Трогаю Улю за рукав, указываю обернувшейся напарнице на автомат, увидев в ответ благодарный кивок, и беру одновременно с ней стаканчик. Жутко кислая жидкость устремляется в желудок, даря нам два часа максимальной бодрости. В голове мгновенно проясняется.

— О начальнике позаботьтесь, — просит нас товарищ Феоктистов, а затем отвечает офицеру:
— Ребят ознакомь.

— Есть, понял, — традиционно отвечает тот, поворачиваясь к нам. Тут только он обращает внимание на шевроны, отчего лицо его делается очень удивленным. Но выучен он хорошо, потому продолжает: — Обследование котят установило у определенной части, прошедшей через орбитальную платформу, закрытые области сознания, в которых содержится приказ на самоуничтожение.

— То есть опять Враг, — делаю вывод я, нечто подобное ожидавший, а вот Уля моя просто округляет в ужасе глаза. — Давайте работать, времени мало.

Товарищ Феоктистов, получив стаканчик от автомата распределения медикаментов, которые есть на каждом корабле и в любом помещении, кивает. Он, как и я, вполне понимает, что мы найдем. Переглянувшись с Улей, делаю шаг к большому шару мнемографа, чтобы понаблюдать и, если надо, поправить. Я чувствую — надо будет, ведь врачи не знают всего того, что известно нам.

Уля явно чувствует себя получше, она делает шаг ко мне и оказывается рядом. Ее движения становятся привычно-уверенными, при этом напарница не отрываясь смотрит на наладонник, где у нее подсказка по процедуре. Процесс начинается, я же отслеживаю зоны памяти. Спасибо офицеру группы расследований, мы уже знаем, что конкретно искать, поэтому я останавливаю врача.

— Вот этот период времени с учетом двойного-тройного блока, — прошу я специалиста.

Спустя полчаса мы видим то, что я подсознательно ожидал найти. Я останавливаю врача еще раз, а затем, подняв голову, внимательно смотрю в глаза своему начальнику. Я вижу, товарищ Феоктистов отлично понимает, с чем мы имеем дело, да и что происходит, тоже.

— То есть внешнее управление с восьмилетнего возраста, — понимающе кивает он. — А сейчас просто автономность закончилась, но это значит...

— Орбитальная платформа, — произношу я.

И тотчас же начинается очень активное движение, какие-то запросы, подготовка к трансляции, а я чувствую накатывающую усталость — действие бодрителя заканчивается. Еще полчаса, и я упаду на месте, таков уж его принцип действия, тут ничего не поделаешь.

— Стоп! — громко произносит врач. — Лейтенанты — спать немедленно! Прошу следовать за мной!

Товарищ Феоктистов подтверждает приказ, поэтому мы с Улей покорно идем за доктором. Он выпроваживает нас из палаты и, проведя совсем недолго, показывает рукой на дверь каюты. Пантомима мне понятна, поэтому я пропускаю напарницу вперед в открывшуюся дверь. Кровать тут только одна, так что я нацеливаюсь на пол, но дернувшая меня за рукав Ульяна качает головой.

— Ложись уж на кровать, — вздыхает она. — Нам понадобится очень много сил, насколько я понимаю.

— А тебя это не смутит? — интересуюсь я, но

встречаю полный скептицизма взгляд. Да, она права.

Поняв, что до душа не дополэу, падаю на кровать прямо в комбинезоне, ощущая рядом с собой девичье тело. Волнующе это, на самом деле, еще как волнующе, но сил просто нет. Ни сил, ни желания, ни возможности, поэтому я кладу руку так, чтобы успеть отреагировать, если что, после чего просто отключаюсь. Я вообще уже больше ничего не могу, и последнее, что я ощущаю — это прижавшееся ко мне тело Ульяны. Надеюсь, при просыпании драться не будет, ибо с нее станется.

Дело «Сон»: День третий

Ульяна Хань

Просыпаюсь я с трудом, что после бодрителя дело обыкновенное, но вот что меня смущает... Даже не Илья рядом, очень бережно и как-то невесомо меня обнимающий, а часы на экране коммуникатора. Месяц у нас кратерий, а вот дата... Выходит, я почти сутки спала! Илюша-то ладно, его если не будить, он будет спать и спать, но я!

Почему-то у меня нет негативной реакции на его объятия. Это непонятно, потому что я же не терплю именно его прикосновений, они меня раздражают. Раздражали... А теперь почему-то нет. Это надо будет обдумать позже, потому что сейчас надо вставать. Я медленно соскальзываю с кровати, стараясь не разбудить напарника, что мне не удается, но, поздоровавшись, ускользаю в душ. Во-первых, надо мыться, несмотря на то что комбинезон чистит тело сам, во-вторых, надо подумать ту мысль, что возникла еще вчера... Точнее, выходит, позавчера.

Итак... Сыном Наставника управляли извне, и откуда именно, нам известно. Туда, по идее, эвакуатор направился с «Юпитером» на пару, поэтому любителей удаленного управления доставят и допросят. Но тут у меня вот что выходит: нужно погружение во времени, перед тем как убили, судя по всему, «экспериментальный материал». Раз их уничтожали на глазах не помнящего об этом сына Наставника, то вполне можно принять за истину.

— Илья! — обращаюсь я к сервирующему завтрак напарнику, едва только выскочив из душа. — Нужно погружение.

— Нужно, — соглашается он со мной. — Новости у тебя на наладоннике, посмотри, пожалуйста.

— А можешь кратко рассказать? — прошу я напарника, чем сильно его удивляю. Ну да, мое поведение изменилось, и сильно, а вот почему, я понять не могу. Маму надо спросить, но пока нет такой возможности.

— Конечно, — как-то он это мягко говорит, почти ласково, но мне не хочется реагировать как всегда. Что со мной? Неужели картины убийства детей так повлияли? — Корабль, который управлял не только сыном Наставника, а еще четырьмя котами, попытался напасть на эвакуатор, но был иммобилизован. На борту обнаружена принимающая решения особь Врага и законсервированные остатки его подельника, послужившего едой.

— То есть опасности больше нет, — понимаю я, чувствуя себя немного неуверенно. Отчего-то хочется странного, непонятного мне.

— Сильно тебя вчерашние картины ударили, — вздыхает Илья и вдруг очень бережно обнимает меня. — Это пройдет, и Уля снова у нас будет боевой.

Как он меня назвал? Уля? Как мама называет... У него так ласково получилось, даже возражать не хочется. Что со мной происходит? Но долго размышлять у нас времени нет. Надо быстро позавтракать — что у нас, кстати?

И тут я вижу, что Илья знает обо мне многое. Передо мной лежат оладьи, политые моим любимым вишневым вареньем. Сметану я не люблю, хоть и ем, конечно, но он-то откуда это узнал? Отпив кофе с молоком, понимаю, что и он сделан именно так, как мне нравится. Это что-то важное значит, только я не понимаю, что именно. Любовная лихорадка подросткового периода меня как-то обошла, поэтому опыта взаимоотношений с противоположным полом совсем нет. Но вот явная забота Ильи, знание о том, что я люблю — это же не просто так?

— Спасибо, — тихо благодарю его, а Илья умудряется меня мягко очень обнимать даже в таком положении. — Мы почти сутки проспали, ты знаешь?

— Феоктистов распорядился, чтобы не мешали, — отвечает он.

— Вовремя, — вздыхаю я, думая о том, что нам сегодня предстоит.

— Сейчас поедим и сразу к нему, — извещает меня напарник. — Вызов есть.

— Перекинь ему наши выводы, пожалуйста, — прошу я Илью, наслаждаясь завтраком.

— Уже, — отвечает он. — С твоего наладонника.

И я чувствую смущение, хотя, если подумать, ничего особенного не произошло — ведь Илья известил начальника с наладонника командира группы, но я чувствую при этом горячую, просто обжигающую благодарность, отчего, наверное, краснею. Мне приятна забота Ильи. И я, конечно, понимаю, что он так заботился обо мне последние пару лет, но вот именно сейчас она мне приятна. Я не готова делать какие-то шаги, просто осознаю: что-то меняется во мне самой.

Доев, я некоторое время сижу спокойно — беру себя в руки, усилием воли подавляя нежданные эмоции. Мне очень важно сейчас собраться, ведь совершенно непонятно, что у нас дальше. Несмотря на то, что дело раскрыто, оно не закрыто еще. Нужно убедить товарища Феоктистова послать корабль в прошлое — спасти детей, да и разобраться все же, что это за «тайное место» на планете, о котором краем уха услышал основной наш фигурант.

— Пошли? — спрашиваю я Илью.

— Пойдем, Уля, — кивает он мне.

Мы выходим из комнаты отдыха, направляясь на базу, ведь сейчас мы еще на «Панакее». Нужно дойти до подъемника, опуститься на пять уровней и пройти галерею, соединяющую звездолет с Главной Базой Флота. При этом я не погружаюсь в свои мысли, а краем глаза за напарником наблюдаю: как он идет, как по сторонам смотрит... И вот кажется мне, что он меня будто защищает от всего вокруг, словно я ему... дорога? Тогда нельзя на него злиться, потому что могу ранить ненароком. Ну, если это чувства, конечно. Вот и галерея, кстати.

— Одно из двух, — замечает Илья. — Или нас пошлют отдыхать, или же история не закончена.

— Даже не знаю, что лучше, — признаюсь я ему. — С одной стороны, хочется... А с другой...

— Да, — соглашается напарник. — Очень уж страшно.

Действительно, страшно видеть то, что мы увидели вчера. Для Человечества дети превыше всего, и смотреть, как их убивают, при этом не быть в состоянии что-то сделать — жутко, на самом деле. Я понимаю: не будь рядом Ильи, я бы разревелась, а он меня успокоил просто присутствием своим. Но почему? Ведь раньше такого не было!

Впрочем, справедливости ради, надо заметить, что раньше у меня настолько стрессовых ситуаций не было. Экзамены, тренировки, практика — все это кажется такой ерундой по сравнению с тем, что мы увидели. Вот где настоящий ужас, к которому я, положа руку на сердце, оказалась не готова, и если бы не Илья, кто знает, чем для меня закончилось бы.

Подъемник возносит нас на третий специальный уровень, который сто три, где в кабинете полтораста нас уже ждут. Интересно, что не в рабочем Феоктистова, а в «малом зале» так называемом. То есть для небольшой толпы предназначенном, но защищенном, как сейф. Интересно, почему именно там?

Илья Синицын

Красивая Уля очень, когда спит. Так бы и прижал к себе, защитил ото всех бед, тревог, от едва не пролившихся вчера слез. Но нельзя, она у меня свободолюбивая очень. Не хочу потерять нашу дружбу, хоть она для меня уже, кажется, больше чем просто дружба.

Мы идем по галерее, соединяющей госпитальный корабль с Главной Базой, а я все думаю о своем отношении к Уле. Я вспоминаю, как она спала, как тихо хныкала во сне, пока я ее не обнял, и будто сердце сжимается. Тяжело ей дались картины гибели детей, но ведь проблема еще и в том, кого мы мнемографировали. Тут нужно Наставнику решение принимать, ибо сын его и с ума сойти может от открывшихся картин. Я бы такую память заблокировал, но возможно ли это для нас технически? Чего не знаю, того не знаю.

Подъемник уносит нас туда, где нас ждут, я же замечаю, что Уля исподтишка наблюдает за мной. Интересно, что еще пришло в голову напарнице? Иногда ее очень сложно понять, а иногда и невозможно. Но пока буду себя вести как всегда, а там посмотрим. Вчера я просто выпил успокаивающий набор перед просмотром, потому воспринял не так болезненно, как Уля, все что мы увидели. К тому же она у меня эмоциональная очень, оттого и чувствует себя сейчас не очень уверенно.

Выйдя из подъемника, мы молча идем к обозначенному в приглашении кабинету. На самом деле приглашение, а не приказ, с указанием «как проснетесь» — само по себе событие необычное, но я уже не задумываюсь, потому что количество странностей зашкаливает. Кстати, Уля на мое сокращение своего имени реагирует улыбкой, а не раздражением, что само по себе необычно. Вот и нужная дверь, моментально убравшаяся в стену перед нами, что означает — допуск у нас есть.

Пропустив Улю вперед, я захожу вслед за ней, моментально скопировав ее позу. «Смирно» это называется по традициям Флота, ибо внутри не только товарищ Феоктистов, но и целый адмирал, как бы не командующий. Мы, разумеется, сразу же по традиции докладываем о себе, точнее это делает Уля как командир нашей группы, обращая на нас внимание старших товарищей.

— Уже прибыли, — удовлетворенно произносит наш начальник. — Молодцы!

— Во имя Разума! — отвечаем мы хором традиционной фразой.

— В группе Петрова госпитализации, — вздыхает товарищ Феоктистов. — Мы уже и за вас опасались, но вы показали себя отлично, поэтому следуйте за нами.

Он направляется мимо нас к выходу, молчаливый командующий тоже, а от нас ответа не требуется. По-моему, это главный флотский начальник, но я его в лицо просто не помню. Раз молчит, значит, нас его присутствие не касается. «Отцы-командиры» двигаются вперед, мы за ними, держа дистанцию. Свое недоумение я прячу — все, что нужно, нам расскажут. Уля моя и радостна, и не очень. Причины этого мне, например, ясны, но тут ничего от нас не зависит.

Командиры молчат, нам говорить команды тоже не было, поэтому в подъемнике, а затем и в галерее не нарушаем тишины. Странно, зачем нам на «Панакею»? Пройдя по галерее, товарищ Феоктистов вдруг сворачивает влево, демонстрируя мне другую такую же галерею, немного странную, ибо она менее функциональна — выглядит так, как будто это подземный ход: корешки какие-то торчат, светлячки летают... Видимо, галерея принадлежит звездолету, создающему комфортные условия... Для кого? Вариантов два — дети и возможные друзья. Если первое, то варианта три, а если второе, то один. Крейсер группы Контакта легендарен, как и сама группа.

— «Марс», что ли? — решаю я выбрать второй вариант, на что командующий флотом усмехается.

— Умные они у тебя, — сообщает он нашему командиру. — И зачем мы туда идем? — задает он вопрос мне.

— Единственный вариант — Трансляция, — пожимаю я плечами. — Доложить по расследованию для Трансляции.

— Отлично, — кивает командующий и замолкает.

Трансляция — это доведение информации до Человечества или всех Разумных, то есть включая наших друзей. Так как решения у нас принимаются сообща, то важно мнение каждого разумного, вне зависимости от расы, а тут у нас три единицы, поэтому трансляция предполагается. Мы идем на «Марс», и это значит, что нам с Улей предстоит встреча с легендарными личностями. Не напугали бы мне напарницу, ей хватит стресса.

Темно-зеленые стены военного корабля подтверждают мои выкладки, а впереди подъемник, выглядящий иначе, чем на Главной Базе. Тут явно все заточено именно на скорость, поэтому кабина напоминает контейнер пневмопочты. Оценивая скорость, я только убеждаюсь в своей правоте: несколько мгновений, и мы уже на командном уровне, о чем говорят указатели на стенах.

Мария Сергеевна, глава группы Контакта, выглядит улыбчивой женщиной, с очень добрым, даже каким-то ласковым взглядом. Легкой улыбкой поддержав нас, она приветствует старших товарищей, которые сразу же переходят к сути нашего визита. Сначала, разумеется, здороваются, затем товарищ Винокурова приглашает всех за стол, а вот потом...

— Наши следователи дадут краткую выжимку, — сообщает товарищ Феоктистов, — а вот после поговорим.

— Сначала трансляцию проведем, — поправляет его Мария Сергеевна. — А там и поговорим.

— Ты чувствуешь, — командующий Флотом констатирует факт, показывая тем самым, что проблему он понял.

Нам дают слово, при этом Уля как-то беспомощно на меня оглядывается, вызывая искреннее беспокойство. Для нее подобное поведение совершенно нехарактерно! Что с ней? Надо будет после обязательно поговорить, а сейчас я, мимолетно погладив ее по руке, начинаю свой рассказ. Наладонник мне в этом помогает, благо цепочку событий я выстроил заранее.

— Враг уничтожает творцов, — объясняю я Марии Сергеевне то, что она, по идее, и сама отлично знает. — Поэтому задачей его было программирование Ка-энин на уничтожение максимального числа оных, без различия расы. Но так как цель в данном случае была определена, то...

Я объясняю ей, почему не виноват сын Наставника и что сейчас нужно сделать, чтобы он смог пережить открывшееся. Ну а дальше рассказываю обо всех наших шагах на пути к решению. Несмотря на то, что Враг обнаружен, у нас остаются еще дети, которых спасти можно, причем это спасение никак не повлияет на основную историческую линию.

И тут вступает Уля. С болью в голосе, со слезами на глазах она рассказывает главе группы Контакта то, чему мы стали свидетелями. Она уже готова заплакать, когда Мария Сергеевна останавливает нас, кивнув, а вот в глазах командующего флотом сочувствие. Он все отлично понимает и сопереживает нам, даря понимание — все сделано правильно.

Трансляция

Ульяна Хань

Почему-то поначалу я чувствую неуверенность, но Илья все понимает, начав доклад. Я слушаю, что он говорит, осознавая: подозревали мы не того. Правда, подозревать ребенка мы и не смогли бы. Напарник мой выстроил все находки в единую схему, а я пытаюсь представить этого ребенка, которого приняли, полюбили, а он в ответ... Стоп! А ребенок ли?

— Таким образом, согласно медицинскому заключению, мозг Ти-касс третьего необратимо поврежден, — заключает Илья. — Он, конечно, враг, но...

— Решать будет Человечество, — вздыхает

Мария Сергеевна. — Давайте готовить Трансляцию. Кстати, а как именно вам пришло в голову заподозрить пилота?

— Это Ульяна, — удивляет меня напарник. Я уже хочу возразить, но он останавливает меня взглядом. — В мнемограмме юноши был тот самый тяжелый момент. В какой-то момент взгляд его, видимо, на мгновение остановился на пилоте своего звездолета. Он улыбался, проявляя эмоции, то есть точно не был под контролем. Ульяна обратила мое внимание на этот факт, и картина сложилась.

Да? А я и не помню совсем. Я стараюсь те картины не вспоминать, а Илья, оказывается, меня очень внимательно слушает, это приятно. Я, по-моему, немного даже краснею, на что Мария Сергеевна только кивает, по-доброму улыбаясь. Она о чем-то на мгновение задумывается, затем вздохнув.

— Интересный дар, — делает вывод глава группы Контакта. — Впрочем, сейчас нужно заниматься другим.

Судя по всему, сейчас момент, как древние говорили: «Мавр сделал свое дело, мавр может уходить». Мне уже становится грустно, но тут внезапно оказывается, что реагирую я опять рано. Нас никто не собирается отпускать, просто переводят на другой звездолет. При этом, что интересно, синюю карту никто отменять не собирается. То есть мы как представители «Щита» летим в прошлое на «Альдебаране». Меня эта новость ставит в тупик, а Илья просто кивает.

Я верила в то, что Человечество не бросит детей, верила! Напарник мой только улыбается, я же облегченно вздыхаю, вызывая понимающие взгляды старших товарищей. Нас выпроваживают, но почему-то не сразу на корабль. А куда?

— Сначала отправитесь на Кедрозор, — объясняет мне Мария Сергеевна. — Ваших родителей доставят туда же, чтобы вы могли неделю-две провести с ними, а затем уже и отправитесь. Вы отлично поработали и заслужили отдых, ибо, с чем вы столкнетесь… там… сказать не может никто. Все ясно?

— Есть, понял, — немного ошарашенно отвечает Илья, а я вообще теряю дар речи.

Мне действительно очень надо с мамой поговорить, хоть я и не уверена, что решусь обсуждать Илью и… себя, но попробовать стоит. К тому же действительно отдохнуть стоит, но вот почему нас отправляют в одно место, я не понимаю. На Кедрозоре кроме Лукоморья есть и другие заповедники да базы отдыха, вот только кажется мне, что конкретно нас с Ильей ждет Лукоморье. Причины своей уверенности я не знаю.

— Пойдем, Уля, — мягко произносит занимающий мои мысли напарник. — Пойдем, нас рейсовый ждет.

— Не нужен вам рейсовый, — сообщает в ответ товарищ Феоктистов. — К вам «Эталон» прикреплен, но отправитесь вы только после трансляции.

«Эталон»? Я удивленно вскидываю глаза, и тут действительно есть чему удивляться — новейший скоростной звездолет, рассчитанный на «убежать», поэтому пушек не имеет, а вот защитные поля как раз да. Уровня чуть ли не эвакуатора, кстати, что очень сильно, таким образом он получается самым защищенным звездолетом из военных. Среди гражданских «Варяг» лучше всего защищен, но это традиция, а вот «Эталон»... Интересно, за что нам такой подарочек?

Нам дают возможность передохнуть, пока с кем-то связываются, кого-то вызывают и готовят помещение к трансляции. На это время нас с Ильей отводят в комнату отдыха, где наличествует диван, стол со стульями, экран, конечно же, ну и синтезатор, чтобы перекусить, если нужно. Илья сразу же направляется к нему, возвращаясь с двумя высокими фигурными стаканами, наполненными рубиновой жидкостью. И хотя я понимаю, что в них, все равно поражаюсь: он опять принес мне именно то, что я люблю. Черешневый сок, мягкий, сладкий, чуть терпковатый, просто идеальный. А что любит он — знаю ли я?

— А как ты понял, что это именно он? — интересуюсь я у Ильи. — Я вообще не помню, чтобы обращала внимание на детали.

— Ты мне на него кивнула, — объясняет напарник. — Когда пыталась не расплакаться.

— Спасибо... — тихо говорю я ему, вдруг осознавая, что он для меня сделал, да и делает.

— Загрустила Уля, — как-то напевно произносит Илья, вдруг обнимая меня, а я...

Мне совсем не хочется злиться, нет раздражения, желания отбросить его руки, сказать что-то обидное, как раньше. Вместо этого я просто прикрываю глаза, отдаваясь своим необыкновенным ощущениям. Эти объятия совсем не такие, как у мамы или папы, от них веет не столько теплом и надежностью, сколь чем-то другим, очень смутно уловимым. Я будто полнее становлюсь, когда меня Илья обнимает, более цельной, и вот данный факт меня удивляет. Надо будет обязательно маму спросить, что это значит. Вдобавок то, что нас опять направили в одну каюту, а не в две разные, что-то да и значит, но что?

— Не надо грустить, — мягко говорит мне Илья. — Ты придешь в себя, снова будешь раздражаться и блюсти свое личное пространство.

— Не хочу, — неожиданно даже для себя признаюсь я ему. — Я не знаю, что произошло, но я... мне комфортно так. А ты? Я тебя не... не принуждаю?

— Ты не можешь меня принудить, — он прикасается своими губами к моей макушке, отчего мне вдруг становится теплее, совсем как в папиных руках. — И нет никого дороже тебя.

Меня успокаивают его слова, хотя в этот миг я, кажется, еще не осознаю, что именно он сказал. Мне просто комфортно в его руках, при этом я совершенно не понимаю почему. Но размышлять отчего-то тоже не хочется, и я просто наслаждаюсь сейчас этим покоем.

Я понимаю: это ненадолго, совсем скоро начнется трансляция, на которой придется говорить и нам. Говорить со всеми Разумными, объясняя им произошедшее и что именно необходимо, по нашему мнению, делать. Нам нужно быть уверенными и убедить Разумных разрешить погружение, чтобы спасти детей. Кроме того, есть у меня ощущение, что и с детьми нас ждут сюрпризы... Вот еще что странно. С момента начала расследования я стала больше чувствовать, но...

И у Ильи, и у меня дар очень слабый и однобокий, но именно в последние дни я вижу очень многое, как будто потенциал моего дара вырос во много раз, сделав его универсальным. Возможно ли такое?

Илья Синицын

Что-то необъяснимое происходит. Я начинаю все сильнее ощущать Улю — ее эмоции, чего быть не может даже теоретически — у меня дар другой. Но тем не менее я именно что чувствую ее грусть, неуверенность, усталость, отчего обнимаю мою хорошую девочку, подсознательно ожидая агрессивной реакции, но... Ее не следует, напротив, на нас обоих сходит умиротворение, как будто именно так и правильно.

Странно еще и то, что меня совсем не пугает

подобное ее состояние, а за возможность подержать Улю в объятиях еще хоть немного я пойду на что угодно. Не знаю, что с нами происходит, но потерять эти мгновения я не соглашусь ни за что на свете. На первый взгляд кажется, что она дремлет, но я чувствую — это не так. Она тоже что-то ощущает, просто не может пока сформулировать, что именно. И тут почти беззвучно открывается дверь.

— Ага, — задумчиво произносит Мария Сергеевна, с интересом глядя на нас. — Ну что, готовы?

— Готовы, — киваю я, думая о том, не взять ли Улю на руки.

— Пойдем, — с явным сожалением в голосе говорит она, выбираясь из моих объятий.

— Очень интересно, — замечает глава группы Контакта.

Что именно ей интересно, спросить я не успеваю. Она выходит из каюты, мы движемся за ней, судя по всему, в зал совещаний или подобное место. Зайдя внутрь, я вижу уже готовую для трансляции... хм... область. Как выглядит официальная трансляция, я много раз видел, но вот то, что камеры берут только определенную область пространства, не знал. Впрочем, все логично.

— Слушайте, Разумные! — начинает трансляцию Мария Сергеевна.

Она рассказывает о сне Ксии, затем о том, что показала мнемограмма, следом наступает очередь ребенка. Я вижу, как девочка держится за своего мальчика, слегка завидуя ему — они совершенно точно едины и смотрятся невероятным чудом. Просто невозможным. Я бы тоже так хотел... Стоит только так подумать, и я чувствую прикосновение Ули. Повернув голову, вижу смотрящую на меня с совершенно нечитаемым выражением в глазах напарницу, и улыбаюсь ей.

— Мы готовы лететь, — твердо произносит Ксия, глядя прямо перед собой. — Мы готовы ради тех детей, что все равно находятся в опасности!

Умница какая, просто героическая девочка! Такой можно и нужно гордиться, и я вижу гордость в глазах родителей этих юных героев. Но вот наступает и наша очередь. Переглянувшись с Улей, я ощущаю ее желание спрятаться, поэтому выступаю вперед, прикрывая ее собой от камеры. Краем глаза заметив понимающую улыбку товарища Винокуровой, начинаю свою речь. Я рассказываю обо всем, что удалось узнать, о том, как подозревали не того, каким образом выяснилось, кто действительно виновен. Я говорю о мнемограмме, свидетелем которой мы с Улей стали, насколько она страшна, медленно переходя к причинам этого.

— Обнаружив у детей развивающийся дар творца, коты создали религию, говорящую о том, что это проклятье, — спокойно произношу я, хотя кто бы знал, насколько сложно оставаться таким в этих условиях. — Было это очень давно, но как это произошло и как с этим связан Враг, нам еще только предстоит узнать.

Нам действительно предстоит узнать многое, и, кроме нас, расследование никому не поручить, мы понимаем это очень хорошо. Даже если бы не синий щит на рукавах, мы все равно были бы единственными, потому что таких знаний, почерпнутых нами из древних книг, у коллег просто нет.

— А теперь прошу высказываться и голосовать, — усталым голосом завершает информационную часть трансляции Мария Сергеевна.

В первую очередь разумным очень интересен ход расследования, о котором я и докладываю. Естественно, я опасаюсь вопросов о нашей молодости, но, видимо, унижать нас никому в голову не приходит. Многие видят отметки у нас на шевронах, наверное, именно поэтому. Мы не дети, но выглядим, конечно, очень молодо. Лишь допросив нас как следует, разумные готовы перейти к голосованию, хотя мне результат ясен и так. Именно то, насколько детально нас расспрашивали, и дарит понимание — дети будут спасены.

— Разумные! — прерывая шумную дискуссию, до нас доносится очень пожилой голос незнакомого мне человека. — Мы занимаемся не тем. Интуиты у нас Винокуровы, и другой возможности они не видят. Котенок у нас тоже Винокурова, так что, выходит, член семьи. Тем не менее ничего не стали делать в кругу семьи, а обратились к нам — зачем?

— Этическая проблема... — произносит женский голос. — Разумные, мы обязаны поддержать Винокуровых!

И вот тут доходит даже до меня: Винокуровы показывают, что они не внутри своей семьи, а такие же разумные, как и все. И беда, пришедшая к котятам, тоже касается абсолютно всех. Начинается голосование, а товарищ Феоктистов объясняет суть наших с Улей расчетов. Он пользуется именно моими выкладками, отчего мне хочется улыбнуться, ибо это доверие.

— Суть задачи такова, — негромко объясняет Игорь Валерьевич. — Нужно погрузиться до вот этой отметки, — и показывает на экране, насколько я вижу, рассчитанный по мнемограмме период, — отследить звездолет, но отпустить его, иначе нарушим ход истории.

— А как мы тогда предотвратим программирование? — интересуется сотрудник группы Контакта, тоже, наверное, Винокурова.

— Подменив аппарат «диагностики» на орбитальной платформе, — объясняет уже командующий Флотом. — Под маскировкой «Меркурий» зайдет вот сюда...

«Меркурий» — корабль небольшой, я о нем читал, но есть возможность разместить и десант, так что предложение очень даже хорошее. Да и так решится проблема программирования котят, не меняя ход истории. Очень важно не изменить ход истории, но при этом еще проскользнуть под носом наших кораблей, потому что петля времени никому не нужна.

— Разумные, мы благодарим вас! — ознакомившись с результатами голосования, восклицает Мария Сергеевна.

— Удачи вам! — доносит до нас связь чей-то

возглас, после чего зеленый сигнал трансляции на аппаратуре гаснет.

Мария Сергеевна отходит к родителям детей, а я вопросительно смотрю на командира. Товарищ Феоктистов делает незаметный жест, что означает — «оставаться на месте», продолжая свой разговор с командующим, я же поворачиваюсь к Уле. Она, по-моему, стыдится своего кажущегося малодушия, поэтому я просто мягко обнимаю ее за плечи.

— Да, Игорь Валерьевич, вашим сотрудникам пора отдохнуть, — слышу я голос главы группы Контакта. — Им еще состояние своего дара осознавать.

— Не возражаю, — отвечает ей товарищ Феоктистов, а я пытаюсь понять, что именно меня зацепило в ее фразе.

Дар! Не «дары», а «дар» — в единственном числе. Но что это значит?

Короткий отдых

Ульяна Хань

Всё же, что со мной происходит? Я раздумываю над этим всё время, пока мы летим на Кедрозор, где нас ждут родители. При этом мне комфортно находиться рядом с Ильёй, но осознать происходящее со мной не могу. Мне очень уютно вдруг стало находиться рядом с ним, и забота его приятна, хотя раньше я её не замечала, но вот причины этого, почему для меня всё так переменилось, я не понимаю.

Нам дают не две недели, конечно, а всего несколько дней, но именно для отдыха, при этом у меня всё ещё много вопросов. В основном это вопросы к себе, при этом я не сильно понимаю происходящее. Илья временами поглаживает меня по голове, как маленькую, и острой реакции это почему-то не вызывает. Раньше я бы взвилась, конечно, почему тогда сейчас нет?

— Пойдем, Уля, — ласково говорит мне Илья, показывая, что нам к лифту пора.

И вот эта его ласка — почему я не реагирую агрессивно? Ведь он вторгается в мое личное пространство! Но стоит мне только подумать о том, чтобы наорать на напарника, и я понимаю: просто не могу. Нет никаких сил, да и внутреннего желания, как будто он вдруг встал на один уровень с родителями. Но такого просто не может быть! Или... может?

— Пойдем, — соглашаюсь я, вставая со своего кресла.

Корабль у нас небольшой, но Лукоморье — заповедник, посадка там разрешена только в крайнем случае, поэтому мы по старинке, электролетом или лифтом. Интересно, мама с папой встретят нас уже внизу или... Двинувшись вперед, я почти сразу получаю ответ на свой вопрос: улыбающаяся мама в конце переходной галереи смотрит на меня так, что хочется, как в детстве — взвизгнуть, подбежать и обнять ее. Я даже слегка дергаюсь, но остаюсь на месте, идя рядом с Ильей. Почему я так поступаю? Почему?

— Ну, наконец-то, — совершенно непонятно произносит мама, стоит нам приблизиться.

— Что «наконец-то»? — удивляюсь я, попадая в ее объятия.

— Подумай, — знакомо-знакомо говорит мне она, обнимая и Илью.

Это значит, я что-то банальное упустила, что видно совершенно всем. Именно эта мамина реакция погружает меня в еще более глубокие размышления, поэтому я не замечаю ни электролета, ни самой посадки, ощущая только мамины объятия и прикосновение Ильи. От этого мне почему-то совсем не размышляется, но я стараюсь.

Что же такое я пропустила? Не понимаю совершенно, но почему-то совсем не раздражаюсь. А передо мной, ведомой мамой, внезапно появляется изба, как в древних сказках, за открытой дверью которой я вижу Илюшиных родителей и папу, поэтому некоторое время мы просто обнимаемся. Желая похулиганить, я здороваюсь с печкой, хоть и знаю, что тут всем квазиживой разум управляет.

— Здравствуй, девица, — отвечает мне печь,

маскирующая синтезатор. — Тяжко пришлось тебе?

И вот тут до меня что-то доходит... Я усаживаюсь с родными, с ходу начиная говорить о том, что мы видели в мнемограмме. Отчего-то доверяя и родителям напарника, я рассказываю, неожиданно даже для себя заплакав. И тут же руки Ильи дарят мне уверенность, отчего слезы будто сами высыхают, а родители переглядываются.

— Скажи, Уля, — мягко произносит мамочка, — когда ты с Ильей, тебе легче думается?

— Как будто дар какой-то просыпается, — киваю я. — Или мой усиливается...

— Погодите... — с задумчивыми интонациями говорит Илья. — Вы хотите сказать, что мы резонируем?

Это легенда, просто сказка, на самом деле, о том, что особые чувства могут создать резонанс душ и даров. Старая сказка из давних времен, когда люди о дарах не знали еще ничего, зато с удовольствием фантазировали на эту тему. Я поворачиваюсь к напарнику, наблюдая его ошарашенный взгляд.

— А после того, как ты увидела гибель... детей, — это папа Ильи в разговор вступает, он мастерпсихолог, один из лучших во Флоте, — тебе больше не хочется раздражаться от заботы твоего напарника?

— Да... — кажется, удивиться больше невозможно, но у меня получается: он же совершенно точно угадал мои ощущения.

— Тогда надо просто расслабиться и принимать все так, как оно идет, — советует мне он. — Придет время, и ты осознаешь. А сын уже понял?

— Папа, но это сказка! — восклицает Илья, а я недоумеваю: о чем это он?

— Сказка, — соглашается его отец, но ничего больше не объясняет.

Чуть позже я, конечно, увожу маму в лес, чтобы поделиться своими переживаниями. Она совершенно точно понимает, что происходит, но почему-то хочет дать нам возможность понять самим. Вот только есть ли у меня желание понимать? Нет, мне, пожалуй, просто расслабиться хочется и ни о чем не думать. Получается, папа моего напарника прав. Значит, так и буду делать.

— Рано или поздно, доченька, ты осознаешь это полностью, — вздыхает мама, обнимая меня, как в детстве. — Но я помогу тебе. Когда ты себя стала необъяснимо, по твоим словам, вести?

— После мнемограммы, мамочка, — выдаю я заготовленный ответ, ибо думала уже над этим.

— А как изменилось поведение Ильи? — интересуется она.

— Знаешь... Наверное, никак, — вдруг понимаю я. — Разве что я начала лучше понимать его заботу и... принимать ее.

— Ты начала принимать его заботу, больше проводить времени с ним, — кивает она мне. — С чем это может быть связано?

— Компенсация эмоционального шока? — строю я догадки.

Но мамочка только улыбается, позволяя мне додумать самой. На самом деле, я испытала очень большой шок дважды: когда увидела гибель экскурсионного звездолета и когда... ну в той мнемограмме. Ксия Винокурова после первого-то намертво запечатлелась на своего мальчика, а я, выходит, после второго? Проверка импринтинга — школьная задачка, и у меня именно его нет. Я могу сомневаться в Илье, могу ему противоречить, могу спорить, значит, это не импринтинг. Любовь? Но у меня отсутствуют многие симптомы этой самой любви, описанные в литературе. Чем же это тогда может быть?

Наверное, мамочка права: придет время, и я

все пойму сама. Ну, или вытрясу версию из Илюши, мне он сопротивляться не может. Кстати, действительно, почему он ведет себя со мной так, как будто я драгоценность? Это, наверное, тоже объясняется, но я пока не знаю как. А вот что я знаю... Что любит Илья? Что ему нравится? Ведь он обо мне все знает, а я о нем?

Задумавшись, легко нахожу ответы на эти вопросы. Но вот когда я успела все это узнать — ведь Илья меня раздражал еще со школы — как я запомнила, что ему нравится, а что нет? Это, пожалуй, самое загадочное во всем, что с нами произошло, даже загадочнее моих ощущений.

Илья Синицын

Пока Уля гуляет со своей мамой, я оказываюсь один на один с отцом. Он, конечно же, знает, как я к напарнице своей отношусь, и я ожидаю от него ребусов типа «догадайся сам», хотя практически уже догадался. Принцип Оккама, описанный в одной из древних книг, мне очень в этом помогает: исключив другие варианты, я получаю единственно возможный, хоть и сказочный.

— Сын, случаев единения с пороговым усилением дара известно всего два, — произносит папа наконец. — И оба у наших друзей, поэтому среди людей вы с Ульяной первые.

— А это точно единение? — ради приличия интересуюсь я, хотя уже и сам все понимаю.

— Мария Сергеевна подтверждает, — отвечает он, лишая меня аргументов.

Товарищ Винокурова — это серьезно, и раз она подтверждает, то вариантов нет. Один из сильнейших интуитов, телепат... Да, пожалуй, это доказательство. Я задумываюсь о том, что Улю в последние дни из крайности в крайность не бросает, но еще не вечер, как говорили древние, вполне может взбрыкнуть.

— И что теперь? — интересуюсь я.

— Как проходит единение у людей, не знает никто, — вздыхает папа. — Поэтому просто учитывай этот факт, ну и имей в виду, что тебе потом описывать...

Да, он прав, мне потом описывать для людей, что это такое и как именно проявляется, потому что мы с Улей, получается, первые. Надо же, бардак, а Винокуровы ни при чем... Но раз такое дело, то с «Альдебараном» действительно только нас послать можно, ибо вместе с Улей мы формируем совершенно новый дар, только в чем он состоит, мне непонятно. Пока непонятно, конечно, вот вернемся...

А пока можно просто подумать, но что-то не особенно мне думается, потому как подсознательное беспокойство о напарнице не оставляет. Наверное, это и есть ответ, потому что ставить опыты типа «представь, что ее нет», я не буду — не всякое остановившееся сердце можно запустить заново, а пугать мне сейчас никого не надо. Я уже понимаю, что принял точку зрения отца: это действительно сказочное для нас единение.

История данного понятия уходит к нашим друзьям — энергетическим формам жизни. Для них единение — это объединение контуров жизни, позволяющее слиться, создав нечто новое, при этом чувства и эмоции совершенно запредельные, а у обладающих телом может быть взаимный импринтинг, как наиболее близкая форма, а вот единение... Выходит, через некоторое время станем мартышками в зоопарке, а пока что нужно расслабиться и получать удовольствие, как папа говорит.

На пороге появляется задумчивая Уля, буквально сразу же сделавшая шаг ко мне. Я и сам не понимаю, как оказываюсь рядом, мягко, очень бережно обнимаю ее, в этот момент просто всем своим существом понимая: я поступаю правильно. Действительно, очень правильно ее сейчас обнимать и сразу же поинтересоваться, не голодна ли она, отчего наши родители понимающе переглядываются. Я теперь знаю, почему они переглядываются именно так, но мне... Мне все равно, ибо главное сейчас — вот эта девушка, волшебное мое чудо.

Пожалуй, как раз в этот момент я понимаю: Уля мое чудо, и жизни без нее я себе не представляю. Не знаю, осознает ли она, но по моим внутренним ощущениям — еще нет. Впрочем, все логично, ведь напарница моя вообще не терпит «всяких любовей» еще со школьной скамьи. Впрочем, если подумать... Возможно, потому, что объединяющее нас «явление» возникло намного раньше?

Впрочем, данную тему я в разговорах не поднимаю, а Уля постепенно снова становится уверенной в себе, целеустремленной девушкой. Вот только раздражаться от моего присутствия она не спешит. Пожалуй, это самое заметное изменение ее поведения — она теперь принимает мою заботу, а я все так же просто хочу защитить ее от всех бед и забот. Для меня, кажется, не изменилось ничего, хотя мы чаще проводим время вместе. И не от того, что я нахожу новую интересную книгу, а просто нам комфортно друг с другом, хоть я, по папиному совету, и не тороплю события.

Вызов приходит на третий, кажется, день, но не «явиться немедленно», а с указанием даты и времени. А это означает, что еще три дня, почти до самого конца кратерия, у нас есть. Вот мы и уходим с Улей «погулять». Родители, кстати, не обижаются — они понимают. Нам бы с напарницей все так же понимать... Но это придет с опытом, я верю. Итак, мы идем по «сказочному» лесу, в котором можно есть ягоды прямо с кустов, а ничего опасного для ребенка в принципе не может быть. Мы-то, конечно, уже не дети, но в эти минуты я ощущаю себя как-то очень легко и спокойно.

— Мне комфортно, когда ты рядом, — сообщает мне Уля. — Не хочу думать о том, что это значит.

— Не надо думать, — соглашаюсь я. — Просто расслабься и не думай ни о чем. Хочешь, на берегу посидим?

— Хочу... — негромко отвечает она мне.

Я понимаю, моя милая девочка уже немного готова говорить о своих ощущениях, но пока еще не может полностью открыться. Так бывает, нервничать незачем, а нужно просто сидеть и смотреть на воду. Мы как-то незаметно для нас двоих усаживаемся. Некоторое время просто сидим, а затем Уля подает голос, выводя меня из задумчивости:

— Нас впереди ужасы ждут, — негромко произносит она. — Скажи, а ты...

— Я всегда буду рядом, — отвечаю ей, даже не дослушав, а просто почувствовав, что она хочет спросить. — Всегда-всегда.

— Спасибо... — шепчет Уля и вдруг укладывается головой на мои скрещенные ноги.

Она смотрит, кажется, даже не на меня, а просто в небо, я же любуюсь ею. Вот в такие моменты она настолько прекрасна, что прямо дух захватывает. Впрочем, что со мной происходит, я теперь уже понимаю и не сопротивляюсь этому. Мы становимся ближе друг другу. Почти незаметно становимся ближе, и я чувствую это. Наверное, скоро будет трудно разобрать, где чья эмоция.

Но пока мы просто отдыхаем у озера, в тишине, нарушаемой лишь шелестом находящегося за нашей спиной леса, журчанием воды и негромким пением какой-то пичужки. Я чувствую наши объединенные эмоции, как будто мы уже «слились», но это, конечно, не так. Нам предстоит пережить Улины взбрыки, сопротивление самой себе и, наверное, много еще сверх того. Но у меня терпения хватит, я верю, ведь на самом деле мы уже едины, и изменить этот факт не сможет ничто.

Совершенно незаметно для меня моя милая девушка засыпает, позволяя мне, тем не менее, невесомо гладить ее прекрасные волосы. По-моему, это наивысшая степень доверия — уснуть вот так. Раньше я был бы просто до визга счастлив, а сейчас... Я тоже счастлив, но даже пошевелиться боюсь, чтобы не разрушить это очарование.

Вперед, в прошлое

Ульяна Хань

Простившись с родителями, мы отправляемся на орбиту, где ждет звездолет, что унесет нас на «Альдебаран» — новейший линкор флота. Я уже не задумываюсь о том, как отношусь к Илье, стараясь вернуть наши отношения в рамки деловых, хотя мне временами бывает просто холодно, непонятно отчего, а он... Мне кажется, он все понимает и не старается нарушить мое личное пространство, что я подсознательно ожидаю. Он просто волшебный какой-то, хотя мысли об этом я себе запрещаю. У нас впереди не самое простое дело.

Отчего мне так с ним комфортно, я и не знаю,

но пока об этом не гадаю, потому что сейчас мы с ним разбираем вовсе не детектив. Илья случайно наткнулся на рассказ об опытах над людьми, которые в Темные Века творило дикое человечество, и вот теперь мы с ним обсуждаем прочитанное.

— Значит, им доставляло удовольствие слышать крики и плач? — не могу осознать я мотива именно такого отношения, ведь для нас подобное просто непредставимо.

— Насколько я понимаю, они считали детей не себе подобными, а животными, — отвечает Илья, а я снова чувствую, как на меня накатывает то же самое состояние, что было после мнемограммы.
— И судя по всему, мы встретимся с подобным.

Я знаю, что он прав, просто точно знаю, и ничего не могу с этим знанием поделать. Никто лучше нас с этой задачей не справится, но как же больно осознавать, что мы летим туда, где дикие существа мучают детей. Котята уже наши дети, потому право на вмешательство у нас есть, но...

— Экипажу рекомендуется перейти на «Альдебаран», — совершенно безо всяких эмоций сообщает нам мозг корабля.

— Пойдем, — вздыхаю я, поднимаясь.

Мозг на нашем звездолете себя еще не

осознал, поэтому полностью квазиживым пока не является, но для навигации набора инструкций достаточно. Я встаю с кресла, рядом оказывается и Илья. Нам нужно покинуть рубку, пройти нешироким коридором до шлюза и выйти в помещение дока, чтобы затем проследовать в выделенные нам каюты. Скорее всего, каюта будет одна, ну а если две, то я все равно потесню напарника. Не могу я спать с ним в разных комнатах, вот уж не знаю, что именно это значит.

В Лукоморье это выяснилось — не засыпаю, и все. А когда в одной комнате, то даже на рядом стоящих кроватях отлично спится. Странно это, на самом деле, но мама говорит не думать пока, вот я и не думаю. А что я делаю? В данный момент меня Илья бережно, как что-то очень хрупкое, вынимает из тамбура звездолета, чтобы аккуратно поставить на поверхность причального дока. Вот кажется, у нас отношения совсем уже не дружеские... Но на любовь вроде бы не похоже, хотя что я знаю о любви?

— «Альдебаран», — обращается к разуму звездолета Илья, — где наша каюта?

— Уровень десять, каюта сто семь, — откликается тот.

— Лаконично, — хмыкает мой напарник, ведя меня к подъемнику.

Звездолет, на который мы прибыли, — военный, значит, преобладание темно-зеленого цвета. И стены, и каюты частично, и рабочие места... Характерная для военных кораблей однотонная окраска меня ничуть не беспокоит. Я раздумываю о прочитанном. Дикие времена человечества канули в лету, но, как показывает история, причем совсем недавняя, с подобным нам еще не раз встречаться, поэтому нужно быть готовой к таким событиям и картинам, иначе лучше другую работу искать. А мне моя работа нравится, так что ответ понятен.

Подъемник возносит нас с Ильей на десятый уровень, где, если верить справочнику коммуникатора, расположен командный блок. То есть нас располагают как старших командиров, что, конечно, не очень обычно, зато логично: мы щитоносцы, соответственно, должны быть доступны командованию и недоступны всем остальным. Мало ли что.

Каюта наша прямо у подъемника расположена, что опять же логично. При этом она определенно семейного типа: большая кровать, санузел с двумя душевыми кабинами и отдельная комната — явно кабинет или детская. Хотя какая детская на командном уровне? Значит, кабинет на двоих, что очень удобно. Я пытаюсь представить, что мы с Ильей уже семья, подсознательно ожидая от себя сопротивления, но ничего подобного не ощущаю, даже, скорее, наоборот. Очень интересные у меня реакции, очень...

Большой экран у нас в кабинете, маленький — в спальне. Все подчеркнуто функционально, шкафы спрятаны в стенах, остальная мебель тоже. На мой взгляд, эта каюта может быть проверкой — не начну ли я возмущаться. Слышала я, что на некоторых кораблях принято проверять вновь прибывших на прочность, возможно, и тут так же, но я возмущаться не буду, меня такая конфигурация жилого помещения устраивает, и Илью, я вижу, тоже.

Мы раскладываем вещи, привезенные с собой, при этом Илья о чем-то раздумывает. Неужели прикидывает, как разделить кровать? Интересно, а почему я предполагаю именно это? В следующее мгновение он что-то решает и усаживается в небольшое кресло.

— О чем задумался? — с улыбкой спрашиваю я его.

— Сейчас докладывать или когда позовут, —

отвечает он мне, разбивая все построения, что я себе уже в голове создала.

— Думаю, когда позовут, — вздыхаю я. — Мало ли...

— Да, — кивает Илья, поняв меня с полуслова.

Интересно, с какого момента у нас такое взаимопонимание наступило? Как-то я упустила этот момент. Впрочем, мне оно нравится. Мне все нравится, кроме мысли о том, зачем мы летим, но больше просто некому. В группе Петрова, как увидели мнемограмму, так... До сих пор нескольких человек лечат, а мы выдержали. Наверное, потому что ужас на двоих разделили, вот и выдержали.

— Внимание всем, начинаем скольжение, — сообщает нам разум «Альдебарана».

Это значит — путешествие началось, можно просто сидеть и ждать. Но мы просто сидеть не будем, а, наверное, поспим. Я чувствую, что идея поспать хорошенько — очень хорошая, потом вряд ли придется. Судя по тому, что Илья делает, он со мной солидарен. Поэтому я поднимаюсь, утопывая в душ, а он меня ждет. Смущать, наверное, не хочет, хотя... ладно, не буду думать.

Стоя под упругими струями, я чувствую, что расслабляюсь. Мамочка права: зачем думать и себя нервничать заставлять? Пусть все идет как идет, рано или поздно я совершенно точно получу ответы на все вопросы. Так что я решаю отбросить размышления о происходящем и просто уснуть. Кто знает... Вот мой дар, усилившийся не сказать даже как, — это повод подумать, но потом, а сейчас надо поспать. И я даже хочу спать, очень-очень!

Илья Синицын

Мысль отправиться спать — очень хорошая, на самом деле, хотя именно сна мне нужно совсем немного. Я лучше полежу, полюбуюсь своим солнышком. Уля настоящее солнышко, а когда спит, настолько красивая, что просто дух захватывает. Она настоящее чудо. Пусть сама еще не понимает, что с нами случилось, я спешить точно не буду. Я все чувствую, поэтому даю ей возможность быть такой, какой ей хочется, ведь нет и не может быть никого дороже на свете.

— Начинаем погружение, аварийным командам находиться в готовности, — а вот это уже наш легендарный командир произносит.

Командовать «Альдебараном» назначили не просто Винокурова, а аж целого Защитника.

Легендарная личность. У него не то что есть боевой опыт — Виктор Винокуров сделал возможным само существование Человечества в нынешнем виде. Он в прошлом вступил в бой с ульем врага и, одержав победу, обеспечил знаменитый Исход. Известная история, вошедшая в учебники, поэтому я спокоен: он действительно знает, что делает, а это означает, что мы в безопасности. Для меня важнее всего безопасность моего солнышка. Вот она поспит, а затем мы поедим. Я пока подумаю, чем таким накормить Улю, чтобы она заулыбалась.

Что со мной происходит, я знаю, папа объяснил. Единение само по себе возникает как результат любви. Не простой, конечно, но для меня важно то, что я Улю именно люблю и в лепешку разобьюсь ради того, чтобы ей было комфортно. Что нас ждет впереди, я себе представляю, недаром же с нами десант. Значит, будет, как это в древности называлось — «абордаж». А нам нужно будет вести допросы, чтобы поставить, наконец, точку в истории, начавшейся со сна одной еще очень юной Винокуровой.

На самом деле, в целом картина ясна всем, но вот частности могут означать и бой, и опасность, поэтому надо держать ухо востро. Десант нас, конечно, в обиду не даст, но... Понятно, в общем. Я не зря подсунул Уле книгу, в которой оказались опубликованы зверства диких. Так я ее готовлю к тому, что мы увидим, ведь не зря послали именно Защитника. Вряд ли коты придумали что-то страшнее того, что было в нашем прошлом.

— Погружение завершено, — сообщает голос разума звездолета.

Это значит, что мы уже в прошлом. В недалеком, конечно, но опасность создания временной петли все равно имеется, поэтому работать надо осторожно. Интересно, как справится «Меркурий»? Он же будет чуть ли не под носом наших подходящих кораблей.

Сыну Наставника память о том, что он творил, не контролируя себя, заблокировали, а вот его пилот... Он оказался совсем не ребенком и, строго говоря, совсем не котом, вот только такая раса мне лично незнакома, но я уверен — Мария Сергеевна найдет. Тут ведь вопрос в том, он ренегат или они все такие... Свободно меняющим форму тела оказался пилот, правда, выяснилось, что эта свобода ограничена только двумя расами, но все равно чуть не сбежал, гаденыш. Информацией со мной Винокуровы поделились по линии «Щита».

Спит моя хорошая, а я запрашиваю через наладонник ориентировочное время начала работы. Судя по ответу, часа два у нас есть, значит, скоро будить Улю. Я же озабочусь завтраком поплотнее и полюбуюсь такой красивой девушкой. Чудо она, просто слов нет. Как это со мной произошло, я и сам не знаю, вот только люблю ее теперь всей душой.

Раньше я опасался даже думать о своем к Уле отношении в таком духе, но папа мне все объяснил, так что теперь я хотя бы знаю, как называется то, что я чувствую по отношению к моей Уле, — которую, кстати, пора будить. Жалко ее будить, но надо, время приводить себя в порядок, потому как работа может начаться в любой момент.

— Просыпайся, — ласково глажу я ее по волосам, наблюдая за тем, как открываются полные сонного тумана глаза, как в них медленно проступает такое знакомое мне выражение.

— Так бы всю жизнь просыпалась, — неожиданно для меня признается Уля.

— Договорились, — киваю я. — Поднимайся, завтрак готов.

— А что у нас на завтрак? — интересуется напарница, даже не делая попытки подняться.

— Сырники с вареньем. Покормить? — в шутку предлагаю я ей.

— А давай! — ставит Уля меня в тупик.

Для нее такое поведение совершенно нехарактерно. Я, конечно, понимаю, что моя милая пошалить решила, но вот с чего вдруг — неясно. Впрочем, назвался груздем... И я беру со стола тарелку, приготовившись Улю кормить. Как это правильно делать, я знаю, просмотрел как-то обучающий фильм о том, как в древности лежачих кормили. Сейчас-то у нас лежачих нет, но история учит тому, что лишних знаний не бывает. Вот и мне как раз пригодятся мои знания.

По-моему, Уля сильно удивляется моей покладистости, но рот послушно открывает, сразу же чуть закатив глаза — варенье ее любимое, да и сырники точно такие, как она предпочитает. Секрет этого прост: со мной ее папа кристаллом-программатором синтезатора поделился, поэтому теперь у Ули есть все, что она любит, к чему привыкла и что доставляет ей удовольствие. Мне очень важно, чтобы ей было приятно, хорошо на душе и спокойно. Наверное, это норма. В смысле, обычное дело, задумываться о котором не надо.

Мы пьем тонизирующий напиток, закончив с

едой, при этом Уля как-то очень хитро на меня поглядывает, а мне ее обнять хочется, настолько сильно, что едва удается себя в руках удержать. Она улыбается, о чем-то задумавшись, а потом вздыхает.

— Ладно, обнимай, — стараясь обратить все в шутку, разрешает мне Уля.

И только обняв ее, я понимаю: я ее желание ощущал, поэтому и трудно себя в руках держать было. Выходит, мы точно можем чувствовать друг друга, а это значит... Это значит, что впереди у нас веселое время — научиться разделять эмоции. Если это, конечно, понадобится. Может так случиться, что нет, и я себе даже представляю... Ох, быть нам подопытными мартышками, чует мое сердце, хотя на животных люди опыты давно уже не ставят, не дикие, чай.

— Следователям проследовать в рубку, — передает нам приказ разум «Альдебарана».

Итак, время покоя закончилось, начинается работа. С сожалением выпустив Улю из объятий, я поднимаюсь на ноги, давя в себе желание взять ее на руки; при этом она точно ощущает это мое желание, потому как тихо хихикает. Я беру со стола наши наладонники, Уля смотрится в зеркало и кивает. Пора идти.

За дверью пустынный коридор командного уровня, по которому нам нужно пройти до конца — именно там расположена рубка. Я настраиваю себя на рабочий лад, пока что отставляя в сторону иные мысли. Если я прав, некоторое время нам будет не до сердечных дел.

Дверь рубки уходит в сторону, открывая нам довольно большое помещение. Уля делает шаг вперед, опережая меня, я чуть смещаюсь, прикрывая ей спину, что замечает рослый офицер с шевронами десанта. Он улыбается одними глазами, а милая моя уже докладывает Защитнику.

Осмотр места происшествия

Ульяна Хань

Задачу нам поставили предельно ясно: десант соберет всю фауну, а мы исследуем корабли. Вопрос еще в том, с каких начать, потому что кораблей у нас два вида — тюремные «кирпичи» и «тарелки» Врага. Двигаясь в сторону дока, где стоит наш «Эталон», я раздумываю, как приступить к выполнению, а Илья не отрывается от наладонника. Десант, насколько я знаю, эвакуирует выживших детей и фауну, которую нам еще допрашивать, ибо, как говорили древние, хочешь сделать хорошо, сделай сам.

Илья меня незаметно совсем для глаза, но страхует, а я... Я чувствую себя в работе. Все эмоции сейчас надо запереть под замок, чтобы не думать о том, что я увижу. Благодаря книге, которую мне подсунул напарник, я уже могу что-то представить себе. Он очень заботливый, на самом деле, — заранее меня подготовил, вот только откуда он-то узнал? Надо будет потом расспросить его, а пока...

Я усаживаюсь в кресло нашего «Эталона», рядом обнаруживается и напарник. Права на самостоятельное управление звездолетом, как и знаний пилота, ни у кого из нас нет, но у корабля очень хороший разум активирован, поэтому повезет нас он.

— «Эталон» — степень осознания, — вспоминаю я предполетную инструкцию.

— Полное, — лаконично отзывается разум звездолета. — Выберите цель.

На экране мы видим буквально месиво из кораблей, выбирать можно кого угодно, все равно придется облететь совершенно все. Я еще рассматриваю, а Илья подводит маркер к «тарелке». Приглядевшись, понимаю: именно этот корабль чем-то выделяется, но, похоже, субъективно. Судя по всему, усилившийся дар что-то подсказывает. С дарами не спорят, это знает даже школьник, поэтому я только киваю.

— Цель принята, — формально откликается «Эталон». — Полторы минуты.

Это значит, что у нас полторы минуты до цели. Правда, понять, чем нас привлек именно этот звездолет, я не могу, а звездолет тем временем летит к выбранному кораблю Врага, аккуратно облетая караваны спасательных и специальных малых судов — десант работает. Судя по тому, как мы летим, будет стыковка, а не посадка, что тоже, в общем-то, хорошо, мало ли с чем столкнемся.

— Идешь за мной, — просит меня Илья. При этом я понимаю, что он именно просит, и осознаю еще почему.

Он прав, ведь беспокоясь обо мне, вполне может что-то упустить важное, а я замечу, если это важное будет пропущено им. Значит, все правильно, и долго думать не надо. Неожиданно получается отвлечься от душевных терзаний, но при этом мне кажется, что я чувствую Илью — его эмоции, желания, его самого. Надо будет подумать об этом после, а пока...

— Стыковка завершена, — сообщает нам «Эталон». — Группа десанта ожидает следователей.

— Спасибо, — коротко благодарю его.

Надо же, «следователи»... Это очень серьезное звание, практически следующая ступень, хоть и неофициальная. Впрочем, раздумывать вдруг оказывается некогда. Илья идет вперед, я следую за ним, а прямо за люком нас встречают двое квазиживых из десанта. Они присматривают, чтобы с нами ничего не случилось, при этом совершенно не удивляясь тому, что мы юные совсем. Хотя, может, и удивляются — по лицу что-либо прочитать невозможно.

— Здесь почти не было живых котят, — говорит мне один из квазиживых, выглядящий рослым парнем лет тридцати, наверное. Из-за снаряжения, на нем надетого, я даже черты лица не очень хорошо различаю. — Зато много котов, определенных как начальственный состав.

— Это мы правильно зашли, — реагирует Илья, поворачивая куда-то.

Я понимаю, куда он идет, — в рубку, расположение которой мы знаем из уроков истории. Там у Врага был основной решающий модуль, и, если информация есть, она там. Даже логику применять нет необходимости, и так все понятно. Нам нужен решающий модуль, а конкретно — его блоки памяти. Именно там и может содержаться информация. Судя по рассказанному десантником, опытов здесь не ставили, скорее просто издевались и мучили... Фауна есть фауна, удивляться нечему.

Дверь раскрывается, вперед идет десантник, что-то громко шипит, но затем все звуки затихают. Мне пояснения не нужны — все понятно, защитный модуль. Правда, учитывая этот факт, возникает вопрос: просто выдирать все блоки или какой-то определенный? Если определенный, то нужно отсматривать. Илья оглядывается на меня, заставляя вздохнуть — будем смотреть, что ж делать.

Круглое помещение является сплошным экраном, поэтому, где мы стоим — совершенно неважно. Органы управления у Врага необычны сами по себе, но тут я замечаю, что их нет вовсе. Помечаю на наладоннике в разделе загадок, тщательно описываю внешний вид рубки и ее отличие от «канонических» изображений, а Илья в это время разбирается с блоками памяти.

— Хм, странно, — замечает напарник, объясняя мне затем: — Язык не Ка-энин, и не Врага.

— А чей? — удивляюсь я, опасаясь услышать о ком-то из наших друзей.

— Отверженных, — коротко сообщает мне

Илья. — В точности, как в протоколе Защитника, но при этом он называется здесь языком «богов».

— Не смешно, — заключаю я, осознав информацию. — Ла-а-адно...

На стене появляется изображение. Вполне обычное изображение пейзажа планеты среднего уровня развития. То есть дома, летающий транспорт, космические корабли, растительность. Весь вид вдруг заслоняет Ка-энин, выглядящий не просто старым, а каким-то древним. Он начинает напевный рассказ, разбавляемый мурлыканьем, о том, как были встречены Великие Боги, ведущие расу Ка-энин к процветанию.

Мне становится сильно не по себе, но я держу себя в руках. Илья же легко прикасается к моей руке, желая поддержать, а потом резким движением выдирает блок памяти из держателя. Экран не гаснет, демонстрируя совсем другую картину, более похожую на космическое пространство. Но напарник пока не обращает на нее внимания. Он протягивает блок одному из десантников.

— Это нужно доставить Защитнику немедленно! — приказывает Илья.

— Слушаюсь, — традиционным словом отвечает квазиживой, моментально исчезая в мешанине коридоров.

— А мы дальше посмотрим, — задумчиво произносит напарник.

В следующее мгновение картина на экране меняется. Теперь я вижу записи, вчитываться в которые страшно, потому что это лабораторный журнал. Я внимательно просматриваю их, радуясь тому, что там нет изображений. Перед нами действительно центральная база данных, в которой собраны все свидетельства преступлений против детей.

— Илья! — зову я напарника. — Это надо забрать полностью, оно поможет в допросах.

— Понял, — кивает мне он, тяжело вздохнув. — Товарищ десантник... — обращается Илья к понятливо кивнувшему сопровождающему нас военному, а затем обнимает меня, как будто почувствовав, что я сейчас...

Илья Синицын

И вот в этот самый момент Уля вскрикивает, а меня буквально затопляют ее эмоции — удивление, неверие, ужас. Я резко разворачиваюсь, чтобы увидеть строчки явно лабораторного журнала, но в первый момент не понимаю, о чем речь. Я притягиваю к себе готовую уже заплакать милую, которая не в силах осознать прочитанное, затем увеличиваю на экране то, что она читала в этот момент.

Это лабораторный журнал, и говорит он о Ксие, точнее о ее сестре. Текст имеет ссылки на другие блоки, которые я визуализирую, все так же прижимая загнанно дышащую Улю к себе, чтобы она не видела этого. Я читаю и понимаю... Меня, конечно, хорошо подготовила та книга из Темных Веков, но... Это просто непредставимо.

— Нам нужно точно установить, — сообщаю я Уле. — Нужно допросить, но...

— Скажите, что именно спрашивать надо, — предлагает нам десантник. — Ребята допросят, зачем вам эта грязь...

— Нужно... Среди фауны найти вот эту... самку, — я вывожу на экран изображение биологической матери той, кого мы знаем как Ксию Винокурову. — Выяснить все детали ее экспериментов над... — мне очень тяжело произнести это, — над своим ребенком.

И тут Уля начинает плакать. Очень тихо, но вздрагивая всем телом, а я прижимаю ее к себе, очень хорошо понимая — к такому мы, дети Человечества, просто не готовы. Ибо открывающееся нам страшно по сути своей. Ведь она не одна такая была...

— Стоп! — произношу я, рассматривая отсылку к другому документу. — Товарищ десантник, нам нужно на «кирпич» с бортовым «рси семь». Вы знаете, где он?

— Он полностью не проверен, — предупреждает меня квазиживой.

— Срочно нужно, — объясняю я. — А все блоки памяти отсюда надо доставить на «Альдебаран». Они потом пригодятся для обвинительного заключения.

— Прошу следовать за мной, — вздыхает десантник.

Подумав мгновение, я беру Улю на руки, прижимая к себе. Прочитанное ею совершенно непредставимо, но мы должны действительно это увидеть, потому что ситуация непростая выходит. Судя по записям, детей мучили их родители или родственники, если у родителей было «проклятие». Причем именно мучили, ставя странные опыты: отрезая уши, травмируя, пытаясь на что-то мне непонятное спровоцировать. В общем, уничтожали самыми болезненными способами, и мотив этого совершенно непонятен. Либо это больные на всю голову существа, либо я мотива еще просто не понял.

Улю хорошо бы на «Альдебаран», но просто нельзя — ей плохо будет, поэтому я несу ее к «Эталону», давая возможность прийти в себя. Десантник смотрит на нее с сочувствием, он отлично понимает, что означает для нас обоих прочитанное. Квазиживые могут полностью блокировать у себя эмоциональный фон, а мы нет...

В звездолет с нами и квазиживой усаживается, благо второе кресло пустует — я Улю на руках держу, и это оказывается очень правильным решением. Потихоньку милая моя успокаивается, приходя в себя. Зачем мне нужен этот «кирпич»... дело в том, что именно на нем специально отобранные родители мучили своих собственных детей, причем дети знали, кто они, эти самые страшные существа в мире. Даже представить такое невозможно, но вот сейчас я чувствую: мы должны быть на этом корабле, мы там нужны.

— Я уже все, — негромко говорит мне Уля, но рук моих покидать не хочет. — Спасибо...

— Не за что, — автоматически отвечаю я и, поддавшись порыву, наклоняюсь, чтобы мимолетно поцеловать в щеку. — Полежи еще немного.

Десантник быстро находит общий язык с разумом корабля, поэтому к цели движемся мы очень неспешно. Я держу себя в руках изо всех сил, хотя, конечно, от таких новостей... Тяжелые они очень, эти новости, просто невозможные. Мы разумные существа, воспитанные Человечеством, для нас нет и не может быть ничего важнее жизни ребенка. Именно поэтому увиденное здесь и стало сильным ударом для Ульяны моей. Представить мать, предающую свое дитя, просто невозможно. Именно поэтому я не осознаю еще, но осознать придется...

— Стыковка, — предупреждает меня десантник. — У них галерей и рукавов нет, поэтому только так, — извиняющимся тоном произносит он, а Уля вскакивает с моих колен, где она доселе лежала.

— Тогда побежали, — хмыкаю я, уже чувствуя, куда именно надо идти.

— Группа, ведущая допросы, подтверждает, что «управление проектом», что бы это ни значило, велось отсюда, — квазиживой выглядит удивленным, но я уже понимаю, что именно здесь находилось, вот только пока промолчу.

В людской истории такие вещи известны, поэтому для меня не сюрприз, ну и успокоительное я принял мощное, конечно. Так вот, здесь обретался главный мерзавец, а те дети, которые обнаружились тут, были его... «личными игрушками». Если бы не девочки с черного корабля, которые себя номерами называли, я бы ничего и не понял, но об этой истории нам на лекциях рассказывали. Они называли игрой пытки, и мы в Академии даже представить себе не могли, что кто-то от боли ребенка мог получать удовольствие.

Мы идем по коридору вдоль ряда пустых уже клеток, потому что сейчас нам нужна не рубка, а личные помещения. По дороге нам встречаются квазиживые десанта, с удивлением приветствующие нас, а мы отвечаем им традиционным жестом — поднимая сжатую в кулак руку. Такими темпами рука скоро отвалится, кстати.

— Рубка направо, — с удивлением напоминает мне сопровождающий нас десантник.

— Нам не рубка нужна, — отвечаю я ему.

— Понял, — кивает он, а я продолжаю движение.

Искомая дверь обнаруживается в самом конце коридора. Я уже хочу открыть ее нажатием кнопки, но квазиживой останавливает меня. Проходит несколько мгновений, и на небольшом пятачке становится людно. Человек пять десантников готовы ворваться внутрь. Судя по всему, до этих помещений они еще не дошли.

— Товарищи, — обращаюсь я к ним, — за дверью может сидеть их самый главный. Он даже не фауна, но его лучше взять живым, для суда.

— Ясно, — сосредоточенно кивает офицер, командуя жестами.

Мы с Улей даже понять ничего не успеваем, а все уже кончено — двое квазиживых выносят обнаруженных котят, еще один тащит грузное тело, а нам подают жест заходить. Теперь нужно использовать свои знания и тщательно обыскать помещения. В одной книге было написано: «чтобы поймать преступника, стань им». Вот я сейчас пытаюсь представить, что это именно я — такая куча навоза, а Уля методично обстукивает стены.

Я прохожу вдоль стены, заметив картину, стилизованную под экран, но экраном не являющуюся — изображение статично. Сейф совершенно точно должен быть где-то тут.

Находки

Ульяна Хань

Илья нашел сейф с информацией, а я тайник с... даже слов нет, чтобы описать, что там обнаруживается. Заглянув в материалы, я просто отпрыгиваю, чтобы затем согнуться в рвотном позыве. Мне кажется — это со мной произошло запечатленное на статичных карточках. Илья бросает свой сейф, прыгая ко мне, а я почти теряю сознание от ужаса. Подобного я себе даже не представляла.

— Медика сюда, срочно! — выкрикивает напарник, сразу взяв дрожащую меня на руки.

— Пять минут, — отзывается квазиживой, а

меня трясет так, что даже и сказать ничего не могу.

Внезапно перед глазами темнеет, и в себя я прихожу уже на диване, точнее на коленях Ильи, уговаривающего меня открыть глазки. Раздается шипение, что-то мягко колет шею, и я начинаю воспринимать окружающую действительность. Напарник выглядит испуганным, а я вдруг вцепляюсь в его комбинезон так, что, наверное, больно ему делаю, но просто не в силах его отпустить. Перед глазами появляется рука с инъектором, но тянется она к нему, а не ко мне. Опять раздается шипение.

— Щитоносцев — на «Альдебаран», — коротко приказывает кто-то.

— Сейф, — коротко кивает Илья в сторону открытой дверцы.

— Все возьмем, не бойся, — успокаивает его мягкий голос.

Я вижу врача с шевронами десанта, а он с тревогой в глазах смотрит на меня и Илью. Тут нас обоих перекладывают на носилки. Происходящее воспринимается урывками, как отдельные картины. Вот нас куда-то несут, уговаривая потерпеть, как маленьких... Вот «Эталон», я узнаю его, при этом картины, увиденные на изображениях, будто стоят перед глазами. Мне просто страшно...

— Что с ними? — слышу я чей-то голос.

— Увидели то, что было у главного... — отвечает квазиживой, судя по отсутствию интонаций. — Людям лучше не смотреть. Как бы психика...

Все уплывает в черную дымку, и лишь проснувшись, я понимаю, что спала. Рядом со мной сопит Илья, а мы... Я приподнимаюсь, оглядываясь. Судя по светло-зеленым стенам, мы в госпитале «Альдебарана». Мне уже получше, вспоминать, что было, мне не хочется... И еще я чувствую, что Илья вот-вот проснется.

— Милая моя, — произносит он сквозь сон, сразу же обнимая меня. — Как ты, моя хорошая?

— Уже терпимо, — честно отвечаю ему. — Даже странно...

— Не странно, — качает он головой. — Тебе притушили интенсивность травмирующих обстоятельств, так что должно быть полегче.

Да, это многое объясняет. Но при этом мне очень комфортно находиться в его объятиях, слышать его голос, при этом чуточку страшно... Но об этом можно подумать попозже, ведь у нас сейф еще не разобранный. А душу обнимает какое-то тепло, смешанное с легким беспокойством, при этом у меня ощущение, что эмоции не мои. Но как так может быть?

— Я чувствую что-то странное, — признаюсь Илье, мнение которого для меня чрезвычайно важно. — Как будто есть беспокойство, но словно не мое.

— Это мое, — мягко улыбается напарник. — Ты тоже чувствуешь мои эмоции.

— Тоже? — удивляюсь я, и только затем до меня доходит: — И ты?

— Да, — кивает он мне. — Это единение.

Единение... Сказка наших друзей, даже не наша, ведь у людей подобного не бывает. Ну вот, получается, бывает уже, потому что Илья обманывать не может. А что я знаю о единении? Наши друзья при этом становятся близки духовно, эмоционально, объединяясь в единое существо практически, а мы с Ильей, выходит, просто чувствуем друг друга? Или есть что-то еще?

— Потом изучим, — медленно произношу я, но мы, похоже, это хором говорим.

И тут мне на душе становится очень легко и спокойно, причем безо всяких видимых причин. Опять непонятное происходит со мной, но нервничать мне почему-то не хочется. Желается только одного — находиться рядом с Ильей, и все.

А он меня гладит, прижимает к себе, и я понимаю: теперь мы вместе, что бы это ни значило для нас обоих.

— Проснулись, — констатирует чей-то голос, но мне даже поворачиваться, чтобы посмотреть, кто там, не хочется. — Вставайте тогда.

— Все в порядке? — интересуется Илья.

— Пока да, — задумчиво отвечает, судя по всему, местный Вэйгу. — Дальше на базе разберемся. Постарайтесь поменьше нервничать.

— Спасибо, — опять хором произносим мы.

Раз разрешили вставать, то будем вставать, делать нечего. Нам еще разбираться с тем, что в основном сейфе лежит, хоть и страшно мне туда смотреть, как будто там кто-то жуткий может быть. Правда, я отлично понимаю, что Илья не даст мне на ужасы смотреть, а он себя очень жестко в руках держит. Он у меня очень сильный, самый лучший, просто самый-самый.

— Ты к записям не лезешь, хорошо? — просит меня мой милый. — Я тебе буду безопасное давать.

— Как скажешь, — послушно киваю я, потому что напугала же его сильно.

Мы встаем, отправляясь затем в нашу каюту, куда содержимое сейфа уже доставили, судя по наладоннику, в который я сразу же заглядываю, — нужно узнать, сколько времени прошло, ну и новости тоже. Времени, выходит, совсем немного минуло, мы день всего проспали, а новости у нас простые: заканчивается эвакуация, да еще потрошат корабли десантники. Нас сказано больше никуда не пускать, за что я командованию благодарна. Мне просто страшно воочию увидеть то, что было на изображениях.

— Дома уже подлечат нас, — объясняет мне Илья. — А сейчас твоя задача не нервничать.

— Ага, — киваю я, думая о том, что свои силы переоценила, но кто же знал...

Мы входим в каюту, сразу же заметив большую полупрозрачную коробку. Судя по тому, что я вижу, квазиживые просто сгребли внутрь все содержимое сейфа. Это хорошо, конечно, позволит нам разобраться. Илья мой тяжело вздыхает, а потом вдруг укладывает меня на кровать, усаживаясь рядом.

— Я буду смотреть материалы и выдавать тебе то, что можно, — предупреждает он меня.

Сначала я возмутиться хочу, а потом меня просто затопляет горячей благодарностью к нему, поэтому некоторое время мы просто обнимаемся, а не работаем. Я просто любуюсь его улыбкой и наслаждаюсь руками. Со мной такого никогда еще не бывало, поэтому мне кажется, что я просто смакую это состояние. А Илюша держит меня в своих руках... У меня такое ощущение, будто мое счастье сейчас просто усиливается. Наверное, это эмоции моего милого?

Спустя некоторое время мы переходим к работе. Нужно закончить с неприятными вещами, прежде чем предаться ничегонеделанию. Очень хочется просто замереть в его руках и ни о чем не думать. Что со мной?

Илья Синицын

Детские сказки вспоминаются. Те, в которых «и умерли они в один день». Ужас Ули меня буквально ошпарил, да так, что я чуть сам не отправился в обморок, но вытянул. Что именно она увидела, мне продемонстрировать отказались, ибо это слишком страшно, но вот после произошедшего Вэйгу запретил нас на корабли отправлять, потому что опасно.

Уля после всего в меня намертво вцепилась — по-видимому, так влияет наше единение, потому что других объяснений такой смене поведения у меня нет. Просто диаметрально противоположное оно у нее сейчас, что очень необычно с моей точки зрения. Но сейчас нужно разбираться с грязью из сейфа. Несмотря на все то, что нам уже известно, я вижу — грязь та еще. Начиная от препарирования детей с целью найти различия, заканчивая... распадом личности. То есть с ними делали такое, что мне даже представить сложно, а Уле лучше даже и описаний не читать.

— Эту фауну нужно просто уничтожить, — вздыхаю я, заглядывая в очередной блок памяти. — Просто стереть, и все.

— Настолько плохо? — интересуется у меня Уля.

— Тебе лучше не видеть, — отвечаю я, на что милая моя просто кивает.

— Надо сформировать блок для командования, — вспоминает она.

Тут Уля моя права: надо действительно блок данных сформировать. Отдельно для нашего начальства, отдельно для флотского командования. Причем часть материалов закрыть до особого распоряжения, потому что я себе не представляю, кто из людей такое может отсмотреть, да и квазиживых после такого как бы чинить не пришлось.

Внимательно вчитываясь в документы, я

внезапно обнаруживаю странности. Если общее количество детей как-то объяснить можно, то «лаборатория специальных образцов» — что это? Зато объясняется история сына Наставника... И история «пилота». Он тоже под контролем, но иным — его мозг частично заменен какими-то «сиссш-элементами», поэтому у нас разные результаты выходили. Передаю несколько блоков исторической информации Уле, чтобы ей скучно не было, а сам заканчиваю выстраивать логическую цепочку.

— Илюша, — как-то очень нежно произносит мое имя Уля, заставляя отвлечься от работы, — об этом нужно доложить.

Она показывает мне материал, только что обнаруженный в историческом блоке информации. Он повествует как раз о том, с чего все началось и куда делся улей врага. То есть базовый корабль, который мы никак пока не найдем. И десантники никак его не отследят, кстати, а такого быть не может, раз малые корабли здесь. Но вот обнаруженное Улей проливает свет на произошедшее. Банальная история, конечно...

— Ну пошли тогда, — соглашаюсь я, послав сигнал командиру звездолета.

— Ага, — кивает моя хорошая, нехотя поднимаясь на ноги.

Это ничего, раньше начнем, раньше и закончим, а потом будем разбирать остаточки, писать отчеты и спать. Спать-спать-спать, потому что усталость никуда не девается, да и Уле не слишком весело. Ей пригасили травмирующие воспоминания, но не полностью, невозможно это. Да и она сама бы возражала, что, учитывая единение, — та еще мысль.

Обнимаю поднявшуюся с кровати Улю, чтобы еще несколько мгновений не думать ни о чем, а затем принимаюсь собирать блоки с информацией. Нужны те, что дадут обзор, а затем и те, что обеспечат конкретикой. Нам не абы кому докладывать — Защитнику Человечества как-никак. В это время на коммуникатор приходит сообщение от командира. Нас ждут. Другого, правда, не ожидалось, но тем не менее.

Уля держится в плотном контакте со мной, за моим плечом, при этом контакт старается не терять. Что это значит, я осознаю, надеясь только на то, что комментировать никто не будет. Хотя, думаю, некому тут комментировать, все отлично понимают, что не простые вещи нам представились. Вот в таком виде мы доходим до кабинета командира.

— Разрешите? — традиционно интересуюсь я.

— Присаживайтесь, — кивает нам Защитник. Он и сам утомлен, поэтому некоторое время нас просто разглядывает, а я пока подключаю блоки памяти.

— Готов, — лаконично сообщаю ему.

— Хорошо, — тяжело вздыхает Защитник Человечества. — Докладывайте.

— Прошу внимание на экран, — предлагаю я, тщательно держа себя в руках. Ульяна моя милая молчит. — Документы обнаружены в сейфе главного...

— Выродка, — емко заканчивает за меня Уля. Лучше и не скажешь.

Я включаю первый исторический блок. На экране появляется заставка, говорящая о том, что кадры документальные, на них демонстрируется почти разрушенный улей Врага и довольно много его малых кораблей. Учитывая разрушение корабля-носителя, предсказать, что произошло затем, довольно просто. Мы подобное уже изучали на уроках Истории.

Итак, звездолет котов встретил полуразрушенный улей Врага, у которого, как мы знаем, есть только одна задача — уничтожение носящих дар. Неизвестно, каким конкретно способом, но Враг сумел стать высшим существом для наивных котов, назвав носящих дар проклятыми. И выходит, что большая часть взрослых котов смерть свою только изобразила, потихоньку забирая с планеты взрослеющих котят и убивая носителей дара. Вирус был разработан ими, а распространяла его платформа. Вот только мотив создания именно такого вируса все равно непонятен.

— Ксия и ее маленькая сестра родились на планете, при этом было решено поставить эксперимент — разделить близняшек и посмотреть на эффект, — объясняет Уля командиру. Она держится поближе ко мне, но пока контакт между нами сохраняется, она смелая.

— И мать это допустила? — поражается Защитник.

Эх... Как же мне найти слова, чтобы рассказать тебе, командир... Как объяснить увиденное нами. И хотя Уля видела намного более страшные картины, я все равно не понимаю, где найти такие слова. Наконец решаю сказать прямо, так, как есть.

— С детьми это проделала мать, Виктор Сергеевич, — произношу я, желая такого никогда не знать. — Именно мать мучила младшую, именно она разделила их, считая проклятыми. С нашей точки зрения все взрослые коты — фауна. И хотя судить их должны разумные, я предлагаю просто утилизировать.

— Это мы решим... — ошарашенно отвечает мне товарищ Винокуров.

Он задумывается, но я продолжаю свой рассказ. Ибо на этом наши находки не заканчиваются, а услышав о планете, он замирает, поднимая на меня тяжелый взгляд. У меня сейчас, наверное, не лучше. Уля дополняет, точно вспоминая цитату, отчего Виктор Сергеевич показывает, что он настоящий флотский офицер, заворачивая такую конструкцию, что ее записать на память хочется. Он поднимается, сжав кулаки, но потом замолкает. Некоторое время мы смотрим друг другу в глаза.

— Вы молодцы, ребята, — произносит Защитник. — Такими офицерами гордится Человечество.

И будто живительным теплом обдает нас обоих. Такие слова важнее наград, они очень многое для нас обоих значат. Очень.

Пора домой

Ульяна Хань

Несмотря на то, что хочется отдохнуть, сделать мы это не можем. Проблем у нас несколько — во-первых, допрос тех, кто идентифицирован как родители котят. И тех, кто мучил их сейчас, и тех, кто собирался убивать своих детей. Во-вторых, «Меркурий» не с пустыми руками вернулся к «Панакее». Пожалуй, с их улова и нужно начать.

— Давай успокоительное примем? — предлагает мне Илюша.

С момента, когда я уже полностью осознала, что мы неразделимы, жить мне становится проще. Ну и милый мой меня стабилизирует немного. Я это случайно заметила, кстати, его спокойствие и на меня действует. На самом деле, это очень необычно — то, что мы можем эмоциями обмениваться. А вот интересно, мыслями мы так же сможем? Надо будет попробовать!

— Давай, — киваю я. Не зря же нас зовут сразу после прибытия «Меркурия»?

Скорее всего, молодые Винокуровы привезли что-то важное, что нам нужно как минимум осмотреть. Я себя уже уверенней чувствую, зная совершенно точно: если там что-то опасное для психики, нас вряд ли дернут. Все-таки Вэйгу бдит, а после осмотра на «Панакее»... В общем, бдит разум нашего корабельного госпиталя.

Благодарно кивнув, я беру протянутый мне милым стаканчик, чтобы выпить терпкий медикамент. Это действительно нужно, учитывая наши задачи, ведь расследование продолжается. Фауну из аномалии допросили десантники, выдав нам только записи, смотреть которые без успокоительных средств просто невозможно. Я себе такого даже представить не могла, сейчас впервые всерьез задумавшись.

Я размышляю о том, правильный ли мной путь

выбран, вот о чем. Я знаю уже, что Илюша пошел в Академию только ради меня, ведь мы открылись друг другу. И хотя он прямо об этом не сказал, я поняла: он меня со школы любит. А я... Вот сейчас я думаю о том, сколько грязи нам еще предстоит.

— «Меркурий» привез фауну, — объясняет мне Илюша, отвечая на незаданный вопрос. — Этот недостойный представитель фелидов занимался программированием детей. В общем, нам нужно выяснить...

— Допросить, — лаконично называю я вещи своими именами, на что милый мой только кивает.

Это на десантников не сбросишь, хотя на допросе они, разумеется, будут. Десантники работают с составленным нами опросником, а тут могут быть разные нюансы. По крайней мере, о чем с ходу спрашивать, мне не очень понятно, но мы с Илюшей много книг прочитали, поэтому сориентируемся. Самое важное сейчас понять: что именно мы хотим узнать. Илюша кивает мне на дверь, я вздыхаю, но цепляюсь за его руку, чтобы вместе двинуться на выход.

Итак, мы хотим узнать, кто ему приказал

программировать детей на уничтожение. Вряд ли всплывет что-то новое, но пусть будет контрольным вопросом. А информация нам какая нужна? Что именно содержалось в программах? Да, пожалуй... О! Поняла! Когда он начал это делать! Вот это самое важное — выяснить, когда именно это случилось, чтобы помочь детям уже в нашем времени!

— Ты что-то поняла, — хмыкает Илюша, пропуская меня вперед.

Мы уже до подъемника незаметно для меня дошли. Но я просто киваю милому, не желая упустить мысль. Первое, что нужно узнать: когда он начал программировать. Затем... Зачем программировать, если можно просто убить? Вот эта мотивация мне непонятна, ведь они убивали и детей в том числе, так что тут есть своя загадка.

Подъемник спускает нас на специальный уровень, на котором у нас десант находится. Там же и фауна содержится; хотя маленькие каюты и не предназначались для подобного, но товарищи потеснились. Ну и приспособленная для допросов каюта тоже располагается на этом уровне. Здесь мы уже один раз были, когда нам продемонстрировали условия содержания...

диких зверей. Не потерять бы самой разумность от таких новостей.

Нас встречают квазиживые. Кажется мне, или действительно на нас с Илюшей с жалостью посмотрели? Нет, скорее всего, кажется. Начинает действовать специальное успокоительное — эмоции пригашиваются почти полностью, что я чувствую очень даже хорошо. Неприятное ощущение, но сейчас об этом думать нельзя, надо работать. И, будто подтверждая эту мысль, дверь допросной перед нами уходит в сторону, открывая темные стены. Антураж, конечно... Железные стены, кое-где покрытые ржавчиной, чего на боевом корабле не может быть даже теоретически, стол с рефлектором лампы и «задержанный», как их в древности называли, закрепленный на стуле напротив.

— Ну вот опять, — уставшим голосом безо всяких интонаций произносит Илюша. — Он все равно будет молчать, так что можно сразу в космос выкинуть и спокойно спать идти.

— Нельзя, — качаю я головой, понимая, что делает мой милый, и потому подыгрывая ему. — Во-первых, его медики вскрыть хотели, а во-вторых, незачем пространство засорять. Лучше из него питание для подельников сделать.

Мы спокойно обсуждаем, насколько нашего пленника хватит в качестве продукта питания, на него подчеркнуто не реагируя, а кот медленно меняет окраску, глядя на нас с Илюшей с ужасом. Десантники, кстати, тоже поражены: от нас такого не ожидали, а ведь мы всего лишь адаптируем прочитанное в древних книгах.

— Я скажу! — выкрикивает кот, чуть не плача. — Я все скажу!

— Соврешь, наверное, — лениво отвечает ему Илюша. — Давай мы тебя лучше в мясорубку?

— Пощадите! — воет уже на все готовый кот.

Я потом в зеркало плюну, а сейчас можно расспрашивать. Противно, конечно, делать то, что мы сейчас с милым моим устроили, вона, даже десант впечатлили, хоть и не сильно. Но результата добились, не врала книжка древняя, которая о разных типах страха рассказывала.

— Рассказывай, — предлагает ему Илья. — Кто подбил тебя убивать детей, зачем это было сделано, программы какие...

— И когда начал, — добавляю я с максимально незаинтересованным видом, широко зевнув, как будто от скуки.

— Точно, — кивает мой милый, а потом обращается к десантнику. — Вы мясорубку пока не отключайте, товарищ, — просит он. — Вдруг все-таки соврет?

— Мы всё знаем! — ору я на «задержанного» так, что вздрагивают все, даже знавший, что так будет, Илья.

Разумеется, кот начинает рассказывать. Я откладываю наладонник, делая вид, что мне почти и не интересно. Все происходящее здесь записывается, поэтому нужно только запоминать ключевые моменты. Сначала кот рассказывает то, что нам и так известно: кто приказал, почему и когда должны были умереть дети. Затем он выдает такое, что меня только успокоительные средства и спасают — оказывается, вид смерти установлен по желанию родителей котят. Я себе такого даже представить не могу. Опять, кстати...

— Когда ты начал это делать? — интересуется Илья безразличным тоном.

— Еще не начал, — отвечает тот, вызывая мое огромное облегчение. — Должен был начать в пятнадцатый день второго демиула.

Я быстро считаю про себя — через три дня, выходит. Стоп, а кто запрограммировал остальных?

Илья Синицын

Есть такая наука — «психология». Буквально размазала этого кота моя милая. Он действительно поверил, а это значит — в древних книгах все правильно написано было. Вопрос только в том, почему нас технике ведения допроса в Академии не учат? Очень эффективное средство, на самом деле, вон как десантники удивились. Интересно, а как они допрашивают? Надо будет узнать.

В целом результат допроса вполне логичный: сделать он ничего не успел из того, что подкорректирует прошлое котят. Надеюсь, новую ветвь реальности мы не создадим. Не знаю, от чего это зависит, но прошлое котят для них самих отличаться не будет. Нужно командиру доложить о том, что на Ка-эд возможны неучтенные нами сюрпризы.

Я уже думаю сворачивать допрос, но тут Уля задает вопрос, о котором я не подумал. Действительно, а кто запрограммировал и сына Наставника, и его экипаж? Насев на конкретного кота, быстро убеждаемся, что он как раз об этом не знает. Но раз на орбите это проделано не было... а почему, кстати?

— Новые блоки я привез, — объясняет наш «задержанный». — До этого обычные стояли. Проклятую поросль нужно уничтожить! Пусть боги покинули нас, но мы выполним их завет! А когда они вернутся...

— А ведь он уверен в возвращении Врага, — замечаю я милой моей, на что она кивает, о чем-то задумавшись.

— Надо еще раз материалы посмотреть, — вздыхает Уля. Я ее понимаю: рыться в таком — то еще удовольствие.

Мы отправляемся обратно к себе, а я обдумываю оставшиеся задачи — «сюрприз на планете» и «возвращение Врага». Три единицы как минимум, на самом деле, а то и три нуля, потому как Враг — совершенно точно опасность для всех нас. Но пока нам нужно возвращаться, необходимо еще подумать, а потом уже связаться с командиром. Есть у меня не самое лучшее подозрение, что мы что-то упустили.

Уля вполне себя в руках держит, то ли медикамент хорошо действует, то ли мы друг друга стабилизируем. Я осведомлен о том, что Винокуровым подробности довели, когда ребенка отдали, но вот есть у меня ощущение странное какое-то... Пока идем, надо подумать: с чем оно может быть связано? Я перебираю варианты, пока, наконец, не утыкаюсь в необходимость просмотреть наши заметки из первой части расследования. Мнемограммы тоже у меня на наладоннике, поэтому вспомнить можно будет.

— Давай еще раз вторую мнемограмму посмотрим? — предлагаю я милой своей.

— Давай, — соглашается она со мной. — Только сигнал Виктору Сергеичу пошли на всякий случай.

— Уже, — улыбаюсь я, подходя уже к нашей двери, немедленно убирающейся в стену.

— Надо еще спросить, как Ксия отреагировала, — вспоминает моя хорошая.

Это она права, потому что вопрос того, рассказывать ли детям, очень серьезно стоит. Мы не обманываем детей, стараемся информацию не скрывать, если для них это безопасно. А безопасность оценивают специалисты. Есть вещи, которые детям можно сообщать только с определенного возраста, а у нас тут довольно сложная ситуация. И вот от того, как отреагировала Ксия, будет зависеть, можно ли с детьми такие темы вообще поднимать.

Усевшаяся мне прямо на колени Уля находит в наладоннике запись, а я пытаюсь настроиться на рабочий лад. До сих пор такое ее поведение воспринимается чудом. А милая отвлекается от наладонника и прижимается ко мне, обнимая за шею и замирая. Меня затопляет просто невозможное счастье, поэтому некоторое время нам обоим не до работы — я будто плыву в теплых волнах совершенно неописуемых эмоций.

— Надо будет потом еще попробовать мыслями обмениваться, — негромко произносит Уля.

Хорошая, кстати, идея! И вот она помогает мне собраться, обратив внимание на запись. Кстати, а создатели Врага... Они же стали нашими друзьями, насколько я помню? Или не стали? Надо выяснить. Помечаю это себе в наладоннике, Уля же запускает запись, позволяя мне сосредоточиться на записи.

Вопрос еще в том: а так ли нужен улей, если сравнительно неподалеку базовая планета? И если нет... Могли ли нас обмануть те, кого мы друзьями назвали? Проверять их, конечно, проверяли, но сам факт того, что я не вижу сведений после проверки «Щита», несколько беспокоит. Имеется, конечно, шанс, что у нас нет этих данных, но, если вдруг проверка не проводилась, нужно выяснить мотив.

— Нашла! — восклицает Уля, остановив воспроизведение, чтобы показать мне обнаруженное.

Я же молча тыкаю пальцем сенсор на коммуникаторе. Тут нужно связываться срочно — такие вещи начальство знать должно. Да и не только начальство... надо домой спешить, потому как мало ли что... А если мы начнем решать проблему здесь, то домой не вернемся, выходит, создав альтернативный временной поток, а это нам ни к чему, нам домой нужно.

Ответ приходит моментально: нас ждут через четверть часа. Я показываю милой сообщение на коммуникаторе, она тотчас же кивает, поднимаясь. Нужно двигать, потому что указанного времени как раз дойти хватит. А командир, скорее всего, тоже что-то чувствует, раз сразу время нам выделяет. Вот и хорошо...

Либо наши друзья были не полностью честны с нами, либо мы пропустили Врага на планете после эвакуации детей. Либо и то, и другое. В любом случае имеем активную опасность, заняться которой стоит немедленно, потому что иначе могут быть неприятные сюрпризы — а кому они нужны?

Защитник принимает нас в кабинете своем рабочем, есть и такое у командира корабля. Я, даже не садясь, начинаю ему объяснять и рассказывать. И результаты допроса, и сделанные выводы, отчего настроение у него не самое радостное. Ну да понять его можно: новости у нас сложные, а главный подозреваемый вообще целая раса.

— Вы отлично поработали, ребята, — произносит командир. — Спасибо!

— Можно спросить? — вспоминает свой вопрос Уля. — А как Ксия отреагировала?

— Пока точно не скажу, — отвечает нам товарищ Винокуров. — Сейчас спросим.

Он запрашивает коммуникатор, вступив в разговор с... насколько я понимаю, матерью ребенка. Сначала интересуется общей ситуацией, только потом адресуя ей вопрос моей Ульяны.

— Валя, скажи, пожалуйста, как перенесла новость Ксия? — спрашивает он, чему-то улыбаясь.

— Хорошо перенесла, — слышим мы ответ. — Но она уже и сама догадалась, так что это не показатель.

— Спасибо, — благодарит Защитник и поворачивается к нам. — Вот так, ребята... Они не знают своих матерей, а отцов и подавно.

— Хорошо, — киваю я, не желая больше отнимать время начальства. — Тогда мы пошли.

Нас, разумеется, отпускают, позволяя покинуть кабинет, а я пытаюсь понять, что еще мы сейчас услышали. Что-то из услышанного беспокоит меня, вызывает какой-то вопрос, забывшийся — но какой?

Ожидаемые находки

Ульяна Хань

Ксия хорошо приняла известие. Меня новость радует, но ее мама сказала, что это не показатель, значит, решение будут принимать врачи. Мы же с Илюшей возвращаемся в нашу каюту, потому что сейчас «Альдебаран» начнет «всплытие», то есть возвращение домой, и в коридорах при этом лучше не шататься. Мы и так подзадержались, что не очень хорошо — можно случайно встретиться с кораблями Человечества, и будут сюрпризы. А сюрпризы нам не нужны, нам уже хватит.

Услышал ли мой доклад товарищ Винокуров? Понял ли? Это мне неведомо, потому что он, кажется, в своих мыслях витал. Ну, если вдруг не услышал — товарищ Феоктистов точно все правильно поймет. Суть в том, что на Ка-эд именно те, ненужные нам сюрпризы, могут обнаружиться, при этом я чувствую, что мы там совершенно точно должны быть.

— Производится процедура «всплытия», — сообщает разум звездолета всем заинтересованным лицам.

Мы тоже заинтересованы, но при этом на коммуникатор приходит несколько отличающаяся информация. Возвращение-то производится, это правда, но командир установил код три единицы, легко могущий стать и тремя нулями. Значит, услышал нас товарищ Винокуров. Вот и хорошо. Я указываю в ответном сообщении необходимость войти в группу десанта, получаю подтверждение.

— Часа три отдохнуть можем, — задумчиво сообщает заглядывающий мне через плечо Илья. — А потом будут прыжки и танцы.

— Да, я тоже чувствую, — механически киваю я. — А затем?

— Затем по ситуации, — отвечает мне мой... любимый.

Да, пожалуй, я готова назвать его именно

любимым. Самым близким, самым родным, самым-самым... Кстати, о моих ощущениях. Мне кажется, на Ка-эд нас кто-то ждет. Не людей, а именно нас с Илюшей, и вот это ощущение мне совершенно непонятно. Скорее всего, наши с ним дары как-то усиливаются, когда мы вместе, а так как вместе мы теперь всегда, то... Надо будет спросить по прибытии у кого-нибудь из экспертов, а пока можно просто полежать.

— Давай полежим? — предлагаю я Илье.

— Давай, — соглашается он, но не ложится, а усаживается рядом с уже улегшейся мной. Он знает, что мне нравится заползти к нему на колени и обнимать за корпус, поэтому так и садится.

Время пролетает как-то очень быстро, а вот я осознаю свою усталость. Наверное, когда расследование закончим, в отпуск попросимся. Я точно знаю, что и любимый мой устал уже от всего, да и надо нам побыть вдвоем — все-таки меньше чем за месяц все переменилось, я и привыкать не успеваю. Так что да... Мысль перескакивает на сообщенное нам разумом «Альдебарана». Три единицы — это опасность для Разумных, но не общая тревога, как три нуля. Тут Виктор Сергеевич берет на себя полную ответственность за свои решения, и, пока действует код, он самый главный во Флоте. Разум звездолета, по-видимому, не возражает, а это для Базы — подтверждение.

Значит, мы идем к Ка-эд, чтобы встретиться там с сюрпризами. Время пролетает совершенно незаметно, последовательно звучит сигнал возвращения, после чего меняется время на часах — первое памяти. Получается, по времени отклонения почти и нет. Затем у меня вибрирует коммуникатор, демонстрируя подтвержденный код. Показав Илье коммуникатор, я вижу его кивок. Действительно, слова не нужны, мы это предполагали. Следом «Альдебаран» входит в скольжение, причем, насколько я вижу, — с ускорением. Экран в каюте необходимую информацию отображает. Хорошо, что к нам прислушались, даже очень.

Тут до Ка-эд совсем недолго, поэтому надо готовиться. На наладонник приходит сообщение от группы десанта, сводящееся к тому же: готовиться. Значит, все я правильно поняла. Вот только внутреннее ощущение... Будто что-то подталкивает изнутри, почти заставляя вскочить, чего я, разумеется, не делаю. Любимый обнимает меня, и я успокаиваюсь. Не полностью, конечно, но спокойнее становится.

— Дай мне еще раз запись того, что задержанный говорил, — прошу я совершенно не ожидающего этого Илью.

Я и сама не знаю, почему прошу об этом, просто вдруг приходит в голову мысль, сдерживать которую не хочу. Илья подсовывает мне наладонник, я быстро отматываю запись и включаю заново. Вот тут задержанный говорит о программировании, вот Илья спрашивает, зачем убивать детей... Представитель фауны не хочет отвечать, но затем...

— Они должны умирать на планете, — произносит кот. — Тогда только станет историей проклятье, павшее на наш народ!

— Стоп, — спокойно произносит Илья, и я послушно останавливаю запись. — Выходит, он их на возврат программировал?

— Получается, да, — киваю я. — Вот только откуда он знал, что их заберут с планеты? Наши же еще не прибыли!

— А он не знал... — Илья берет у меня наладонник, включая запись заново.

Я внимательно слушаю, не слишком понимая, что именно он ищет. И вот в самом конце снова звучит мой вопрос, и теперь ответ фауны несколько отличается. Кажется, я пропустила эту информацию мимо ушей, просто не восприняв ее. Прослушав, я поднимаю взгляд на любимого. Наверное, я выгляжу очень ошарашенной, потому что Илья улыбается.

— Но... Как так? — спрашиваю я его, как будто он может знать ответ.

— Вот, видимо, так... — пожимает он плечами. — Котята должны были всеми силами держаться за планету. Что не соответствует тому, что дали допросы остальной фауны.

— Может быть, они не едины в интерпретации «заветов богов»? — предполагаю я, потому что это единственное объяснение.

— Похоже... — медленно кивает мне любимый. — «Альдебаран»! Сообщение для командира!

Илья быстро выдает все нами выясненное, получая подтверждение, а я пытаюсь понять: какой смысл в том, чтобы котята всеми силами держались за планету? Возможно, уничтожение планеты все-таки планировалось? Я открываю рот, озвучивая ход моих мыслей. Если уничтожение планеты и всех на ней планировалось, но не произошло именно в тот момент, значит, должна быть причина. А какая причина подобного может быть?

— Заложники, — коротко произносит Илья. — Если у них есть заложники, жизнью которых кого-то собирались шантажировать, только не успели, потому что мы пришли.

— А тогда, получается, у них были эти годы, чтобы восстановить связь? — я сама пугаюсь своего предположения, но понимаю: на планете кто-то оставался.

Именно те, кто оставался, должны были попытаться наладить связь с теми, кто в аномалии, однако в аномалии уже побывали мы. Выходит, «Альдебаран» все же замкнул временную петлю, и именно это не дало фауне убить детей.

Илья Синицын

Выходит, действительно петлю замкнули... Обдумав слова самой лучшей на свете девушки, я соглашаюсь, а дальше она проговаривает на регистратор «Альдебарана» сделанные нами выводы. Я обнимаю ее, рассказывая, какое она чудо, какая она у меня умница и как я ее... люблю. Пожалуй, этого признания она ждала больше всего.

— «Альдебаран»... — обращается к разуму звездолета моя Уля, но сказать ничего не успевает.

Громко и яростно звенит сигнал боевой тревоги. Это означает, что «Альдебаран» ведет бой. Но с кем? С помощью коммуникатора своим правом щитовика я активирую экран в каюте, сейчас дублирующий изображение главного экрана, — а там! Орбитальная платформа явно готовится стрелять, по крайней мере, вот эта большая... штука, вот она похожа на пушку, при этом наш звездолет закрывает планету собой. Значит, услышал нас командир.

Щиты полыхают белыми вспышками попаданий: раз, другой... Но не происходит совершенно ничего, потому что это не крейсер: «Альдебаран» — линкор, и защищен он даже сильнее эвакуатора. Находящиеся на платформе существа выглядят странно, к тому же поле защитных систем искажает картинку.

— Паша, отстрели им энергоустановку, — слышим мы спокойный голос командира.

— Минуту, — отвечает ему, видимо, офицер оружейных систем. — Готово.

— Десант на планету, — сообщает разум звездолета. — Десант на платформу.

Это логично — послать десантников туда, откуда нас атаковали. Значит, скоро и наш выход, а пока мы только наблюдаем, слушая переговоры. Уля усаживается поудобнее, с интересом прислушиваясь, я же внимательно слежу за происходящим.

— Непохоже, чтобы ждали нас, — замечаю я любимой.

— А если... котят? — тихо спрашивает она. — Ну, их программировали на возвращение, а тут должны были убить...

— Это ловушка была, командир, — слышим мы сообщение командира десантников. — Не на нас ловушка, а на котят, которые, по утверждению фауны, обязательно должны были стремиться сюда.

— И мотив этой уверенности нам уже известен, — вздыхает Виктор Сергеевич. — Дети среди них есть?

— Детей нет, — отвечает десантник. — А вот то, что их изображало, должно быть еще изучено.

Мы с Улей ошарашенно смотрим друг на друга. Выходит, догадка наша была правильной, но и информация десанта сразу же дает больше понимания. Если судить по словам командира десантной группы — на платформе присутствовали неразумные другого вида, а это уже очень интересно. Ну, я думаю, если будет нужно, нас позовут...

— Следователям приготовиться к спуску, — звучит команда десантника.

— Сигнал «единица два нуля» на Базу, — приказывает товарищ Винокуров. — Запрос эвакуатора по моим координатам.

— Вот даже как... — ошарашенно реагирует Уля. — Ой, одеваться надо!

Для спуска на планету нам действительно нужны легкие скафандры. Обычно нет, но сейчас, учитывая код сотню, действуют свои инструкции, а они у нас кровью написаны, поэтому мы принимаемся надевать на себя легкие специальные скафандры, движений абсолютно не стесняющие. Кроме инструкции, стоит помнить еще и о том, что холодно на поверхности очень — климатические системы никто не восстанавливал.

— Следователи готовы, — сообщаю я десантникам.

— Двигайтесь на причальную, — раздается в ответ. — Хорошо бы до эвакуатора успеть.

Тут он опять же прав — эвакуатор выдернет всех, совершенно не заботясь о сохранности следов и улик, а нам нужно все зафиксировать.

Хотя сдается мне, дело действительно в заложниках, и если это так, то ситуация запутывается, потому что не было сообщений о пропавших детях, если только они не пропали очень давно. Но тогда как собирались шантажировать?

У самого десантного катера нас встречают, очень быстро затягивая внутрь. Аппарель закрывается, и малое судно немедленно стартует, а десантник нас инструктирует. Обычные правила — «туда не ходи, этого не делай», но по инструкции он должен это сделать, хоть и понимает, что сунемся мы всюду.

— Кто был на платформе, известно? — интересуюсь я, когда он заканчивает.

— Особи Врага, — коротко отвечает офицер и, хотя мне заметно, что ему хочется выругаться, замолкает.

— Есть предположение, что внизу могут быть дети разных рас, — сообщаю я ему. — Захваченные как заложники.

— Да, это многое объясняет, — соглашается со мной десантник. — Сами увидите.

Мрачные у него интонации, значит, ситуация так себе. Ни взрослых, ни Врага внизу не было, возможно, действительно готовили к уничтожению. Но получается слишком сложно — и заложники, и котята, и вылезший неведомо откуда Враг, что совершенно точно автономно работать не умеет. И это возвращает меня к мысли о вовлеченности тех, кого мы друзьями назвали. Я бы тут и три нуля дал бы, но пока нет никаких доказательств, кроме наших с Улей предположений.

Катер буквально падает на поверхность, встряхнув и нас с Улей, хорошо, что мы пристегнуты — аж зубы клацают в момент посадки. Я отстегиваюсь, поднимаясь, аппарель в это время опускается, впуская в катер зимнюю стужу.

— Двигаетесь за мной, — еще раз напоминает офицер, сразу же беря довольно высокий темп движения.

Я не возражаю, милая моя тоже, поэтому мы почти бегом движемся к утопленному в снег серебристому куполу. Двери выломаны, внутри видны десантники первой группы, движущиеся вперед, а я в это время поворачиваю с Улей туда, куда ведет нас дар.

— Эвакуатор «Варяг» приступает к работе, — слышу я циркулярное сообщение.

Быстро он... Никак с ускорением в гиперскольжении шел. Это запрещено, конечно, только не для таких кораблей. Сейчас он либо упадет вниз, накрывая своими полями место, где мы находимся, либо просто выплюнет капсулы. В любом случае нам нужно именно туда, куда нас тянет непреодолимая сила активировавшегося дара.

Слева стена из какого-то древнего материала, чуть ли не бетона, справа ряд клеток с фиксаторами, о предназначении которых думать не хочется. Дорогу нам преграждает стена, но искомое именно за ней. На первый взгляд, стена тоже не из современных материалов, но сканеру она не поддается, экранируя излучение.

— Игорь! — зову я квазиживого. — Вскрой, пожалуйста.

За что мне они нравятся — никаких вопросов, щитоносец сказал вскрыть, и все. Спустя минут пять он прорезает дверь для нас, и в этот самый момент Уля бросается вперед. Будто молния проскакивает она мимо меня, бросаясь к чему-то, подозрительно напоминающему лабораторный стол. Что происходит?

Малышка

Ульяна Хань

Ощущение кого-то зовущего становится все сильнее. Мы падаем на планету, а я чувствую: кто-то зовет именно нас. Но кто? Что это может быть? Погрузившись в свои эмоции, я пытаюсь вычленить именно зов дара, как в школе нам рассказывали. Сразу это не удается, но затем я понимаю, что нужно делать — почувствовать Илью, и вот в тот самый момент, когда мне это удается, я осознаю: нам нужно совсем не в общие помещения, где сейчас собраны все найденные дети.

— Разные расы... дети в критическом состоянии... будут садиться... — доносятся до меня отдельные фразы.

Это означает, что эвакуатор собирается садиться на планету, чтобы забрать измученных детей. Но из разговора вокруг меня становится ясно: всех найденных собрали в одном месте, где оказывают экстренную помощь. Так куда тогда меня тянет? Я этого не понимаю, зато вижу, что Илья тоже идет вполне целенаправленно. Офицеры десанта, нас сопровождающие, вопросов не задают, страхуя в этом узком коридоре, идущем мимо клеток и странного назначения помещений. Смотреть по сторонам мне некогда, потому что минуты утекают; по моим ощущениям, еще немного, и станет поздно.

Проход перекрывает стальная стена, при этом сканер показывает, что перед нами нет ничего, что говорит об экранировании. Все-таки ручные сканеры и стационарные — очень разные по мощности. Илюша кивает десантнику, озвучивая свою просьбу, и тот сразу же принимается резать стену из серебристого материала, а я чуть ли не подпрыгиваю от нетерпения.

Стена режется медленно, но против специальных средств устоять не может. Я и не знаю, по какому принципу сделан резак десанта, знаю только, что он уничтожает любую материю. Ну не всем же быть физиками? Именно поэтому я просто жду, когда закончит офицер. И вот прямоугольный кусок стены выпадает внутрь, а меня будто какая-то сила несёт. С силой оттолкнув обнаружившуюся внутри особь, я как-то мгновенно оказываюсь у широкой плоской лежанки, чтобы подхватить на руки находящееся там существо.

— А-ия, — тихо хрипит ребёнок на моих руках. Я чувствую, просто знаю, что это ребёнок, которого в данный момент убивали.

Десантник иммобилизует того, кого я оттолкнула, а я провожу сканером вдоль тела малыша или малышки — не знаю я, как пол определить, потому что никогда такую расу не видела. Конечности, больше похожие на оборванные щупальца, недвижимы, глаз у ребёнка три, что мне о чём-то напоминает, при этом нижних конечностей я не вижу. Малыш едва шевелится, но всеми уцелевшими конечностями вцепляется в меня.

— Сюрприз, — констатирует десантник Игорь. — Внимание всем!

Я не смотрю на того, кто был им связан, я будто и не здесь нахожусь — в моих руках просто волшебное чудо, которое я совершенно точно никому не отдам. Илюша обнимает меня, не очень быстро куда-то ведя. Хотя я понимаю, куда он меня ведет, ведь эвакуатор же... Но я не отдам мою... малышку?

— Илюша, — зову я любимого. — Я ее чувствую. Это девочка, и ей больно очень, и страшно еще.

— Сюрприз, — повторяет слова офицера мой милый. — Тогда медленно идем, а там все решим с доченькой.

Он как-то моментально принимает только что найденного ребенка своим. Я прислушиваюсь к себе, тоже понимая — это моя доченька. Но как так произошло? Обычно для принятия же нужно больше времени! А вдруг она чья-то? Этот внутренний вопрос вызывает отрицание. Что-то внутри меня говорит: малышка — моя дочь. Нужно будет разобраться в природе этой уверенности, а пока оказать ей помощь. Вот только выпускать ее из рук я совсем не хочу.

А еще я чувствую, что должна дать ей имя. Вот прямо сейчас назвать ее, показывая, что отныне она моя доченька. Это ощущение необъяснимо, что значит — меня ведет дар, и то, что раньше он так себя не проявлял, не аргумент совсем. Раз дар говорит, что мне нужно дать ей имя, то так оно и есть. Я поднимаю взгляд на Илью, видя в его глазах поддержку и согласие, а затем мои губы, даже без участия разума, выталкивают одно лишь слово:

— Лада.

И малышка вдруг улыбается мне. Зубов у нее совсем нет, но этот факт вовсе не портит улыбки маленькой. Мне кажется, именно в этот момент нас совершенно точно принимают своими родителями. Я не знаю, какой расе принадлежит малышка, но теперь она совершенно точно наша. Она похожа на наших друзей, которых называют Учителями, по-моему, все расы. Только они, несмотря на похожесть, живут в своей атмосфере, для нас смертельно ядовитой, а малышка явно не в скафандре.

Так мы доходим до капсул, и тут вдруг я чувствую: ничто не может меня заставить выпустить Ладушку из рук. Никакое понимание, что ей помогут, просто до сознания не доходит. Илья укутывает ее в изолирующую ткань, взятую, по-видимому, у десантника, и тянет меня дальше по коридору.

— Положите ребенка в капсулу, — пытается приказать незнакомый квазиживой, и мне чудится опасность для малышки в его голосе, хотя этого быть не может.

— Стоп, — спокойно отвечает Илья. — Работает «Щит».

— Ясно, — кивает квазиживой, теряя к нам интерес.

Правильно, здесь наш приоритет абсолютный, и если мы что-то делаем, значит, так надо. Я в объятиях милого иду к катеру, посматривая по сторонам, хотя именно нанести вред моей малышке тут некому, но что-то внутри меня будто настраивается защищать Ладу любой ценой. Это материнский инстинкт?

— Ребенка с мамой нужно доставить на «Альдебаран», — твердо произносит Илья, не выпуская меня из объятий, хоть это и непросто.

— Следуйте за мной, — реагирует непонятно как оказавшийся тут флотский офицер.

Ну тут правильно все, если подумать — мы щитоносцы и знаем лучше. А Илюша чувствует же меня, поэтому понимает, что я с Ладушкой не расстанусь. Скандалить никому не нужно, а необходимо доставить ребенка врачам. Я против врачей не возражаю, просто расцепиться с доченькой невозможно, и все. При этом происходящее мне кажется правильным и единственно возможным.

— Поднимай легко, как хрусталь, — инструктирует бортовой навигатор офицер, помогая нам устроиться внутри. — Но быстро.

— К старту готов, — отвечает умный прибор.

Мы взлетаем, а я прижимаю Ладушку к себе, при этом вполне осознавая, что Вэйгу на эвакуаторе лучше подготовлен, но и объяснить, почему поступаю именно так, просто не могу. Илюша, родной мой, меня поддерживает, несмотря на то, что мы кучу инструкций сейчас нарушаем, но иначе просто нельзя. Я знаю это.

Илья Синицын

Уля вцепляется в необычно выглядящую девочку намертво просто. Я это очень хорошо вижу, а вот то, что происходит после имянаречения, ставит в тупик. По-моему, это импринтинг, просто очень по симптомам похоже. Я обнимаю моих девочек, пусть маленькая и выглядит необычно, но она моя дочь, я просто это знаю.

— «Альдебаран», — связываюсь я через коммуникатор с разумом звездолета. — Тревога для Вэйгу: опасность для жизни ребенка. Необходимо присутствие врача, ситуация непростая.

— Понял вас, — отвечает мне он, явно перехватывая управление ботом.

Я поглаживаю милую свою, уделяя внимание и малышке, воспринимающей мои руки совершенно спокойно. Она будто всегда была нашей дочерью, потерявшейся и нашедшейся. Я просто резко, без какой-либо подготовки начинаю ощущать Ладу своим ребенком. Несмотря на то, что мы оба молоды, и мое внутреннее ощущение, и дар говорят о том, что она наша, хоть и не бывает чужих детей.

— Посадка, — предупреждает нас навигатор, после чего катер чуть вздрагивает — на выход пора.

— Пойдем, милая, — ласково произношу я, помогая Уле подняться.

Кстати, странно, что в катер никто не залез. И десантники нас одних отпустили, и сейчас никто не торопится, хотя снаружи нас, разумеется, ждут. Тревогу просто так не объявляют, но при этом... наверное, десант с поверхности доложил о том, что щитоносцы принялись инструкции нарушать.

Борясь с желанием взять Улю на руки, осторожно вывожу ее из катера, сразу же увидев, что встречает нас транспортный модуль. Это платформа с креслами и лежанкой, на которой я, подняв спинку, осторожно устраиваю мою любимую с ребенком и сам усаживаюсь рядом. Платформа поднимается на гравитаторах. Быстро набирая скорость, она отправляется в недра нашего звездолета.

Встреченные разумные смотрят с интересом, но и только. Транспортная платформа — штука необычная, мы все-таки предпочитаем пешком ходить, но увидев наши эмблемы, просто кивают, здороваясь, а я думаю о том, как уговорить Улю уложить Ладу в капсулу. Ничего умного в голову не приходит, кроме как погрузить в сон обеих.

— Я справлюсь, — вдруг говорит мне милая. — На «Варяг» ее неправильно, а у нас все будет хорошо, да, маленькая? — обращается она к Ладе.

— И-уа, — отвечает ей малышка, причем я чувствую и ее согласие, и... доверие.

Платформа влетает в госпиталь звездолета, я опять очень бережно помогаю Уле сойти с лежанки и добраться до ждущей малышку капсулы. Лада не пугается, и мне кажется, она понимает, что ей хотят помочь.

— Я буду рядом и никуда не пропаду, —

говорит ей Уля, осторожно укладывая в умный прибор.

— И-а, — тихо произносит Ладушка, зажмуривая все три глаза.

Закрывается прозрачная крышка, но мы остаемся рядом. Спустя мгновение рядом каким-то чудом оказывается квазиживой с эмблемами врача. Он некоторое время смотрит на экран капсулы, затем вздыхает и поворачивается к нам. Рослый синеглазый квазиживой в светло-зеленом комбинезоне медика молча протягивает Уле стаканчик, в котором плещется знакомая жидкость. Милая моя также без слов выпивает ее.

— То, что ваша дочь относится к неизвестной нам расе, вы уже поняли, — утвердительно произносит врач. — Ее генокод очень похож на генокод Учителей, поэтому мы свяжемся с ними.

— С ней все хорошо будет? — жалобно спрашивает его Уля, и я не выдерживаю, одним слитным движением взяв ее на руки.

— Все будет хорошо, — отвечает квазиживой. — У вас-то что?

— Единение у нас, — признаюсь я. — Все описанные симптомы...

— Вам поставят здесь кровать, — решает врач. — Заодно посмотрим, что это за единение.

— Спасибо... — шепчет Уля, явно собираясь то ли поплакать, то ли поспать.

Кровать оказывается двухместной капсулой, куда сразу же отправляется Уля, а я чуть задерживаюсь. Мне нужно кое о чем расспросить товарища Винокурова, потому что пришедшая мне в голову мысль совсем не радует. Уля засыпать тоже не спешит, поэтому я просто посредством коммуникатора прошу Вэйгу дать рубку.

— Что у вас? — интересуется Защитник.

— Виктор Сергеевич, помните наших друзей, которые создатели Врага? — с ходу интересуюсь я.

— У них статус возможных друзей, — поправляет меня он. — Помню, конечно, и что?

— Не могли ли они всех обмануть? — прямо спрашиваю я. — На платформе были обнаружены особи Врага с малой автономностью, а улья нет нигде.

— Хороший вопрос... — в задумчивости отвечает он мне. — Умеете вы в тупик ставить. Я подумаю.

Намек мне понятен: нет у Защитника сейчас ответа, но зерно сомнения я посеял, теперь можно и отдохнуть немного. Вроде бы совсем недолго активничали, а вымотался так, как будто сутки без сна провел. Возможно, это оттого, что дар работает на полную мощность — с непривычки не дозирую ресурсы. С этой мыслью я засыпаю, а снится мне что-то совсем странное: будто Ладушка наша форму тела умеет менять, вот она резвится в воде озера, а мы с Улей наблюдаем за ней, держа друг друга в объятиях.

Будит меня негромкий звонок. Я сразу открываю глаза, некоторое время с непониманием глядя на врача госпиталя. Он выглядит спокойным, но при этом явно что-то сказать хочет. Рядом просыпается Уля, желая вскочить, я чувствую, поэтому начинаю ее гладить, успокаивая.

— Учителя хотят поговорить с родителями малышки, — произносит квазиживой.

— С нами? — удивляется милая моя.

— С вами, — кивает врач, показывая на экран.

Мы поднимаемся из капсулы, чтобы поприветствовать наших друзей, но изображения пока нет. Насколько я знаю, каналы синхронизируются не мгновенно, поэтому надо немного подождать. Вот наконец на экране появляется поразительно похожий на малышку разумный. Три его глаза, расположенные чуть иначе, смотрят внимательно, а в глубине их читается улыбка.

— Здравствуйте, разумные, — произносит он, а транслятор в углу экрана показывает его эмоции: радость, улыбка.

— Здравствуй, друг, — традиционно отвечаем мы с Улей хором.

— Вы обрели единение, доселе у разумных, обладающих телом, не встречавшееся, — произносит, как нам подсказывает экран, Арх. — И спасли ребенка неизвестного вам вида.

— Ладушка на вас похожа, — сообщает любимая. — Значит, она дитя вашего народа?

— Нет, разумная, она ваше дитя теперь, — отвечает нам собеседник.

Из его объяснения я делаю вывод о том, что раса нашей Ладушки слилась с Учителями, но малышка выбрала нас, при этом мы согласились с ней, дав ей имя. Я не очень хорошо понимаю, о чем он говорит, мне ясно главное: Ладушка останется с мамой и папой, а как о ней заботиться, нам расскажут. Значит... Все хорошо?

Главная База

Ульяна Хань

Несмотря на то, что думать ни о чем, кроме Лады, я почти не могу, на наладонник все же поглядываю. А там у нас новости, подтверждающие наши выкладки о заложниках. И вот теперь Мария Сергеевна общается с нашими друзьями, а «Альдебаран» замирает у Главной Базы, при этом никто малышку трогать не спешит. А почему, кстати?

— Илья, а почему Ладу в госпиталь не переводят? — интересуюсь я у любимого, хотя логичнее было бы спросить Вэйгу.

— Вэйгу объединили разумы, — объясняет он мне, что-то вычитывая на наладоннике. — Им

Учителя передали матрицы излечения для детей этого вида.

— То есть все равно где, — понимаю я, успокоенно усаживаясь обратно.

— Все равно, да, — кивает он. — Ты как, до Феоктистова сходить сможешь?

Илья прав: надо начальству доложиться, но тут же доченька — как тогда? Я прислушиваюсь к себе, оценивая, смогу ли я покинуть спящую малышку, и понимаю — смогу. Дар не возражает, значит, можем и сходить. У нас, судя по коммуникатору, второе памяти уже наступило, даже странно, что никто не дернул, но идти надо, хоть товарищ Феоктистов и не давит.

— Пошли тогда сейчас, — предлагаю я милому. — Вэйгу, если что...

— Не беспокойся, юная мать, — отвечает мне разум госпиталя звездолета.

Вот и хорошо. Нам сейчас нужно пройти до подъемника, потом перейти на Базу и там уже знакомым маршрутом куда положено. Самое главное нами выясненное — возможные друзья, которые создатели Врага, могут и сами быть врагами всем Разумным, хитростью втеревшись в доверие. А это очень серьезная опасность, и что с ней делать, мне, например, неясно. Но у меня есть Илюша и весь «Щит», значит, все хорошо будет.

Пока идем, я пытаюсь разобраться в себе. Мне кажется, за прошедшее время я повзрослела — уже не хочется, как папа говорит, «крутить хвостом», хотя хвостов у людей нет, совершенно не раздражает забота Илюши, да и люблю я его... Еще и с единением разбираться, потому что такого дара еще не было ни у кого. И как отреагируют старшие товарищи — вообще неизвестно. Кроме того, я не уверена, что хочу служить дальше в «Щите». Очень тяжелое для меня время выдалось, просто очень.

Вот и подъемник, уносящий нас на уровень «Щита». Сейчас нам предстоит докладывать, потому что товарищ Феоктистов, несмотря на то что уже точно изучил все протоколы, все-таки хочет услышать информацию и от нас. Ну что же, у нас есть что рассказать, только многое просто вспоминать не хочется. Непредставимы преступления диких народов, потому мы с ними и не общаемся, но котята-то уже наши...

— Разрешите? — звучит традиционный вопрос поглаживающего меня по спине любимого.

— Заходите, товарищи, — слышу я в ответ, вместе с Илюшей делая шаг вперед.

Малый зал совещаний выглядит совершенно не изменившимся, да и с чего бы — совсем мало времени прошло. Это для меня будто полжизни, а тут ведь и месяца не минуло. Мы проходим, двигаясь прямо к экрану, при этом Илюша меня страхует, и Игорь Валерьевич это видит, в удивлении поднимая бровь, но молчит. Я его понимаю, ведь изменило нас это расследование... Но пора докладывать.

— Первая часть расследования вам известна, — сообщает начальству Илья. — Я укажу опорные моменты.

На экране появляются факты и подозрения, что у нас были на тот момент — он все записал. Затем начинается рассказ о том, что мы увидели в аномалии, в каком состоянии были дети и кто именно их мучил. Илья рассказывает кратко, по делу, при этом прижимая меня к себе одной рукой. Он очень хорошо чувствует: я сейчас от воспоминаний просто расплачусь, и товарищ Феоктистов тоже это видит.

— Я не знаю, как сказать котятам, — негромко признаюсь я, когда Илюша берет паузу, чтобы глотнуть воды из высокого стакана, поданного ему товарищем Феоктистовым. — Ксия не показатель, она сама догадалась.

— Подумаем, — вздыхает Игорь Валерьевич. — Это все?

— Да какое там, — копирую я его вздох. — Мы считаем, что детей на планете держали в качестве заложников для торговли. Но наши друзья не заявляли о пропаже...

— Эти дети пропали давно, — объясняет нам товарищ Феоктистов. — Примерно во вторую нашу эпоху. При этом не все расы нам известны.

— Это мы уже знаем, — кивает Илья. — Далее... Установлено, что на планете и вне ее присутствовали рабочие и принимающие решения особи Врага. При этом следов улья не обнаружено, а рабочие особи для автономного существования не приспособлены. Это значит, что...

— Возможно, создатели Врага были с нами не вполне откровенны, — продолжаю я его мысль.

— Возможно, — кивает товарищ Феоктистов, сразу же спрашивая совсем не о том, о чем я ожидаю: — У вас импринтинг?

— У нас единение, товарищ щитоносец первого ранга, — спокойно отвечает ему мой любимый.

— Прямо единение? — пораженно переспрашивает наш начальник.

— Учителя подтверждают, — киваю я. — И у нас доченька... Только ее лечить еще долго.

— Оттуда? — интересуется товарищ Феоктистов и, увидев мой кивок, вздыхает.

Мы рассказываем ему про то, что увидели, почему наш полет был предопределен петлей времени и какие основные выводы сделаны. Ну еще нужна трансляция — это он понимает и сам. Хорошо хоть вести ее не нам, потому что я еще от прошлой не очень отошла. А вот дальше берет слово уже он.

Товарищ Феоктистов говорит о том, чего мы еще не знаем: о состоянии обнаруженных детей, об удивлении наших друзей, об общей ситуации, запрашивая затем Вэйгу насчет сроков восстановления нашей дочки. Ответ медицинского разума показывает нам с Ильей простой факт: нужно закончить дело, потому что потом нам будет совсем не до «Щита» — ребенка надо будет учить всему.

— Сейчас соберем офицеров и переговорим, а вы пока перекусите, — дает свои указания наш начальник.

Идея перекусить мне нравится, да и Илье тоже, поэтому мы идем в столовую, отлично понимая, что разговор еще не закончен. В столовой, кстати, людно, но лица все незнакомые, и, что это значит, я не знаю. На нас смотрят с интересом, особенно на наши шевроны. Они сохраняют прежний цвет, что окружающих удивляет, ведь выходит, что мы Особая Группа, как в старых легендах. Правда, мне о легендах думать не хочется — у нас работа продолжается.

— Уля, ты согласишься создать со мной семью? — негромко спрашивает меня любимый, ставя передо мной тарелки с нашим «перекусом».

Я даже сначала не понимаю, о чем он говорит, а потом уже тихо взвизгиваю от радости, хотя, конечно, все было понятно и так, раз единение, но формальная часть меня отчего-то очень радует. Просто очень-очень.

Надо маме сообщить еще...

Илья Синицын

Почти совсем не отреагировавший на новость о единении начальник, конечно, ставит в тупик. Вот только кажется мне, нас отослали вовсе не для того, чтобы собрать людей, а чтобы проконсультироваться с врачами. Да и устали мы сильно, Уле отдохнуть бы хоть немного, в себя прийти.

Я выбираю моей любимой понравившиеся ей

блюда «по-винокуровски», не забывая о себе, и в этот самый момент понимаю: мы семья. Мы действительно семья, потому что в единении иного быть не может, а у нас еще и дочь. Восстанавливать ее будут месяц, ибо незнакомая раса, да и Учителя советовали не торопиться, так что стоит к ним прислушаться. Этот месяц у нас есть на расследование, теперь уже в отношении «возможных друзей», только отдохнуть нам все равно надо.

— Уля, ты согласишься создать со мной семью? — спрашиваю я мою милую.

Несмотря на то что мы уже семья, формально это не закреплено, да и, по-моему, будет честным сделать все по традиции. Все-таки Уля у меня с Драконии, а там брачные традиции сохранились, не то что у нас на Чжэньлесе. После моего вопроса, подтверждая мою правоту, раздается радостный визг. Это, пожалуй, ответ.

Поставив тарелки перед Улей, я отправляю сообщение родителям, чтобы они подготовиться успели, а сам думаю о том, что будет у нас дальше. Расследование деятельности «возможных друзей» мы будем проводить вместе с десантом и на боевом корабле, ибо опасность в случае, если мы правы, нешуточная у нас.

Усталость чувствуется просто нешуточная. Уля утомлена сильно, мне тоже не очень весело, но отпуск нам сейчас никто не даст, ибо заменить нас с ней некем просто. Большая часть терминов и подходов, вынесенная нами из древних книг, сейчас просто не изучается, поэтому требовать даже от старших товарищей что-либо неправильно.

Коммуникатор доносит реакцию папы. Одно только слово, а сколько оно для меня информации несет: «Наконец-то». Тут и поддержка, и ирония, и много еще чего. Папу можно понять: у нас единение — но мы не тянули, просто все как-то скопом навалилось, вот и отреагировал я только сейчас. Надо будет попросить товарища Феоктистова зарегистрировать нас, да и малышку заодно. Или...

— Уля, — обращаюсь я к любимой, — ты как хочешь: чтобы нас по древнему обряду регистрировали во время праздника или попросить товарища Феоктистова?

— У нас дочка, Илья, — вздыхает она. — Сама об этом думала, так что давай сейчас, и Ладушку заодно, а праздник от нас не убежит.

Похоже, единение работает — одни и те же мысли в голову приходят. И Уля моя любимая права: праздник от нас не убежит, а инструкции надо выполнять, а то будут неприятные сюрпризы. Сейчас Лада наша дочка только по приказу «Щита», поэтому регистрировать ее надо чем быстрее, тем лучше. Вот этим и займемся, а пока мы отставляем тарелки, чтобы вернуться в малый зал совещаний.

Очень хочется взять Улю на руки, но делать этого здесь не следует — мы на службе. Поэтому просто не очень быстро идем обратно, обнявшись. Вот закончат сегодня с нами, хоть день надо взять на перерыв, а то ведь любимая о доченьке беспокоится, да и выспаться надо.

Подойдя к раскрытой двери, я вижу, кто находится внутри кроме нашего начальника, и понимаю: я был прав, товарищ Феоктистов врачей вызвал, ведь единение у нас впервые за всю историю Человечества. Логично все, получается. Зайдя, здороваюсь, ловя взгляд главного нашего доктора — пожилого Ци Савельева. Он внимательно нас разглядывает, а затем только вздыхает.

— Так, Игорь Валерьевич, — уверенно произносит он. — Этих двоих — на Кедрозор, их родителей туда же, и чтобы недели две их никто не трогал!

— А как же... — начинает наш начальник.

— Нет, они у тебя того и гляди сорвутся, — твердо отвечает врач.

— А можно нам на Драконию сначала? — тихо спрашивает Уля.

— Хм, а мотив? — отвечает он вопросом на вопрос.

— Игорь Валерьевич, зарегистрируйте, пожалуйста, нашу семью и дочь, — вместо ответа прошу я товарища Феоктистова. Старшие товарищи вмиг начинают улыбаться.

— Охотно, — кивает он нам и обращается к разуму космической станции, на которой Главная База расположена. — Регистрация. Илья Синицын, старший лейтенант «Щита», и Ульяна Хань, старший лейтенант «Щита», являются семьей.

— Зарегистрировано и синхронизировано, — сообщает в ответ квазиживой разум.

— Ну, теперь ты, — дает мне знак товарищ Феоктистов, и я понимаю, что нужно делать.

— Регистрация, — повторяю я служебное слово. — Лада Синицина, дочь Ульяны Синициной и Ильи Синицына.

— Зарегистрировано и синхронизировано, — второй раз сообщает нам разум.

— Очень хорошо, — кивает товарищ Савельев. — Теперь вы руки в ноги — и бегом праздновать. Увидимся через две недели.

Это очень удачно, поэтому, так как мы сейчас не на службе уже, я подхватываю Улю на руки, отправляясь к нашему звездолету, доставленному на базу. Вокруг ходят люди, о чем-то переговариваясь, наверняка глазеют на нас, но это неважно — в моих руках самая лучшая на свете девушка. Я несу ее по коридору, не замечая никого, ведь сегодня мы стали семьей. Пусть это только формальность, но что-то подсказывает мне, что не так все просто. Именно эта регистрация вдруг принесла ощущение целостности, хотя такого быть и не должно.

На парковочной палубе стоит наш «Эталон». Кажется, он с нетерпением ждет того момента, когда сможет рвануться в черные глубины Пространства, и мы, разумеется, не разочаровываем наш небольшой корабль. Поднявшись на борт, усаживаю Улю в кресло и плюхаюсь в рядом стоящее. Теперь нужно задать маршрут.

— Навигатор, субпространственный переход, — командую я. — Цель — Дракония. Коридор общий.

— Маршрут принят, — сообщает мне в ответ навигатор, начиная первичные маневры.

Чуть позже он войдет в субпространство, устремляясь по обычному общегражданскому маршруту, потому что ничего экстренного не происходит. У нас есть время побыть наедине друг с другом. Уля тянется ко мне, и я понимаю, чего ей хочется, обнимая такую родную девушку, чтобы соединить наши губы в поцелуе. Этим мы закрепляем сам факт того, что являемся семьей, что любим друг друга, что желаем чувствовать и дарить радость.

Ладушке еще долго спать, чуть меньше семидесяти дней, а мы пока «сыграем свадьбу» — так называется этот древний обряд, а затем и расследование, наверное, закончим. Потом нам не до службы будет, доченька мир познавать начнет. По размерам-то ей года три было, а вот сколько в действительности...

«Марс»

Мария Сергеевна

Факт того, что Синицыны находятся в единении, ставит меня в тупик. Причем информацию я получаю от Арха и одновременно от товарища Савельева. Он военной стороной нашей медицины руководит. Значит, необходимо связаться с нашими энергетическими друзьями, чтобы попытаться представить, с чем нам предстоит дело иметь. Ребятам-то точно помощь нужна, потому что об единении мы знаем немного — только тот факт, что оно существует.

Но этого мало — у нас дети разных рас, которых нужно восстановить хоть как-нибудь, передав затем на родину. На сигнал «найден ребенок» ответа не следует, поэтому мне нужно связываться с каждой идентифицированной расой. У наших друзей свои нюансы, из-за чего объяснения могут затянуться, чего мне не хочется. Это следует обдумать.

— Маша, о чем размышляешь? — сестренка Лерка видит мою задумчивость, сразу же желая помочь. Мы чувствуем друг друга, что вообще-то уже нормально — дары развиваются.

— Рассказать бы всем одновременно... — по наитию отвечаю я, еще и сама не поняв, что сказала.

— За чем же дело стало? — удивляется Лерка. — Сейчас вызовем представителей...

Действительно, можно рассказать всем друзьям сразу об обнаруженных детях. Состояние у них критическое, радует только, что матрицы для медицинских разумов у нас есть. Матрица описывает идеальное состояние организма детей и взрослых представителей наших друзей. В процессе обмена знаниями матрицами мы обмениваемся в обязательном порядке, вот сейчас и пригодилось.

Мысль хорошая, поэтому мы с девочками сразу же начинаем воплощать ее в жизнь, а мне не дает покоя информация, полученная от товарища Феоктистова — обнаружены активные особи Врага, при этом следов улья нет. Тот факт, что этим уже занимаются, радует, но вот что это значит... И единственные ли котята пострадавшие, неясно. Во время папиного путешествия было нечто похожее, по-моему. И эльфята, и котята, и много кого...

— На экране, — подсказывает мне Лерка, выдергивая из раздумий.

На экранах действительно наши друзья, всех тех рас, детей которых мы обнаружили. Хорошо бы, конечно, общую трансляцию провести, но товарищ Феоктистов попросил дать ему время. Учитывая состояние всех спасенных, минимум месяц у нас есть.

— Разумные! — по традиции обращаюсь я к собеседникам. — В процессе расследования произошедшего с Ка-энин нами были обнаружены и эвакуированы дети ваших рас в очень плохом состоянии.

— Но у нас не пропадали дети... — возражает мне представитель расы Аинар.

— Прошу внимание на экран, — отвечаю я ему.

На экране демонстрируются записи квазиживых десанта — в каком состоянии были обнаружены дети, как эвакуированы, затем список повреждений по каждому из них и генокод. Я вижу: наши друзья задумываются, запрашивают информацию, и только затем в их жестах и глазах проступает понимание. Они что-то выясняют по своим каналам, явно осознавая, с чем мы имеем дело.

— Этот генокод принадлежит ребенку нашего народа, пропавшему при невыясненных обстоятельствах в... — автоматический транслятор пересчитывает единицы времени, показывая мне результат — первая эпоха, еще до Контакта.

— Аналогично, — соглашается с моим собеседником представитель расы Аинар.

Спустя некоторое время выясняется, что обнаруженные нами дети исчезли примерно в одно и то же время. У меня же появляется очень четкое ощущение причастности наших «возможных друзей» — создателей Врага. Я пересылаю этот вывод товарищу Феоктистову, а затем прошу прислать своих медиков, потому что матрица — это, конечно, хорошо, но...

— Спасибо тебе, друг Маша, — искренне благодарят меня наши друзья, уходя со связи.

— Лера, госпиталь на Минсяо предупреди, пожалуйста, — прошу я сестру.

— Уже, — лаконично отвечает она мне.

— Неизвестных у нас двое и еще девочка нашей расы, так? — интересуюсь я у сестер.

— Так, Машенька, — кивает мне сестренка. — И не так одновременно. Насчет ребенка, неизвестно откуда взявшегося, «Щит» покопает, а вот с неизвестными уже не так — у нас племянница, а у Синицыных, следователи которые, дочка.

Точно, я и забыла об этом. Значит, нужно только разобраться, откуда взялась не значащаяся ни в каких реестрах девочка, и это дело можно... Стоп!

— Девочки, что нам известно о единении? — спрашиваю я сестер.

— Наблюдается у энергетических рас, — обстоятельно отвечает мне Танечка. — Является высшим проявлением духовной близости, приводящей к слиянию сущностей. А что?

— Уже не только у энергетических, — хмыкаю я в ответ. — У Синицыных единение, Арх подтверждает. Так что вопрос: что это может значить для двоих людей?

Кажется, в древности это называлось «немая сцена». Девчонки смотрят на меня большими круглыми глазами, совершенно ошарашенно. Их можно понять — Синицыны у нас, выходит, первые. Самое первое проявление дара, на этот раз как развитие взаимного чувства. Это, конечно, совершенно необыкновенно и необъяснимо, и здесь наша помощь будет неоценимой.

— Ну-у-у-у, — тянет Танечка, — общность эмоций, возможно, мыслей, интересов... Семью они уже создали?

— Да, и малышку зарегистрировали, — киваю я, получив подтверждение Центрального Архива, — так что и сами, думаю, все поняли. Вот только им нужно учиться разделять эмоции и мысли, а то могут себя потерять. Ну и выяснить, что с их дарами.

— Пороговое усиление, — хихикает Лариса.

Она у нас эмпат, поэтому ее хихиканье вполне объясняется: пороговое усиление что интуиции, что эмпатии исключает личное пространство. Как бы с ума не сошли, все-таки к такому их вряд ли в Академии готовили. Нужно связаться с врачами и разобраться, чем мы можем помочь. А пока... Выбрав абонента, я легко трогаю пальцем сенсор коммуникатора.

— Здравствуй, Маша, — улыбается мне с экрана принявший физическую форму для разговора Ваалх. — Чем я могу тебе помочь?

— Здравствуй, Ваалх, — возвращаю я улыбку.

— У нас двое людей в единении. Мне очень нужна твоя консультация.

— Они тела сохранили? — с ходу интересуется он и, увидев мой кивок, продолжает: — Буду у тебя в течение вашего часа.

Раса Ваалха, к которой когда-то очень давно принадлежала и я, пока не обрела папу и маму, предпочитает сразу переходить к делу, поэтому спрашивать о семье и общих делах сразу в их культуре просто не принято, в отличие от людей, кстати. Именно поэтому я и начала разговор именно так. Очень хорошо, что у него есть время прибыть, теперь мне нужно с врачами связаться.

Виктор Сергеевич

Информацию следователи принесли интересную и очень важную. Участие «возможных друзей» в уничтожении котов и котят — серьезное обвинение, которое нужно еще подтвердить или опровергнуть, а пока я предлагаю начальникам передвинуть «Сириус» и «Плутон» на Форпосты так, чтобы в случае чего успеть среагировать. Несмотря на то, что «возможные друзья» никакой активности не повышают, нужна разведка их звездных систем.

— Две недели потерпи, — просит меня товарищ Феоктистов. — Синицыны нужны, а у них отдых.

— Почему именно они? — удивляюсь я, не понимая, с каких пор двое молодых щитоносцев стали столь необходимыми.

— Они лучшие, — коротко отвечает мне начальник «Щита», заставляя задуматься.

Совсем молодые, но очень знающие ребята. Мне десантники рассказали, как следователи допрашивали неразумного — без всяких специальных средств, только лишь своим подходом и тактикой допроса. Василий говорит, это очень серьезные знания, которые, насколько он помнит, никто не дает. Значит, у щитоносцев свои секреты, только и всего.

Итак, у меня есть две недели, за которые нужно для начала сдать корабль, потому что мне сейчас удобнее на «Сириусе» — нужно провести разведку и выяснить, нет ли у нас сюрпризов в сфере, по центру которой находятся «возможные друзья», а радиус... хм... пусть будет Каэд.

— «Сириусу» на Главную Базу, — командую я, потому что по званию старше, ну и корабль все равно мой.

— Чего шалим? — интересуется у меня дежурный по базе.

— Идея возникла — по кругу полетать, — объясняю я ему.

Больше вопросов не следует, хотя должны бы быть, но тут за меня играет тот факт, что я Защитник, поэтому знаю лучше. По крайней мере, так думают флотские офицеры, чем я в данном случае и пользуюсь. Таскать всю громаду «Альдебарана» просто бессмысленно, а «Сириус», если что, не только улей на ноль помножит, как в древности говорили.

— «Сириус» на втором, — сообщает мне разум «Альдебарана».

— Так быстро? — удивляюсь я.

— Был в системе, — получаю я ответ, сразу же улыбнувшись.

Передав командование вахтенному, почти бегом отправляюсь на свой старый звездолет с очень хорошей маскировочной системой. Мне важно полетать так, чтобы меня никто не заметил, в том числе из друзей, потому что здоровая подозрительность еще никому не вредила. За мной следуют и мои ребята, всё отлично понявшие, — привыкли мы уже вместе.

— Что, командир? — спрашивает Сай.

— Разведка, — лаконично отвечаю я квазиживому.

Больше вопросов не возникает — информации действительно достаточно. Мы двигаемся по галереям, чтобы облететь зону, мною размеченную, хотя я уже чувствую, куда именно надо лететь. Дар мой активизируется, буквально подталкивая направиться в определенную точку пространства. Чуть позже, находясь в движении, я через коммуникатор отдаю приказ погрузить гравитационную мину. Тоже дар подсказал, а его игнорировать я не приучен.

Вот вернусь — и к семье отправлюсь. А там две недели пройдут, и будем мы следователей сопровождать. Возможно, даже туда, куда меня сейчас тянет. Что интересно, звание Защитника лишних вопросов совершенно не предполагает. То есть прилечу — доложу, а пока можно отправляться даже без приказа.

Раздумывая об этом, я сам не замечаю, как дохожу до рубки «Сириуса», плюхаясь на привычное место. Честно говоря, мне здесь комфортнее, чем в огромной рубке «Альдебарана». Товарищи мои тоже рассаживаются, экипаж радостно приветствует командира, то есть меня.

Я им тоже рад, да и привык уже... Перекидываю маршрутную карту навигатору.

— Курс на точку два, — комментирую при этом. — Защиту на максимум, маскировку тоже, чует мое сердце...

— Дар ведет, — кивает Сай, чему-то улыбнувшись. — Потому и не предупреждаешь никого.

— Да, — киваю я. — «Сириус», две девятки, Гармония, сорок три.

— Специальный режим подключен, — откликается разум корабля, и в тот же миг мы ныряем в гиперскольжение прямо из системы, что правилами навигации не рекомендуется.

Пока летим, я пытаюсь разобраться в своих эмоциях. По моим ощущениям, впереди бой, но вот «Альдебаран» был бы неправильным: его бы учуяли издали — слишком большая масса. Дар тянет меня вперед, да так, что кажется... Кажется мне, что остались секунды до «поздно» или вообще некрасивого сравнения. Своим ощущениям я, как уже сказано, доверяю, поэтому и летим... Точка находится на продолжении радиуса очерченного мной шара, если брать линию от Каэд до системы наших возможных «друзей».

— Выход, — сообщает мне разум «Сириуса».

— Боевая тревога, — заключает он, не дожидаясь моей команды.

Да уж, могу его понять... Перед нами звездная система. Звезда двойная, оранжевый и красный карлики, что уже интересно, парочка планет, бегущих по своим сложным орбитам и... аж три улья. Гигантские корабли Врага пришвартованы друг к другу. Зачем — это совсем другой, не самый простой вопрос, но вот их локализация...

— «Сириус», анализ переговоров в системе и на планетах, — прошу я разум звездолета.

— Переговоров не ведется, — сразу же отвечает он мне.

— Сканирование планет, — продолжаю я следовать инструкции. — Вань, — зову я оружейника, — там у нас гравимина есть, приготовь-ка ее.

— Есть, понял, — совершенно не удивившийся Иван начинает вбивать команды на сенсорной клавиатуре.

— Наличие жизни не фиксирую, — делает вывод разум звездолета. — А следы оной имеются.

Тут мне все понятно: Враг, считавшийся полностью уничтоженным, сделал жизнь на планете невозможной. Это, кстати, не очень хорошо выглядит, да и тот факт, что меня привел дар, несколько смущает. Я киваю оружейнику — слова тут не нужны, он все понимает и так.

— Корабли Врага начинают разгон, — сообщает навигатор. — В субпространство, что ли, нацелились?

— Компенсаторы на максимум, — приказываю я, завершив коротко, подобно нашим предкам: — Пли!

Яркая искорка гравитационной мины устремляется к кораблям Врага, я же не испытываю ничего. Вот кажется мне, что не просто так они тут оказались, но доказать что-либо... Следователи будут разбираться уже, потому что теперь нам нужно силами Флота выискивать и уничтожать все следы Врага, в одном мире с ним мы не уживемся, это совершенно точно.

Нет никакой вспышки, лишь черные корабли вдруг сжимаются в блин, рассыпаясь затем пылью. Ну «рассыпаясь» — это громко сказано, они становятся плотным облаком космической пыли, а я раздумываю о том, что бы это значило. На самом деле, отсутствие коммуникации в принципе наводит на мысли о какой-то непонятной ловушке, настолько непонятной, что мы в нее не попались. И все-таки...

Конец отпуска

Ульяна Синицына

Две недели в заботах и праздновании пролетают совершенно незаметно, при этом у меня нет даже времени посмотреть на коммуникатор. Зато ощущать себя замужем как-то совершенно необыкновенно. Традиционная свадьба длилась три дня, сливаясь для меня в калейдоскоп событий, но следование традиции тем не менее не предполагает и все остальное, что мне очень хорошо Илюша объяснил. И вот теперь, спустя две недели, мы выдвигаемся обратно.

Я себя чувствую отдохнувшей и какой-то очень спокойной, а Илья только улыбается. Он волшебный просто, на самом деле, как я раньше этого не замечала? Но вот сегодня мы уже отправляемся, а я читаю все новости, что мне на наладонник и коммуникатор попадали. И новостей оказывается не сказать, что мало, я даже удивляюсь слегка.

— Му-у-уж! — зову я Илью, просто наслаждаясь этим словом. — Ты только посмотри!

— Что, любимая? — подходит он ко мне, обнимая сзади и заглядывая в наладонник.

Посмотреть действительно есть на что — Защитник ликвидировал аж три улья Врага, при этом обнаружив несколько планет, по-видимому, уничтоженных совсем недавно. А это значит, что Враг не ликвидирован полностью, и на дальних маршрутах наши пассажирские корабли надо сопровождать. По крайней мере, это для меня очевидно.

— Сегодня у нас пятнадцатое памяти, — задумчиво произносит Илья. — Сегодня начинаются траурные мероприятия, то есть со свадьбой мы успели.

— Нас Феоктистов на вечер вызывает, — читаю я с экрана приглашение. — То есть пару часов еще есть. Давай новости смотреть!

— Логично, — отвечает он мне. — Давай смотреть...

Что у нас еще... Также начинаются ежегодные мероприятия, а это в свете последних новостей означает, что охранять их надо будет. Просто на всякий случай. Кроме того, представители возможных друзей будут присутствовать. Я думаю, стоит на них посмотреть. Вот и выяснилась первая точка. А когда?

— Лететь надо, — сообщаю я мужу. — Прямо сейчас — и на Гармонию, где мероприятия будут.

— Полетели, — кивает он, а потом поднимает меня на руки, но идет вовсе не к выходу. Люблю я у него в руках лежать, от этого мне очень комфортно делается.

Ой, я поняла, куда он меня поволок: с родителями проститься надо, потому что почти на месяц улетаем, а там и доченьку из госпиталя выпустят, так что у нас будет длительный отпуск по уходу за ребенком. Пока что нужно лететь на Гармонию, а оттуда к Феоктистову, благо два шага всего.

— Мама, папа, мы на работу, — спокойно произносит Илья.

— Хорошо, дети, — улыбается мне мама. Она мужа мама, но все равно моя. Мы так договорились, что родители у нас общие теперь.

— Береги Улю, сын, — говорит ему его папа, который все равно мой.

Мои родители утром попрощались, они на работу улетели. Теперь вот и наша очередь. Илья несет меня к «Эталону», благо он может прямо с планеты стартовать. Звездолет лежит в специальном посадочном круге, приветливо раскрыв люк главного шлюза, поэтому Илья даже не останавливается, проходя внутрь. Кажущееся черной дырой пространство озаряется яркими огнями, высветливая темно-зеленую «военную» окраску стен и потолка. Муж же проходит по коридору до самой рубки и усаживает меня в кресло, чтобы сразу же опуститься рядом.

— «Эталон», — вызывает он разум звездолета, хотя такому малышу разум и не положен, но «Щит» исключение, — навигация до Гармонии, зал Прощания.

— Принял, — коротко отвечает нам звездолет, точнее его разум. — Навигация до Гармонии.

Все, больше ничего говорить не надо. Мы не пилоты, потому дальше взлет, субпространство, все доклады — это он сам, а мы можем поглазеть на экран или пообниматься. Обниматься мне нравится, да и целоваться тоже, поэтому занятие у нас есть, а «Эталон» тем временем входит уже в субпространство. Двигатели совершенствуются постоянно, даже у нас уже более мощные стоят, чем, скажем, пять лет назад. А мощность это скорость, так что до Гармонии получается очень быстро добраться.

Судя по всему, Защитник действовал по велению дара, а это значит, что и нам стоит начать с обнаруженных им планет, взяв с собой кого-нибудь из археологов. Значит, первый пункт — археологи, затем нам нужен десант, но этих-то точно придадут, а потом...

— Что пишешь? — заинтересовывается Илья.

— Прикидываю, кого и что с собой взять, — отвечаю, прижавшись к плечу мужа. — Вот смотри, для уничтоженных планет археологи нужны, мало ли какие сюрпризы есть, а специалисты помогут истолковать обнаруженное, но сначала десант, чтобы на сюрпризы, как на Праматери, не наткнуться.

— Я бы группу Петрова еще взял, — вздыхает он, погладив меня по спине. — Они хорошо подкованы в линейных расследованиях.

— Это если дадут, и если они согласятся, — замечаю я.

— Выход, — прерывает нас разум нашего «Эталона». — Маневр подхода к Залу Прощания. Прибытие — десять минут.

— Поняла, спасибо, — благодарю я его.

Вежливость — она всегда вежливость, и то, что он квазиживой, ничего не меняет. Разум от формы и строения тела не зависит. Я отвлекаюсь от списка, внимательно глядя на экран, где уже заметен овоид «возможных друзей». Есть в нем что-то знакомое, впрочем, это и неудивительно, но вот дар мой моментально активизируется.

— «Эталон», сканируй звездолет «возможных друзей», — прошу я наш корабль.

Проходит время, в течение которого мы маневрируем. В конце концов звучит ответ «Эталона»: ничего крамольного не обнаружено. «Крамольный» — это слово из древности, из тех самых книг, что сделали нас следователями. Тем не менее какое-то странное ощущение имеется, поэтому я тянусь к коммуникатору, но Илья останавливает меня.

— «Эталон», связь с дежурным «Щита», — командует он.

— Дежурный на связи, — сразу же отвечает ему напряженный голос.

— Специалистов к кораблю «возможных друзей» пошлите, — произносит мой муж. — Ощущение в отношении него странное.

— Понял, спасибо, — реагирует дежурный,

скорее всего имеющий насчет нас особые указания.

Задерживать ни корабль, ни возможных друзей не за что пока, поэтому нужно быть просто готовыми. Ну и понаблюдать, конечно, потому что какое-то странное у меня чувство, а раз его и Илюша не идентифицировал, то возможны неприятности. А нам неприятности не нужны, да и никому не нужны, так что на сегодняшней церемонии детей не будет. Просто на всякий случай — кто знает, на что готовы эти самые «возможные друзья»...

Илья Синицын

Свадебный ритуал был чудо как красив. Восходящий к Темным Векам, он подарил немало радостных минут, хотя к концу мы с Улей устали уже так, что не чувствовали ничего, поэтому вызов на работу воспринимается как отдых, если не считать наших ощущений. Что-то не так с кораблем «возможных друзей», а вот что именно, понять трудно.

Мы с Улей входим в Зал, стараясь держаться поближе к стеночке. Форма у нас принимает вид парадной, но рассматривать ее сейчас некогда.

Совсем недавно парадный и повседневный комбинезоны отличались, но уже года три как приняли универсальную форму, поэтому переодеваться не приходится. Интересно, где эти самые «возможные друзья»?

Уля показывает мне на небольшую группу разумных, стоящих особняком. Никаких эмоций они у меня не вызывают, значит, дело в самом корабле. Я быстро отщелкиваю на браслете сообщение для дежурного, получая в ответ символ «принял к сведению». В зал вступает Мария Сергеевна, но на «возможных друзей» никак не реагирует, а начинает церемонию. Она сильнейший телепат Человечества, и раз реакции нет, то, скорее всего, беспокоиться не о чем.

— На пути к Звездам Человечество теряло своих представителей, — начинает Мария Сергеевна. — И сегодня мы вспомним каждого.

Церемония это надолго, а нам скоро надо будет на Базу. Впрочем, никакой реакции наш уход не вызовет — эмблемы «Щита» все объясняют, наша служба не замирает ни на секунду. Это, кстати, известный факт. На экране появляются лица тех, кто пал на пути к Звездам. От древних времен, история которых нам уже известна, и до недавнего времени, потому что котята уже наши, их погибшие родители и Хи-аш тоже часть Человечества.

Вот когда начинают говорить о защитниках детей, «возможные друзья» преображаются и будто бы напрягаются. А я задумываюсь о том, что идея о заложниках Врагу вряд ли пришла бы. Для него подобное невозможно было, совсем иной тип мышления, а вот их создателям — вполне. Но если «возможные друзья» и есть Враг, то проблема у нас серьезная, и решать придется всем миром, ведь у них как раз, в отличие от Врага, дети могут быть, а нанести вред ребенку...

— Пора, — негромко произносит любимая моя жена.

Звезды Великие... Я могу называть Улю любимой, мы семья... Мог ли я даже мечтать о таком в школе, да и в Академии? Впрочем, я отвлекся. Кивнув, спокойно двигаюсь в сторону выхода, отметив краем глаза, что возле корабля «возможных друзей» уже крутится небольшой электролет службы движения. Заметив номер, ввожу его на браслете коммуникатора, вызывая экипаж. Несмотря на то, что подобные суда обычно беспилотные, тут, как я чувствую, экипаж есть.

— Проблема, щитоносец? — доносится до

меня напряженный голос. Навскидку лет тридцать говорящему.

— Если думаете, как пробраться внутрь, — негромко замечаю я, — можно случайную аварию. Не ошибку навигатора, а что-то посложнее.

— Благодарю, — слышу в ответ. Электролет куда-то исчезает.

В этом, кстати, основная проблема щитоносцев — коллеги постепенно отвыкают думать, полагаясь только на технику. Особенно молодые, и с этим надо что-то делать, а иначе возможны неприятные последствия. Надо будет об этом с товарищем Феоктистовым после поговорить. Сейчас же нам пора лететь к упомянутому товарищу. Именно поэтому мы двигаемся в сторону нашего «Эталона», споро забираясь на борт. Интересно, конечно, как используют мою подсказку коллеги, но нам действительно уже пора.

— «Эталон», — отдаю я команду, — на Главную Базу.

— Принято, — спокойно отвечает он мне, никак не комментируя, ибо комментировать тут нечего. — Аварийная ситуация.

На экране отходящего от причала «Эталона»

хорошо видно, как именно решили проблему транспортного происшествия: контейнеровоз потерял часть груза. Каждый контейнер принимается тормозить, чтобы мягко приземлиться на аварийных двигателях, но на пути одного из них вдруг оказывается овоид «возможных друзей». По-моему, очень красивое решение, потому что теперь служба движения в большом количестве вполне спокойно работает, а мы летим на базу.

Сам полет давно привычен, как и путь на «наш» уровень к кабинету полтораста. Вот именно там нас и просят подождать. Адъютант товарища Феоктистова смотрит на нас с большим интересом, но не говорит ничего. Подождать мы согласны, впрочем, ничего страшного в этом нет, хотя ожидание тянется недолго, не больше десятка минут.

— Прошу вас, товарищи, — произносит офицер, показывая на открывшуюся дверь.

— Здравствуйте, — немного ошарашенно здороваюсь я, потому как за дверью оказывается не только товарищ Феоктистов, но и практически весь начальственный состав «Щита». Однако первая же фраза начальника все ставит на свои места.

— Здравствуйте, товарищи, — улыбается

Игорь Валерьевич. — Пожалуйста, расскажите, как вам удалось раскрутить такую сложную задачу.

Понятно, в целом разговор, конечно, назрел, ведь знаем и умеем мы несколько больше, чем выпускники Академии, а это вызывает интерес, ибо не гении мы с Улей, совсем не гении. Правда, теперь мы одно целое, разве что мысли у каждого свои, но это, насколько я понимаю, пока.

— Наверное, дело в общности интересов, — негромко произносит Уля, переглянувшись со мной. — Мы с Ильей с детства увлекались детективной историей Темных Веков и Древности. Он нашел в архиве сборник историй под названием «детективы», их мы и читали.

— И как это связано? — в тоне товарища Феоктистова сквозит явное непонимание.

— В этих «детективах», — продолжаю уже я, на что Уля не возражает, я же прижимаю жену к себе, чтобы она не пугалась такого столпотворения, — рассказано о преступлениях древности, методах расследований, поисках преступника и так далее. Изучая эти методы, мы, во-первых, поняли, на что способны дикие народы, а во-вторых, разобрались в структуре расследований.

Оказалось, что криминалистика — большая наука, которой нас не учили.

— То есть нужно предусмотреть в программе Академии, — кивает товарищ Феоктистов, явно понимая, о чем я говорю. — А сейчас, выходит, подобными методами владеете только вы?

— Методы довольно простые, — вздыхаю я в ответ. — Если решать именно задачу, не полагаясь полностью на технику и квазиживых, а своим умом.

— Поясните свой вывод, молодой человек, — несколько раздраженно просит меня кто-то из группы Петрова.

И вот тут наступает время логических задач. Очень простых, на мой взгляд, но долженствующих продемонстрировать то, что нам с Улей давно уже видно — полностью полагаясь на квазиживых, доверяя им думать взамен себя, старшие товарищи постепенно отвыкают от поиска решения. Именно в этом основная причина того, что «Щит» прощелкал ситуацию с Ка-энин, именно в этом. Я надеюсь, товарищи поймут и обижаться не будут.

Новое расследование

Ульяна Синицына

Врачи нас, что интересно, не тревожат, хотя осведомлены уже о единении. Только сообщение послали с инструкцией, что делать, если начнем путаться в эмоциях, но мы путаться не начнем — привыкаем потихоньку чувствовать друг друга. Вот только, как у нас проявится дар, предсказать сложно, но этим мы займемся после расследования. Сейчас у нас очень важная задача — разобраться с «возможными друзьями».

— Синицыны, — останавливает нас товарищ Винокуров, Защитник который, на выходе из каюты, где совещание проводилось. — Вы-то мне и нужны. Давайте за мной.

— Нам археологи нужны, и десант, и... — пытаюсь я возразить, торопясь вослед, а Илюша спокоен, как астероид.

— Десант уже на «Сириусе», — любезно поясняет Защитник. — Археологи на «Каогу» тоже готовы по вашему запросу.

Странно, я запрос послать не успела... Оглядываюсь на мужа и все понимаю — он с наладонника наши хотелки провел через товарища Феоктистова. Осознав это, я не чувствую вполне ожидаемого раздражения, а лишь благодарность. А Виктор Сергеевич идет вперед, объясняя нам, что пойдем мы на «Сириусе», а не на линкоре, ибо предупреждать всю Галактику, и не одну, о том, что мы куда-то сорвались, необходимости нет.

— Илья, — обращаюсь я к мужу, — а известно, что было такого странного на звездолете «возможных друзей»?

— Уже да, — кивает он. — Дойдем — расскажу.

— Мне тоже интересно, — замечает Защитник, поворачивая к подъемнику.

Идем мы быстро, возможности смотреть по сторонам нет, я только и успеваю здороваться со знакомыми, а Илья меня поддерживает, чему-то одними губами мимолетно улыбаясь. Ой, чую я, будут у нас сюрпризы. Понятно, почему чувствую — за эти две недели я уже адаптировалась к обмену эмоциями с мужем. Ладушка наша спит в капсуле, пока ее лечат. Еще восемь недель спать моей лапочке, как раз до конца текущего месяца. В древности у людей в месяце четыре всего недели было, а у нас десять, поэтому в книге «прошло два месяца» воспринять было нелегко. У древних людей два месяца меньше нашего одного... Впрочем, я думаю не о том.

Сейчас мы летим к той самой планете, у которой Защитник превратил три улья Врага в звездную пыль. По мнению разума звездолета, на планете отсутствует жизнь, зато наличествуют ее следы, что предполагает непростой вывод: Враг уничтожил все, что вообще-то для него нехарактерно. Или же с планетой поступили ровно тем же способом, что и с котятами. Тогда, установив, как выглядели существа этой планеты, мы сможем их идентифицировать, как только встретим.

— Ваша каюта — седьмая, — сообщает нам Виктор Сергеевич, когда мы попадаем на командный уровень «Сириуса». — Старт немедленный, все разговоры после.

— Дар? — понимающе спрашивает Илья.

— Дар, — кивает наш командир на время полета. — Поэтому шевелимся быстро.

— Тогда предлагаю встретиться через полчаса после входа в гиперскольжение, — предлагает мой муж. — И обменяться информацией.

— Принято, — кивает Защитник, почти бегом отправляясь в рубку, ну а меня Илюша ведет в сторону каюты. Он будто бывал здесь не раз, впрочем, нумерация кают универсальна, так что неудивительно, на самом деле.

Каюта у нас небольшая — двухместная капсула, стол, санузел, при этом стульев я не вижу. Капсула не только место для сна, она и противоперегрузочная (хоть и не бывает уже перегрузок на звездолетах), и индивидуальное средство спасения. То есть в случае спасения в ней нас усыпит методом, похожим на гибернацию, с тем чтобы мы не расходовали ресурсы. Так себе перспектива...

— Внимание, старт, — спокойно сообщает разум звездолета.

Это инструкция такая — обо всех важных маневрах сообщается по трансляции. Инструкции нарушать никто не хочет, хотя Винокуровы тут исключение. Я же наседаю на Илью с целью вызнать, что было у «возможных гостей». Любопытно мне очень и терпеть совсем не хочется.

— Ну ска-а-а-ажи! — делаю я брови домиком, точно зная, что муж такого не вынесет.

— Там все просто и сложно одновременно, — вздыхает он. — Двигатели у них странные. Они не обеспечивают субпространство.

— А как же они тогда... — начинаю я и застываю в раздумьях.

Есть вариант, на самом деле, как они могли передвигаться. Но какой-то он совершенно фантастический.

— Затем все двигатели оказались муляжом, а единственно рабочий — вот такая штука, — муж показывает мне на экране наладонника длинный черный цилиндр.

— Известно, что это такое? — заинтересовываюсь я.

— Пока нет, — качает он головой. — Просто... зачем делать муляж двигателей?

И он, и я понимаем: здесь что-то не так. Двигатели звездолетов могут быть очень разными, я это хорошо знаю, и проблема тут вовсе не в неизвестном двигателе, а в том, что от нас этот факт пытались скрыть. Возможно, не только от нас, ведь на корабль мы бы не поднялись. Но именно факт сокрытия и будит подозрительность.

— Перекинь Защитнику, — советую я Илюше.

— Уже, — коротко отвечает он, прижимая меня к себе, что думать мне не мешает.

И правда: зачем нужно прятать двигатели? А если прятали не от нас, а как раз от них? Тогда можно предположить, что они находятся под чьим-то контролем, как в той древней книжке про Киан, которую Мария Сергеевна во время одной из трансляций показала. Но если так, то нужно искать предположительных хозяев «возможных друзей».

— Илюша, — обращаюсь я к мужу, — а могут ли они быть под контролем?

— Тоже об этом думал, — признается он, откидываясь на спину и увлекая меня с собой. — Давай полежим?

— Как же, дадут нам, — хихикаю я, но тем не менее расслабляюсь.

Нас никто не беспокоит и к командиру не зовет, а я просто прогоняю все мысли из головы, наслаждаясь тишиной, любимым мужем рядом и покоем. Пусть покой временный, но он сейчас у нас есть. Через пару часов, конечно, все исчезнет, надо будет работать, искать, куда-то бежать... Надеюсь, что у нас получится все-таки установить истину. А «возможные друзья» внешне очень на нас похожи, но ведут себя, на мой взгляд, странно. Впрочем, я следователь, а не сотрудник группы Контакта.

Сколько по времени нам лететь, я не знаю, поэтому уношусь мыслями в недалекое прошлое — буквально на несколько дней назад, когда мы с Ильей сидели за большим столом, полным гостей. Он был одет в черный традиционный костюм, а я в белоснежное платье. День нашей свадьбы мне запомнился навсегда. И хотя мы очень устали от традиционных ритуалов, восходящих к Темным Векам, но это все равно был самый счастливый день моей жизни.

Илья Синицын

А видели ли мы детей наших «возможных друзей»? Я лезу в наладонник, запрашивая информацию по линии группы Контакта. Нам залили весь объем существующей информации, но ее много, поэтому нужно искать по ключевым понятиям. Итак... дети существуют, но даже изображений получено не было. Так бывает, но у диких. Впрочем, можно спросить и непосредственного участника первого Контакта.

— «Сириус», свяжи меня с командиром, — прошу я разум звездолета.

Уля приподнимается, с удивлением глядя на меня, я только успокаивающе глажу ее по спине. Связь не обязательно мгновенная — у Виктора Сергеевича много дел. Скорее всего, надо подождать, причем очень надо, поэтому я спокоен в этом отношении.

— Следователи приглашены в зал совещаний, — наконец реагирует разум звездолета. — Там вся толпа и будет.

— Спасибо, — киваю я, а потом слегка подталкиваю жену. — Пойдем, милая, пора работать.

У звездолета разум пятого класса, осознавший себя полностью, что соответствует разумному средних лет. То есть и опыт имеется, и подсказать, если что, может, ну и отход от протокола, как сейчас, например. Тот факт, что он квазиживой, то есть созданный, ничего не меняет. Но нам уже пора двигаться, хотя зал совещаний тоже на командном уровне расположен, и идти нам буквально два шага.

Меньше чем через минуту мы входим в зал совещаний. Вот что интересно: если раньше я пускал Улю вперед, чтобы она чувствовала себя главной, то теперь мне хочется прикрыть ее от любой опасности, против чего милая моя совсем не возражает! Она принимает теперь мою заботу и желание ее защитить даже там, где ничто угрожать не может. Пожалуй, это самое сильное изменение в нас...

Итак... В зале совещаний я вижу командира, ребят из десанта и незнакомого мне мужчину в гражданском комбинезоне. Наверное, это археолог, потому что никого другого на военном корабле я представить не могу. Войдя, здороваемся хором и по жесту Виктора Сергеевича усаживаемся за стол. Круглый стол располагает к почти дружеской беседе, намекая на отсутствие субординации, что и хорошо. Не люблю я строевой, хотя она у щитоносцев, разумеется, есть. Мы подразделение Флота, а шагистика — это его традиция. Весь Флот на традициях да инструкциях стоит, так что ничего удивительного нет.

— Вы о чем хотели узнать? — обращается Виктор Сергеевич к нам.

— Известен ли внешний вид детей «возможных друзей»? — интересуюсь я.

— Нет, — качает он головой. — Мы их не видели.

Пожалуй, это говорит уже о многом. Разделяющие, по крайней мере, на словах, наши принципы «возможные друзья» на деле нам не доверяют. Это нужно запомнить. Еще интересен такой вопрос: против Прародины был выставлен один улей Врага, а против планеты, к которой мы летим, — аж три. Это очень много и сильно подозрительно. Чем же эта уничтоженная планета так важна?

— Давайте разработаем план действий, — спокойно предлагает наш командир, обо всем уже наверняка подумавший. — Так как это расследование «Щита», то главные у нас товарищи Синицыны. Прошу.

— Так как против планеты были выставлены три базовых корабля «чужих», мы предполагаем сюрпризы, и не факт, что приятные, — переглянувшись с Улей, произношу я. — Поэтому целесообразно сначала направить десант, затем нас, а на закуску — гражданских специалистов.

— А чего это нас на закуску? — удивляется гражданский. — Меня Ли зовут, — представляется он.

— Очень приятно, — киваю я. — Дело в том,

что вы начнете только тогда, когда десант будет уверен, что ничего веселенького не вылезет.

— Справедливо, — соглашается со мной Виктор Сергеевич. — В таком случае ставьте задачу десанту.

Тут вступает Уля, рассказывая о том, что конкретно нужно искать, где возможны ловушки и как любит прятаться Враг. Нам в целом все равно, кому из нас говорить — мы едины. Мыслями еще не обмениваемся, но такими темпами это не за горами. Пока что мы поражаем воображение окружающих, время от времени продолжая фразы друг за другом.

— Возможна ситуация, как на Ка-эд, — беру я слово, органично продолжая речь милой. — То есть замаскированное заглубленное строение, при этом сканер далеко не везде получается использовать — у них есть экранирующие его работу материалы.

— То есть вперед идут квазиживые с усиленной броней, — кивает командир десанта, кажется, его Василий зовут. — И каждый подвал проверяем. Давайте-ка посмотрим карту, потому как всю планету мы не накроем.

На большом экране появляется шар незнакомой нам пока планеты. Картографирование проводил Виктор Сергеевич еще в прошлый раз, поэтому все данные есть. Когда прибудем, звездолет данные сверит, показав изменения, но пока мы попытаемся найти нужное место визуально. Я предполагаю, что это может быть Враг или что-то, из-за чего планета и была уничтожена.

— А численность «возможных друзей» нам известна? — интересуется Уля, в задумчивости глядя на экран.

— Порядка четырех миллионов, — отвечает командир звездолета, уже с большим интересом глядя на мою милую.

— Ага... — задумчиво произносит моя жена, рассматривая изображение внимательнее.

Интересно, почему она задумалась о численности? Не считает же она, что ульи занимались не уничтожением? Тут Ульяна прижимается ко мне плечом, и я чувствую активацию дара. Это ни с чем не сравнимое ощущение описать просто невозможно, но теперь я смотрю на планету совсем иначе — думая о том, где можно разместить множество людей.

— Вот, — показывает Уля на большой горный массив, при увеличении чем-то на склонах бликующий. — Отсюда надо начать, а затем двигаться по спирали.

— Ясно, — кивает Василий, поглядывая на нас с некоторым удивлением.

Тут мне не слишком ясно: почему милая считает, что мы можем найти кого-то, кто спрятан? И от кого — от ульев или от нас? Ну не обязательно именно от Человечества, ведь разумных в Галактиках довольно много. Впрочем, я думаю, рано или поздно мы это узнаем.

В голове крутится какая-то мысль, которую я все никак не могу сформулировать. Просто не могу ее поймать, что раздражает, конечно. Я чувствую: эта планета даст нам и разгадки, и новые загадки, поэтому уже с нетерпением жду, когда мы прилетим. Десант в это время объясняет археологу, как себя вести на подобной планете, куда можно ходить, куда нет и чем опасно несоблюдение правил.

Товарищ Василий очень грамотно пугает Ли, отчего тот выглядит бледновато, а мы с Улей не пугаемся. В целом мы готовы к тому, что нам предстоит. По крайней мере, мне так кажется.

Планета «трех ульев»

Ульяна Синицына

Милый мой по поводу планеты высказался для ее обозначения, а Виктору Сергеевичу идея неожиданно понравилась. Поэтому перед нами планета «трех ульев», к которой сейчас отправится десант. Я слушаю их переговоры, учась тому, как проходит десантная операция.

— Отстрели пустышку, пусть реакцию на себя соберет, — приказывает кому-то из офицеров Виктор Сергеевич.

— Выполняю, — отвечает тот, а через некоторое время докладывает: — Противодействия нет.

Илья негромко объясняет мне, что сначала

выпустили пустой катер-автомат на случай, если на планете уцелела противокосмическая оборона. Это сильно вряд ли, но просто инструкция такая. Откуда он все только знает! Я тихо благодарю мужа, во все глаза глядя на экран. Экран здесь по центру передней стены рубки расположен, а не как на «Альдебаране» полукругом. Нас, разумеется, в рубку пригласили как командиров, поэтому мы и наблюдаем за высадкой.

Десантники падают не прямо на горный массив, а чуть в стороне, опасаясь «неприятностей», как возможное противодействие называет товарищ Василий, но пока все нормально. Я сосредоточена, Илья тоже, я чувствую. Думается мне, что легко и просто не будет, но десант у нас опытный, поэтому они выпускают вперед шагающих роботов без разума.

Кажется, планета действительно мертва, вот только есть у меня ощущение, что это не так. Не зря тут аж три улья было, не зря. Однако ж пока никакой активности я не вижу, постепенно расслабляясь.

— Противокосмическую отдачей от мины побило, — сообщает Василий, что хорошо слышно в рубке, потому что трансляция включена.

— Когда командир стукнул по ульям, — переводит мне муж, — все с орбиты слизнуло и, видимо, вниз.

— Очень похоже, — кивает услышавший его товарищ Винокуров. — Ну хоть что-то хорошо.

— Веду бой, — звучит спокойный голос главного десантника, показывая, что расслабились мы рано. — Автоматика.

Это мне переводить не надо: автоматические системы, получается, открыли огонь по роботам и теперь их уничтожают. Не думаю, что это займет много времени, потому что оружие у нас очень мощное. Главное, чтобы ребята не подставились, потому что убитые — это всегда очень грустно. Правда, квазиживых убить та еще задача.

— Оборона подавлена, — подтверждает мои мысли кто-то из квазиживых.

— Не волнуйся, Уля, все хорошо будет, — ласково произносит муж, отчего я улыбаюсь. Он у меня все-все чувствует, самый лучший мой.

— Я верю, любимый, — отвечаю ему, прикоснувшись своей рукой к его плечу.

— Изолирующий материал обнаружен, — опять звучит голос квазиживого. — Обнаружено большое количество живых.

— Виктор Сергеевич! — неожиданно даже для

себя самой, привлекаю я внимание командира. — Эвакуатор нужен!

— Почувствовала, значит, — вздыхает он. — «Сириус», прямой на базу — эвакуатор по моим координатам, экстренно.

— Три двойки переданы, — откликается разум звездолета.

Он умный у нас, выбрал самый простой вариант. Теперь главное, чтобы сюда весь флот за эвакуатором не прибежал. От этой мысли я начинаю улыбаться, представляя себе бегущие на тонких ножках боевые корабли. Три двойки это именно срочный вызов эвакуатора... Из трансляции в это время не доносится ни звука, значит, или занят наш десант, или изолирует их что-то от нас.

— Группам «Буки» и «Ижица» — вылет по координатам, — звучит в трансляции короткий приказ. — Остальные на месте!

Значит, они как-то определили еще две точки, где нужны наши разумные. Правда, с какой целью, мне непонятно. Впрочем, наверное, мы с Илюшей это скоро узнаем, вот дадут разрешение десантники — и отправимся вниз.

Трансляция доносит экспрессивную фразу командира десантников. Если судить по интонациям, он очень удивлен, но при этом еще и озадачен, по-моему. Я тоже удивляюсь, потому что часть слов мне незнакома, а оглянувшись на мужа, вижу, что он улыбается едва заметно. Интересно, что произошло?

— «Сириус», нужен эвакуатор, — звучит голос товарища Василия. — Тут дети, и много.

— Насколько много? — бросив на меня нечитаемый взгляд, интересуется наш командир.

— Тысячи, — коротко отвечает ему командир десантников. — На второй и третьей точке, я так подозреваю, тоже. Следователям спуск запрещен! Все что нужно, мы привезем.

— А мотив? — интересуется Илья.

— Мины, — получает он в ответ такой же лаконичный ответ.

Мины — это очень серьезно, потому что может поубивать и детей, и нас. Я задумываюсь, понимая, что сообщение о детях меня ничуть не удивило, я будто ожидала именно таких новостей. И вот тут экран перестает показывать планету, давая явно трансляцию из того места, где сейчас находятся наши разумные.

Ряды клеток, уходящие, кажется, в бесконечность. Взрослые особи, которых я моментально узнаю — так выглядят «возможные друзья» — с какими-то черными палками, не в клетках. И вот эта картина очень напоминает мне... Корабль Ка-энин, типа «кирпич», это мне напоминает и все то, что мы видели в аномалии. Не просто похоже, а будто слизано оттуда же.

— Надсмотрщики и дети к одной расе относятся? — желая убедиться, спрашиваю я.

— Ответ положительный, — отвечает мне квазиживой.

— В точности, как у Ка-энин... — вторя моим мыслям, произносит Илья.

— Вряд ли все так просто, — вздыхаю я, вглядываясь в ряды клеток. — Стоп! Василий, а что за черные штуки над клетками?

— Камеры, — отвечает мне командир десанта.

Вот это уже что-то новое, не было никогда камер. Значит, с какой-то целью каждого ребенка снимали или фотографировали. Но зачем это может быть нужно? Если предположить религию Врага, как на Ка-эд, тогда непонятно, зачем нужно снимать. А если нет? Что в таком случае может быть?

— Муж, — обращаюсь я к Илье, — зачем нужно снимать детей?

— Чтобы транслировать куда-то факт того, что они живы... — отвечает... наш командир. —

Если камеры предназначены для того, чтобы фиксировать состояние или...

— Мучения, — заканчивает за него мой любимый муж. — То есть шантаж.

— Но что делают тогда надсмотрщики? — не понимаю я.

— Сейчас узнаем, — вздыхает Илюша. — Пошли...

Захваченных надсмотрщиков сейчас доставят, и нам нужно будет вести допросы. Очень серьезные, ибо не до шуток — детей не сотня-другая, их очень много. А зачем нужно держать живыми много детей, да еще и в одном месте? Сколько вообще их нужно, чтобы не вымер весь народ? Этот вопрос я переадресую разуму звездолета, понимая, что ответ мне не понравится.

— Порядка полста тысяч, если стоит задача сохранения генетического состава популяции, — отвечает мне разум «Сириуса». — Или меньше, если нет.

Мне становится жутко.

Илья Синицын

Чует мое сердце, новости у нас будут не самые радостные, а ведь это только первая планета... Но даже тут уже обнаружены дети, при этом имеются и надсмотрщики, что сразу же выводит расу из числа разумных существ. На первый взгляд, конечно. Но мы не просто погулять вышли, поэтому поспешных выводов делать не будем, а постараемся разобраться.

У людей были Отверженные, ставшие историей, но Человечество одной с ними расы, хоть и отличается сильно. Вдруг и тут то же самое? Думаю, допросы надсмотрщиков покажут истинное положение вещей, а пока нужно ждать эвакуатор. Ведет его, насколько я помню, единственный спасатель Человечества — Александр Сергеевич Винокуров. Тоже знаменитая личность, на самом деле, ну и в спасении котят он участвовал. Можно сказать, старый знакомый.

— Действительно, может напоминать историю даже не Ка-энин, — подает голос Виктор Сергеевич, — а мою историю. Были те, кто сотрудничал с Врагом, и те, кто ему противостоял.

— Помним, командир, — кивает моя милая. — Считаете, тут есть вероятность аналогичной ситуации?

— Все возможно... — вздыхает он, возвращаясь к своему пульту: — Вася, скоро?

— Одного отправляем прямо сейчас, а

остальные покончили с собой, — отвечает ему сильно удивленный командир десантников. — Двое еще с ума сошли, по-моему.

— Испугались того, что отвечать придется, как думаешь? — продолжает расспрашивать командир «Сириуса».

— Нет, тут что-то другое, — товарищ Василий чем-то сильно озадачен. — Совсем другое, так что вы осторожно.

— На эвакуаторе мнемограф есть, — замечает Уля, о чем-то глубоко задумавшись. — Даже из мозга ненормального можно что-то извлечь.

— Да, — киваю я, припомнив лекции. — Ну что, пошли?

— Пошли, — вздохнув, соглашается она. — Кто-то должен...

Кто-то действительно должен допрашивать, потому что у десанта средства в основном технические, а так и пропустить что-то немудрено, потому что портативный мнемограф — штука очень неточная. Спросив по традиции разрешения, мы покидаем рубку, отправляясь на «технический» уровень, где, собственно, и наличествует оборудованная по нашим эскизам допросная камера. Впечатление она производит мрачное, как и должна. Интересно, почему и как именно надсмотрщики покончили с собой? Такие существа должны очень сильно любить жизнь, поэтому десантник прав: надо копаться.

Прижав к себе настраивающуюся на допрос жену, я раздумываю, пока подъемник несет нас на нужный уровень. Умение допрашивать — тоже искусство, мы это в тех же древних книгах вычитали, так что сейчас у нас очередная практика. На сей раз по технике ведения допросов, потому что читали мы не только те самые детективы, но и справочные материалы, так что сейчас будет проще.

Допросная камера действительно выглядит мрачновато: серые стены, полумрак, мощная лампа на столе и привязанный накрепко надсмотрщик посреди каюты. Уля усаживается на стол, я делаю вид, что перебираю орудия пыток, которые присутствуют только в виде проекции, но данному представителю фауны неоткуда это знать.

— Ну что, — спокойным голосом спрашивает моя милая, — говорить будешь?

— Мне нельзя... — отвечает неразумный. — Лучше смерть.

Я останавливаю жестом Улю, подхожу поближе и присаживаюсь на корточки, внимательно глядя в глаза фауне. Там нет страха, скорее обреченное ожидание. И я начинаю говорить о траве, деревьях, как по небу бегут облака, как приятно погреться на солнце, не видя никакой реакции на мои слова, вообще никакой. А так не бывает, в книжке написано, что ассоциации должны заставлять хоть как-то реагировать, вот только нет ничего.

— Пошли, — предлагаю я Уле, поднимаясь на ноги.

Любимая моя ничего не говорит, спокойно выходя за мной из каюты. Я молчу, собираясь с мыслями, потому что такой вариант в книгах тоже был описан, как и методы «пробивания панциря», только для нас подобные методы совершенно невозможны, а это значит...

— Этого только под мнемограф, у него реакции на ступор похожи, — объясняю я Ульяне, что заставляет ее задуматься. Книги-то мы читали одни и те же.

— Значит, не допросим, — вздыхает любимая.
— Ну, ничего не поделаешь, пошли обратно.
— Да, — киваю я. — «Сириус», фауну на мнемограф, тут вариантов нет.

— Принято, — откликается разум звездолета.
— «Варяг» входит в систему.

Это до нас эвакуатор добрался. Сейчас товарищи Винокуровы быстро промеж собой договорятся, потому что они братья, и начнется эвакуация. А после нее нужно будет работать с фауной — двумя психами и этим нашим странным, который в ступоре. История обрастает загадками буквально на лету. Вряд ли неразумный, от которого мы сейчас вышли, боится расплаты — но тогда что? Что заставляет его впадать в ступор, не реагируя никаким образом?

Кроме того, остается загадка: что делали тут аж три улья? Неужели перевозили детей? А какой мотив этого? Непонятно. Хорошо, попробуем представить, что ульями руководят «возможные друзья». Что это значит? Тогда «дети превыше всего» для них лишь слова, но вот мотива своих же детей уносить подальше и держать в таких условиях я не вижу. А раз с ходу мотива нет, то... Ничего это не значит, если вспомнить Ка-энин.

— Начата эвакуация, — сообщает по трансляции кто-то из квазиживых. — Навигация запрещена.

Это он по инструкции сообщает, потому что двигаться тут кроме нас некому. Значит, сейчас «Варяг» опустится на планету, и всех измученных, запуганных детей будут переводить в каюты звездолета. Вопрос только, хватит ли на всех места? Все-таки было сказано «тысячи»...

— «Сириус», — мы стоим в обнимку на платформе подъемника, что мне думать совсем не мешает, — сигналы от планеты глушатся?

— Сразу, — коротко отвечает мне звездолет. — Судя по расшифрованному сигналу, передавались изображения детей.

— Нужно отсимулировать эту передачу, — произносит вдруг Уля. — Чтобы Враг не знал, что этого уже нет.

— Выполняю, — отвечает ей наш звездолет, а я с удивлением смотрю в Улины глаза.

— Во-первых, зачем предупреждать, — объясняет мне она, отлично поняв невысказанный вопрос. — А во-вторых, если детьми кого-то шантажируют...

Продолжать не нужно, потому что и так все понятно. В этот самый момент мне в голову заползает мысль: а что, если детьми шантажируют их родителей? Может же такое быть? Я почти уверен, что именно так дела и обстоят, но вот доказательств у меня пока нет, а без доказательств нельзя, так в древней книге написано, так что будем искать.

Мнемограмма

Ульяна Синицына

Количество детей несколько больше, чем может вместить эвакуатор при нормальной загрузке. Узнав, сколько всего обнаружено детей, я даже не знаю, что сказать, — их больше десяти тысяч. Некоторое время в рубке царит ступор, но затем Виктор Сергеевич показывает, что не зря зовется Защитником.

— Сашка, детей усыпляй и грузи в несколько рядов, — распоряжается он. — Тогда должны поместиться, если и не все, то большая часть.

— Вот поэтому он командир, а мы следователи, — комментирует Илюша.

Пока грузят детей, перестраивая отсеки для транспортировки большого их количества, мы с фауной отправляемся в госпиталь «Варяга». Нам остро необходима информация, и мы её получим: речь вполне о детских жизнях идти может. Именно поэтому нам никто не возражает, тем более что погрузка идёт медленно — детей нельзя пугать, потому что им уже хватит. Квазиживые госпиталя за голову хватаются; лечить надо абсолютно всех и в основном голову.

— Фауна доставлена в госпиталь, у вас есть час, следователи, — докладывают нам с Илюшей десантники.

— Поняли, благодарим, — за нас обоих отвечаю я. — Десять минут.

Примерно столько займёт полёт до «Варяга». Нам нужен катер, потому что огромный шар эвакуатора над поверхностью висит, а мы всё-таки на орбите. «Сириус» на планету сесть может, но это крайне не рекомендовано. Именно поэтому мы спускаемся на транспортный уровень, где нас малый десантный катер ждёт, чтобы отправиться на «Варяг». Надо будет, наверное, лётные курсы какие-нибудь закончить, даже если не останусь в «Щите», точно пригодится.

Очень непросто сейчас всем будет — только на этой планете у нас несколько тысяч детей, как они вообще поместятся... А ведь есть вероятность, что такая планета не одна. Но вот что непонятно — зачем? Зачем держать в клетках детей? Должен же быть мотив! Пусть самый нелогичный, но должен.

Внимательно смотрящий, не то что я, под ноги Илья выводит меня из подъемника, направляя к действительно маленькому катеру. Когда-то давно «катером» называли небольшое суденышко, на котором предки не боялись выйти в море, а теперь это малый космический корабль. В целом название его логично, просто море сменилось космосом. Но не о том я думаю — нам сейчас надо будет в темпе установить хоть какие-то подробности, потому что фауну не допросишь нормально...

Катер несет нас к громаде эвакуатора, где не покладая рук работают все наши наличные разумные: и квазиживые, и десантники, и даже экипаж. Детей погрузили в сон одновременно, но теперь нужно их как-то уложить на эвакуаторе, который может, конечно, эвакуировать отдаленную колонию, но на такое количество он никак не рассчитан.

Садимся мы на выдвинутую посадочную палубу, выскакиваем из катера. Илья меня прикрывает, по-моему, просто рефлекторно, и от этого очень тепло на душе становится. Раньше я бы возмутилась, но те времена давно прошли. Мне даже иногда кажется, что все произошло очень быстро, впрочем, это объясняется единением. Ох и будет нам разговоров и описаний этого самого единения когда-нибудь потом, а сейчас работа ждет.

Подъемник уносит нас на уровень госпиталя, где уже довольно много индивидуальных капсул стоит — для истощенных и избитых. На второй точке надсмотрщиков не оказалось, и дети передрались в попытке найти хоть немного еды, чуть друг друга есть не начали. Жутко, конечно... Кошмарно просто думать о том, до чего чуть не довели ни в чем не повинных детей.

— Следователи! Сюда! — зовет нас появившийся откуда-то сбоку разумный.

Двигаясь по стеночке, доходим до места, откуда высовывался разумный, ожидаемо обнаружив вход в небольшую каюту. Свет включен не на полную мощность, но первое, что бросается в глаза — подергивающееся тело хорошо связанного неразумного, затем уже я вижу и шар готового к работе мнемографа, и десантника, сопровождающего фауну, и медицинского специалиста.

— Здравствуйте, товарищи, — здороваюсь я.

— Здравствуйте, щитоносцы, — улыбается доктор. — Мы начинаем.

— Давайте, — соглашается с ним Илья, и тотчас же слева от нас включается экран.

Зачем это сделано, я уже знаю, мне Илья объяснил. Он прочитал учебник по мнемографированию, и теперь понимает больше меня, но нагонять его уже не хочется — не маленькая. Суть в том, что мы сейчас будем просматривать осмысленные картины, двигаясь итерациями с детского возраста, для внутренней настройки. То есть, по идее, мы сначала увидим счастливое детство, а только потом уже то, что привело его к роли надсмотрщика. Как-то так мне это представляется, но... На экране ряды клеток.

— А где детство? — удивляюсь я, не сообразив сразу, что вижу клетку изнутри, а не снаружи.

— Это и есть детство, товарищ Синицына, — негромко отвечает мне врач, и тут мне становится страшно.

Илья, все отлично чувствуя, прижимает меня к себе, не давая смотреть на экран, а в моей голове просто не укладывается увиденное. Я и хочу посмотреть, и боюсь, но муж просто прижимает меня к своему комбинезону, не позволяя сделать ничего. В губы тыкается небольшой стаканчик, пахнущий свежестью, и я послушно глотаю терпкую жидкость. Это успокоительное, значит, там, на экране есть что-то более ужасное. Мне страшно...

— Значит, выбор у него между такой жизнью и смертью, — напряженным голосом произносит Илья.

— Да, товарищ, — отвечает ему доктор. — Есть информационный слой, вскрывать?

— Вскрывать, — берет на себя ответственность мой муж.

Если речь о «вскрывать», значит, это нанесет вред неразумному, хотя сейчас уже трудно сказать, неразумен ли он. Судя по тому, что я слышу, ему просто не оставили выбора. Я медленно поворачиваюсь к экрану, пользуясь тем, что хватка Ильи ослабела, и... вижу, что выбора у взрослых совсем не было. Тех, кого мы приняли за надсмотрщиков, оставил в живых Враг, всех остальных подросших загнав на черные корабли, как скот. Если бы он отказался, его бы долго убивали на глазах детей. Могу ли я считать его теперь неразумным?

— Информация, — протягивает врач кристалл записи Илье.

— Благодарим, — кивает муж, и... Я вдруг оказываюсь в воздухе.

Илья молча берёт меня на руки, унося из госпиталя, а я хочу плакать. Увиденное мною совершенно немыслимо, а попытка представить себя на месте того, кого мы назвали фауной, заставляет дрожать, несмотря ни на какое успокоительное. Это просто невозможно перенести, не в человеческих силах это...

Илья Синицын

Опять мою милую ударило информацией. Тяжело это переносить, просто жутко, на самом деле. Я и сам держусь из последних сил, просто зная: если дам слабину, как в древности говорили, то расследование наше на этом и закончится — в госпитале Флота. Поэтому мне нельзя. А можно мне сейчас уложить Улю отдохнуть, а самому хорошенько подумать над тем, что мы узнали.

Осторожно опустив в кресло катера любимую, я даю приказ на возвращение. Люди внизу работают, а у нас совсем другое дело образовывается. Успокоить любимую и еще раз пройтись по мнемограмме. Что-то мне кажется необычным. Еще нужно запросить в отношении даров детей, хотя чует мое сердце, даров не будет совсем никаких. Тут дело не в дарах, а в чем-то другом.

Уля задремывает в катере, поэтому я ее очень осторожно вынимаю, чтобы на руках вернуть в нашу каюту. И вот пока я ее несу, думается мне совсем о другом: любимая становится более чувствительной. Я помню, как было раньше — в школе, в Академии, и понимаю: она меняется. Даже если взять последний случай. Уля реагировала очень остро, буквально пропуская сквозь себя увиденное, вот только это для нее нехарактерно, я же наоборот — чурбан чурбаном, как в древности говорили. Может ли это быть следствием единения?

Чем бы это ни было, нужно осторожнее с Улей. Когда расследование закончится, врачей спросим. Как бы она сама изменений своего состояния не испугалась. А пока я отношу ее в каюту, где укладываю отдохнуть, но сам нахожусь рядом. Любимая начинает беспокойно себя вести, когда я не в непосредственной близости —

это я тоже заметил. В целом на импринтинг ее состояние похоже, но чувствую я, что не он это.

— Спи, моя хорошая, — глажу я Улю, обнявшую меня поперек корпуса.

Любимая моя тяжело все-таки подобные вещи переносит. И чем дальше, тем тяжелее... Если мы эту проблему не решим и не научимся справляться, то придется оставить «Щит». А вот я воспринимаю все как через стекло, как будто мы с Улей поделились — ей всю эмоциональность в компенсацию, а мне спокойствие.

Об этом, впрочем, можно и потом подумать, а сейчас я смотрю в наладонник. Раз я не так остро воспринимаю то, что вижу, мне нужно еще раз проанализировать показанное мнемограммой. Любимая пока поспит, а я буду разбирать то, что мы получили, по очень древнему методу. Итак...

С раннего детства у него была только клетка и надсмотрщик, который может сделать больно и даже делает, но следит за тем, чтобы была еда и... хм... выходит, что защищает от существ, более всего похожих на рабочие особи Врага. По крайней мере, заметно, что надсмотрщик останавливает их и не позволяет подойти к клеткам. Выходит, действительно защищает. Далее...

Я рассматриваю мнемограмму, но не понимаю

ее. Тот факт, что имеются еще три планеты с детьми, для меня не сюрприз уже, но непонятен мотив этого. То есть с ходу решать, кто прав, а кто виноват, нельзя. Одно мне ясно: просто так соваться к другим планетам никак нельзя. Сначала надо понять, что именно происходит, что для меня, как оказалось, непросто. И я тянусь к сенсору связи с командиром.

— Чем порадуешь, щитоносец? — интересуется Виктор Сергеевич, немедленно ответив на вызов.

— Анализом мнемограммы установлено, что взрослые представители «возможных друзей» выступали скорее защитниками и воспитателями, — объясняю я увиденное. — Но они не знают ничего, кроме этого комплекса, считая необходимым убить себя, чтобы мы ничего не узнали о других детях.

— Неожиданно, — голосом с задумчивыми интонациями произносит он. — И что это значит?

— Пока не знаю, — вздыхаю я. — Ситуация вообще на три нуля похожа... Скажите, Виктор Сергеевич, а специалиста группы Контакта позвать можно?

— Всю группу можно, — отвечает он, что-то набирая на сенсорах клавиатуры. — «Марс» все-таки боевой корабль, там тоже можно разместить детей. Три нуля, говоришь...

Он отключается, а я пытаюсь понять, почему сказал о трех нулях. Я понимаю, что это активируется мой дар, буквально заставляющий меня сказать именно эти слова, но и причина должна быть. Вот только причину я не понимаю... Хорошо, пойдем с конца. Допустим, три нуля — это факт. В каких условиях это может быть фактом?

Как мы уже установили, детей держат в клетках, взрослые, за ними надзирающие, всю свою жизнь провели тут. При этом взрослых мало, и выходит, что остальных куда-то забирают, но откуда-то появляются новые дети, только не с младенчества, а лет с пяти, если не ошибаюсь. То есть, как только начинают сами себя обслуживать. Далее, такая планета не одна... Нет, я не о том — камеры в клетках. Для чего-то из клеток транслируется изображение детей. Для чего? Чтобы держать в покорности взрослых, не знающих мира, кроме этих клеток? Не сходится.

Если считать, что все взрослые проходят через детство в клетке, тогда кто их обучает? Что с ними происходит потом? Это большой вопрос. Представим меня в подобной ситуации: я не знаю ничего, кроме клетки и большого дяди, который делает больно. Едой-то занимается автоматика, и детям знать о заботе взрослых неоткуда, то есть он делает больно, и он страшный. И вот меня переводят в другое место, где начинают учить... хм... всему. Как я восприму тех, кто перевел, да еще, возможно, демонстрирует любовь и ласку, которых я никогда не знал?

Потянувшись к автомату раздачи медикаментов, заказываю средство от головной боли. Сейчас такими темпами и меня трясти начнет, потому что нарисованная картина непредставима.

Допустим, часть расы существ сомнительной разумности действует по принципу наших Отверженных. Тогда выходит, что «возможные друзья» просто в рабстве и их нужно спасать. Допустимо ли их спасать? Не нарушит ли это Основную Инструкцию? Не знаю я ответа на этот вопрос. А если кто-то другой? Допустим, Враг обрел разум, или же перенял схему действий да хоть бы у наших Отверженных и поработил собственную расу. Может такое быть?

— Прибытие «Марса» в течение получаса, — сообщает мне корабельный разум.

— Благодарю, — рефлекторно киваю я.

На «Марсе» у нас группа Контакта, что в

данных условиях просто бесценно, потому что знаний у меня не хватает. Во всем разбираться невозможно, так наш учитель в школе говорил, вот и мне сейчас очень нужно мнение эксперта, потому что оценить достоверность собственных выкладок я не могу, а оценивать надо, иначе возможны большие «неприятности».

Три нуля

Ульяна Синицына

Просыпаюсь я медленно, будто выплывая из темной реки сна. Чувствую себя отдохнувшей, обнаруживая, что вцепилась в Илюшу. Что-то странное со мной происходит в последнее время — я очень остро реагирую на все, что происходит, будто сама превращаюсь в ребенка. Но ведь раньше этого не было! Почему тогда со мной сейчас такое? Почему я настолько сильно пугаюсь тех вещей, которые раньше просто как данность воспринимала? Мы с Ильей разбирали разные ситуации, в книгах древности бывали факты намного страшнее того, что мы сейчас видим. Отчего же я чуть ли не в истерику впадаю, в отличие от мужа?

— О чем задумалась, милая? — очень ласково произносит почувствовавший мое пробуждение Илья.

— О том, что я слишком чувствительной становлюсь, — честно отвечаю ему. — Как будто... Даже не знаю что.

— Надо с докторами поговорить, — вздыхает он, гладя меня по голове, что мне очень приятно, оказывается. — Может быть, это следствие единения.

— Об этом я не подумала, — произношу, задумываясь.

А действительно... муж, как мне кажется, стал нерушимой скалой, за которой хочется спрятаться, но ведь я не была такой! Меня непросто испугать было! Если это из-за единения, то я работать не смогу... Осознавать это больно, ведь я так мечтала именно о «Щите», и вот получается, что все мои мечты... От этой мысли я всхлипываю, вмиг оказавшись в руках мужа.

— Вэйгу, — зовет он разум госпиталя «Сириуса», — нужно Улю мою успокоить, а то она так вразнос пойдет.

— «Марс» прибыл, — не очень понятно отвечает Вэйгу. — Мы запрашиваем консультацию.

— Спасибо, — кивает Илья, а затем начинает очень ласковым голосом, как маленькой, объяснять мне: — На «Марсе» группа Контакта, — ну это, положим, я и сама знаю. — И Мария Сергеевна, она телепат, может, посоветует чего.

А ведь он прав; только осознавать, что ради меня дернули «Марс», мне сложно. Поэтому я просто старательно беру себя под контроль, стараясь ни о чем не думать. На самом деле, проблема у нас очень серьезная, потому что я в таком состоянии не могу работать с информацией и не в состоянии отпустить Илью. Значит, расследование стопорится из-за моего состояния.

— Мария Сергеевна, вы нам очень нужны, — с грустными интонациями произносит мой муж. Это он через коммуникатор связывается, а не через связь каюты.

— Пять минут, — звучит в ответ знакомый голос.

Голос товарища Винокуровой все Человечество знает, и мы, конечно, тоже. Во мне разгорается надежда на то, что она сможет помочь, и я снова стану уверенной в себе, а не дрожащей от эмоций девчонкой. Мое состояние меня, честно говоря, немного даже раздражает, только тут ничего пока не поделаешь — надо ждать. А пока ждем, я раздумываю о том, могу ли я взять себя в руки, но стоит мне только сосредоточиться, как звучит сигнал от двери.

— Так я и думала, — это первое, что говорит Мария Сергеевна, войдя в нашу каюту. Она внимательно смотрит на нас, но как-то очень по-доброму.

— Проблема у нас, — признается Илья. — Если любимую продолжит так штормить...

— Эх, дети, — глава группы Контакта усаживается на стул, стоящий прямо напротив кровати. — У вас единение, правильно?

— Да, — коротко отвечаю я, подумав о том, чтобы сделать освещение ярче, но мне в полумраке очень комфортно, потому ничего не делаю.

— Единение эмоций, разумов, восприятия, даров, — перечисляет хорошо знакомые вещи Мария Сергеевна. — Илья занял позицию защитника, а ты в обмен приобрела эмпатию, причем по максимуму, да еще и дар ваш усилился. А это что значит? Правильно, вы просто разделились — поэтому будем лечить.

Она объясняет и Илье, и мне, что мы сейчас войдем в медитативный транс, для того чтобы уравнять, сбалансировать то, что получилось в результате разделения. Вернуть баланс эмоций обоим, а то Илюша мой от своей низкой чувствительности тоже страдает. Мария Сергеевна рассказывает, что единение у энергетических рас приводит к слиянию особей, но для людей это невозможно, поэтому умеющая лучше чувствовать я получила эмоциональную сферу от обоих. И все это потому, что мы отложили визит к врачам до конца расследования, — но теперь все будет хорошо.

— Давайте-ка, раз... два... три... — произносит глава группы Контакта, и я просто отключаюсь.

Вот кажется мне, что я растворяюсь в Илье, как в жидкости, и только затем Мария Сергеевна начинает формировать из густой жидкости что-то другое, разделив ее на две половины. Ощущения у меня очень странные, но скорей приятные, и восприятие такое необычное — как будто вся тревога рассеивается, и плакать больше не хочется. Правда, думать тоже, но главное же слезы, работать мешающие. Меня просто затопляет горячей благодарностью моему самому любимому на свете мужу, догадавшемуся позвать на помощь.

В себя прихожу как-то мгновенно, сразу же обняв Илью. Мне кажется, не изменилось ничего, только чувствовать его я стала лучше. По крайней мере, у меня такое ощущение. Мария Сергеевна просит Илью показать мне что-нибудь из того, что меня «разбалансирует», и вздохнувший муж тянется за наладонником. Я понимаю, что именно он хочет показать, даже вздрогнув от воспоминания.

На экране разворачивается все виденное и слышанное когда-то нашим сидельцем сомнительной разумности, я же не чувствую такого удара по нервам — напротив, умудряюсь сосредоточиться, чтобы тщательно проанализировать то, что вижу. И выходит у меня странная вещь...

— Илюша, — обращаюсь я к мужу, — судя по тому, что он слышит вот здесь, видишь? — останавливая воспроизведение, произношу я, — детей забирают черные корабли, но самой расе это без надобности, да и ведут они себя...

— Нехарактерно они себя ведут, — соглашается со мной муж, выводя сбоку на экране свои записи, в которые я сразу же вчитываюсь. — При этом нет логической связи. Значит, или отверженные, или...

— Или их поработили, — киваю я, ничуть не чувствуя желания заплакать, а затем поднимаю взгляд на главную в группе Контакта. — У нас три нуля, Мария Сергеевна.

— Значит, все сработало, — кивает она в ответ. — Ясность мышления вернулась, и вывод ты сделала очень быстро. У нас действительно три нуля.

Я, уже готовая спорить и доказывать, замираю: она с нами соглашается. Несмотря даже на то, что объявление данного кода — тот еще эксцесс, ибо «три нуля» — это «опасность для Разумных». Не для Человечества или, например, расы Акиран, а совершенно для всех Разумных. Этот код чаще всего войну означает, поэтому не применяется почти никогда. Но сейчас у нас действительно, судя по всему, опасность для всех.

Илья Синицын

Даже соображать стал гораздо лучше, по-моему. Не все так просто с нашим единением, выходит. Пока Мария Сергеевна хвалит мою Улю, я думаю.

Действительно, ощущение возникает, что мозгов добавилось с того момента, как любимую сильно штормить перестало. И вот теперь мне в голову приходит мысль. Еще даже не успев как следует обдумать, я проговариваю ее вслух, как будто что-то заставляет меня это сделать.

— Мария Сергеевна, а не может ли обнаруженное нами здесь быть ловушкой? — интересуюсь я.

— Поясни свою мысль, — просит глава группы Контакта, а вот Уля начинает что-то понимать, судя по ставшим удивленными глазам.

— О том, что мы нашли Ка-энин, Враг осведомлен, примем это за факт, — объясняю я ход своих мыслей. — Кроме того, «возможные друзья» сделали все, чтобы вызвать наши подозрения...

— Это как? — удивляется Мария Сергеевна.

— Врага нельзя считать тупее нас, это неправильно, — медленно произносит Уля. — Мы знаем, что Враг — искусственные существа, значит, у них во главу всего поставлена логика. А «возможные друзья» позиционируют себя как создатели тех, кого мы знаем как Врага, кроме того... Замаскированные двигатели, демонстративное отсутствие интереса там, где другие расы не стеснялись спрашивать, и выход на Контакт, повторивший историю. Значит, как минимум желание разобраться во всем этом у нас возникнет.

— Совершенно логично в таком случае соединить системы «возможных друзей» и Ка-энин, чтобы поискать по кругу, — продолжаю я, погладив мою умницу. — Далее мы находим детей. Не спасти их мы не можем, а затем всем флотом мчимся на выручку. А Враг тем временем атакует беззащитные планеты, уничтожая тех, кто несет в себе дар творца. Ведь именно это является их целью?

— Ты прав... — медленно произносит Мария Сергеевна. — Если ты во всем прав, то это действительно может быть ловушкой. Вот что, пойдем-ка.

Она приглашает нас следовать за ней, и я понимаю куда — в рубку. Видимо, глава группы Контакта, не раз видевшая довольно сложные ситуации, что-то для себя решила. Скоро и мы узнаем, что именно. На самом деле, от озвученного страшно немного: ведь если мы ошибаемся, а ошибка, кстати, возможна, то... То вероятен вооруженный конфликт, чего допускать не хочется.

— Витя, связь с Базой, экстренно! — приказывает Мария Сергеевна, лишь переступив порог рубки. — У нас очень неприятная ситуация.

— Понял, — кивает Защитник. — «Сириус», экстренный на Базу.

— База на связи, — слышу я другой голос, скорее всего дежурного.

— Здесь Винокурова, группа Контакта, — представляется Мария Сергеевна, хотя это, по-моему, лишнее. — Ситуация «три нуля»! Флоту — боевая тревога, приоритет — оборона планет.

Дежурный реагирует очень экспрессивно, используя традиционные слова и выражения, но на командующего переключает мгновенно. И вот ему глава группы Контакта в пулеметном буквально темпе выдает все, рассказанное нами, причем как факт, хоть и оговорившись, что расследование идет.

— Высылаю вам миноносец «Гремящий», — решительно произносит командующий Флотом. — Он в обороне бесполезен. Погрузим на него гравимины вдобавок к штатному. Также к вам идет «Юпитер».

— Благодарю, — кивает Мария Сергеевна, после чего связь разрывается.

— Получен сигнал «три нуля» от Главной Базы, — докладывает разум «Сириуса». — Всем кораблям, кроме специальной группы, принять меры к защите планет.

— Специальная группа — это мы, — хмыкает Виктор Сергеевич. — Похоже, сестрёнка, у нас намечаются танцы, как в древности говорили.

Это означает, что нам верят с ходу, то есть ответственность огромная. Мария Сергеевна о чем-то задумывается, а затем вызывает на связь «Марс». Интересно, а мы-то тут зачем нужны? Но долго раздумывать на этот счет некогда, потому что связь следует за связью, а я помечаю себе на наладоннике крупицы полученной информации.

— Машка! — раздается в рубке голос Александра Сергеевича. — Ты парадом командуешь?

— Нет, Сашка, — качает она головой. — Парадом командуют щитоносцы при нашей помощи. Что у тебя?

— Три четверти детей являются искусственными организмами, — сообщает командир «Варяга». — С простейшими процессорами внутри. Это даже не квазиживые, а просто куклы.

— Значит, следователи правы, — вздыхает Мария Сергеевна. — Грузи только живых. «Марс»! Ваалха на связь!

Эта новость отлично ложится в нашу с Улей версию, причем мне становится интересно: а живые ли «возможные друзья» или тоже роботы? Впрочем, скорее всего, группа Контакта роботов бы почуяла, поэтому нет... А вот под контролем, на уровне рабов, они вполне могут быть. Если бы не древние книги, я бы такого себе и представить не мог...

— Когда все закончится, — произносит Мария Сергеевна, — запрошу вас в группу постоянными представителями.

— Что решит и нашу проблему, — понимает Уля.

Это действительно полностью решит проблему расследований и смены мест, ведь, как работает наш дар, вообще никому не известно. А мы сможем реагировать правильно с новыми расами, отчего такой ситуации, как с котятами, больше просто не допустим. Ну и поспокойнее нам будет, а без наград мы как-нибудь обойдемся. Так что да...

— Ты звала меня, Маша? — голос представителя энергетической цивилизации, так много для нас сделавшей, мне тоже знаком по трансляциям.

— У нас опасность для Разумных, дружище, — вздыхает Мария Сергеевна. — Я хочу попросить тебя о помощи.

Да, о таком варианте я даже и не подумал — они могут посмотреть на планеты и окрестности издали, обнаружив засаду. Энергетические цивилизации могут очень многое, но вот защитить себя — совсем нет. Именно поэтому они могут только посмотреть, возможно, принести еще изображение, а воевать, если что, придется нам.

Очень хочется верить в свою ошибку, в то, что мы все не так поняли, но... Есть у меня ощущение, что не все так просто. Именно поэтому я запрашиваю «Сириус», идет ли передача, получая положительный ответ. Обняв Улю за плечи, предлагаю подумать о том, что будет, если передача прервется? Ведь для Врага это может значить, что план удался?

— Мария Сергеевна, — обращаюсь я к товарищу Винокуровой. — Если мы прекратим трансляцию сигнала, копирующего то место, где содержались дети, тогда Враг может подумать, что ему все удалось, и собрать силы, готовясь к атаке.

— Это если вы правы, — задумчиво отвечает она. — Но наличие кукол подтверждает вашу версию, да и при обычном контроле их не идентифицировали бы. Тот факт, что всех контролирует медицина при посадке на корабль, нашим «возможным друзьям» не сообщался.

Я вижу: она согласна с нами. Именно поэтому мы ждем, пока прибудут посланные нам на помощь звездолеты, чтобы отключить сигнал — и будь что будет, ведь иных вариантов у нас нет. Заодно и расположение главной базы Врага узнаем...

Нежданный Враг

Ульяна Синицына

Думается мне намного легче, хотя эмоции никуда, кажется, не делись, но теперь я могу отвлечься от них, поместив как бы под стекло, потому что у нас ситуация чуть ли не войны. Не уничтожили Врага, получается, и эта информация всех наших друзей застает врасплох. Но именно этот самый Враг явно нацелен исключительно на Человечество, что говорит о многом, например, о сотрудничавших с ним Отверженных. Могли ли наши адмиралы пропустить какую-то колонию, о которой не знали? Еще как...

— Трансляция визуального сигнала прекращена, — сообщает разум звездолета.

— Машка, куклы, оставшиеся на планете, судя по тому, что я вижу, изображают агонию, — активируется связь с «Варягом». — Если бы мы приняли это за чистую монету...

Продолжать не надо, все понятно и так — флот был бы плотно занят. А умирающие на глазах дети подействовали бы на всех деморализующе. Значит, мы с Илюшей правы: это изначально ловушка. При этом не пожалели даже живых детей, что опять возвращает меня к мысли об Отверженных. Нужно искать, но сейчас главная, что бы она ни говорила, Мария Сергеевна.

— В систему входят «Гремящий» и «Юпитер», — сообщает разум «Сириуса». — Каналы синхронизованы.

— Готовность к движению, — реагирует Виктор Сергеевич. — Первым иду я, за мной «Марс», затем «Гремящий» и «Юпитер». «Варяг» — на Минсяо.

— Есть, понял, — традиционно отзываются командиры кораблей.

— Сашка, разгружаешься и ждешь команды, — защитник дает последние указания.

— Понял я, Вить, — со вздохом отзывается его брат.

Я понимаю: сейчас мы будем прыгать в неизвестность. Но тут Мария Сергеевна поднимает руку, и все замолкают. Я думаю, это потому, что она старшая. Прислушавшись к себе, понимаю, что страха нет, а есть скорее какое-то предвкушение. Наверное, это именно то, что в древности называлось «кураж». Илюша обнимает меня, я ощущаю его поддержку, понимая, что мы совершенно точно справимся со всем.

— Внимание, здесь «Марс», — на экране появляются ряды пространственных координат. — Получена область пространства с указанием: «Ты была права».

— «Марс», передай нашу благодарность, — кивает Мария Сергеевна. — Витя, можно!

— Внимание всем... — Виктор Сергеевич включается в работу, а меня с Илюшей устраивают на диване, но не прогоняют, хотя я себя тут чувствую лишней.

Флотские переговариваются, согласовывают маршрут, поднимают щиты. Боевая работа выглядит совершенно обычной, ничем не примечательной, как будто звездолеты каждый день стремятся в бой. А ведь из них всех в бою был только Виктор Сергеевич, насколько я помню. Наверное, хорошо их учат, раз они так работают.

— Старт, — коротко командует Защитник, и в

тот же миг экраны расцветают плазменными столбами гиперскольжения.

— Все хорошо будет, — успокаивает меня Илюша. — Вот закончится все, вернемся, а там наша Ладушка...

— Да... — вздыхаю я, и тут мне в голову мысль приходит. — Мария Сергеевна! — обращаюсь я к товарищу Винокуровой. — А среди тех, кто оказался живым, кого больше — девочек или мальчиков?

— Тоже подумала об этом, — вздыхает она. — Мальчики там, мальчики. Именно поэтому их легко в жертву принесли, как это у Отверженных было принято.

Поблагодарив, я тихонько рассказываю мужу о своих мыслях по поводу Отверженных. Тут, правда, оказывается, что он аналогичные выводы сделал, но это и понятно — единение все-таки. Я же забираю у Ильи наладонник, чтобы еще раз внимательно просмотреть мнемограммы — и ту, что при нас снимали, и у сошедших с ума, с которыми справились без нас. Я понимаю, конечно, что наши приборы несовершенны, но тем не менее ищу, хотя и сама не знаю что. Илья внимательно смотрит на экран, в какой-то момент останавливая меня.

— Мария Сергеевна! — зову я старшую нашу, чтобы показать совсем небольшой кусочек записи, где виднеется нечто смутно знакомое. Где-то я такое помещение уже видела, точно же...

— Опаньки, — сообщает подошедшая к нам глава группы Контакта. — Это что такое?

— Мнемограмма одного из надсмотрщиков, — докладывает муж. — Уля чувствует что-то знакомое, да и я тоже, но понять, что это...

— Еще бы вам понять... Витя! — обращается она к Защитнику. — Тут у нас инкубатор по типу тех, что в памяти Тая и Даны были.

— Интересненько... — отвечает тот, не вставая со своего кресла. — То есть вариант Отверженных?

— Да, — кивает она. — И есть у меня ощущение, что все не так просто.

Интересно, о чем она думает? Потянувшись к наладоннику, вызываю архивную историю, касающуюся двоих детей, что были рождены в ином мире. Эту историю нам рассказывали в Академии, ибо тогда в памяти обоих обнаружилась описанная кем-то древним то ли сказка, то ли книга, то ли еще что. Именно поэтому она и есть в наладоннике Илюшеньки — он считает, что лишней информации не бывает. Муж, конечно, прав...

Но если у нас аналогичная ситуация, значит, здешний Враг мог прийти из другого мира? Вот эту теорию я знаю плохо и ничего точно сказать не могу. Мне кажется, я что-то упускаю, поэтому разворачиваю наладонник к Илюше, пересказывая ему безумную мысль, пришедшую мне в голову. Мария Сергеевна при этом просто садится рядом и внимательно слушает мою речь.

— Ты хочешь сказать, кто-то сумел переманить «чужих» из другого мира, — резюмирует мой любимый муж. — Взял их под контроль, при этом у этого «кого-то» задача уничтожить именно нас?

— Очень похоже, ведь поведение Врага в последние разы изменилось, — киваю я. — Но тогда Ка-энин выпадают, да?

— Нет, любимая, — тяжело вздыхает он, и я чувствую его грусть. — Если бы им все удалось, мы были бы деморализованы массовой гибелью детей. То есть, по сути, все то же самое.

И тут я понимаю: действительно ведь, все то же самое. Не вышло с котятами, так они придумали что-то другое, чтобы нанести нам максимальный вред. Вопрос только один: это Враг такой неожиданно хитроумный или же кто-то им помогает? Я думаю, именно это нам сейчас и предстоит выяснить, заодно сделав так, чтобы проблема решилась раз и навсегда.

— Млечный путь... — задумчиво произносит Защитник. — Что-то мне напоминает та область, куда мы идем, было что-то же...

— Успеешь еще вспомнить, — улыбается Мария Сергеевна. — У нас до выхода несколько минут.

— Обними меня покрепче, — тихонько прошу я Илью, чувствуя что-то не слишком хорошее.

Муж сразу обнимает меня, закрывая, кажется, от всего мира. Он гладит меня по спине, и кажется мне, будто от его движений предчувствие чего-то страшного исчезает, просто уходит прочь, отчего я выдыхаю с облегчением.

Илья Синицын

Вот и получается у меня, точнее у нас... Выходит у нас, что Враг очень четко нацелен на Человечество, при этом обладает довольно серьезным горизонтом планирования, чего раньше за ним, насколько мне известно, не замечалось. Уля отдает мне наладонник, с интересом глядя на меня. Любопытно ей, что я собираюсь делать.

А я подключаюсь к мощностям «Сириуса» — как щитоносец вполне имею право, ибо нужна мне сейчас статистика. И вот я ввожу запрос по тактике Врага, наблюдавшейся в известное нам время. Теперь нужно немного подождать и подумать, правильно ли я поступаю.

— Ой! — восклицает любимая моя жена, увидев результат.

— Да, где-то так я и думал, — киваю я, рассматривая выкладки. — Получается, что статистически после... После...

— После появления Тая и Даны, — вздыхает заглянувшая в цифры Мария Сергеевна. — Ожидаемо.

А вот это уже очень любопытно. Я, разумеется, сразу же наседаю на товарища Винокурову, чтобы выяснить, что именно ожидаемо для нее. Уля достает свой наладонник, сразу же фиксируя опорные моменты. Тай и Дана у нас, оказывается, из несуществующего уже параллельного мира. Теорию я помню очень смутно, ну да сейчас не о ней речь. Так вот, в их мире Отверженные победили. Что-то я, кстати, помню об аналогичном случае, в Академии его разбирали.

— Поэтому в наше пространство мог проникнуть и Враг, — заканчивает она свою речь. — Именно поэтому и ожидаемо.

Это меняет многое: раз в том мире Отверженные в паре с Врагом победили, то опыт у них другой, чем и объясняется горизонт планирования, да и вся чудовищность замысла — Отверженные же. От них всего ожидать можно, поэтому мои выкладки сейчас несколько меняются. Но «три нуля» никуда не деваются. Каким бы ни был Враг, он опасен для любого носящего дар творца, а нас, скорее всего, он постарается уничтожить полностью. А это значит, выхода нет...

— Внимание, выход, — громом с ясного неба звучит голос квазиживого разума звездолета. — Щиты на максимуме, маскировка в адаптивном режиме.

— Сканирование сектора, — моментально реагирует Защитник. — Готовность оружейных систем.

— Давно готовы, командир, — откликается кто-то из незнакомых мне офицеров.

— Фиксируется крупный флот «чужих», — перебивает его разум «Сириуса».

— На экран, — коротко отвечает ему Виктор Сергеевич.

Прямо на главном экране возникает темное

облако. Приглядевшись, я вижу несколько десятков ульев, устроившихся внутри звездной системы желтого карлика. Два пояса астероидов и еще две планеты венчают картину. Структура системы очень на Прародину смахивает, и у меня возникает не очень приятное ощущение... Я даже не могу сформулировать его сразу... Вскрикивает сразу же прижатая ко мне Уля. Некоторое время я занимаюсь ею, успокаивая, а из гиперскольжения как раз выходят наши корабли.

— Командир, — докладывает навигатор звездолета, — обнаружены навигационные буи второй-третьей эпохи. Система идентифицирована и запрещена к навигации.

— Продолжай, — спокойно отвечает ему товарищ Винокуров.

— Навигационные буи утверждают, что перед нами система Китеж, — каким-то очень грустным, почти мертвым голосом сообщает офицер.

— Перехват и анализ передач, — продолжает командовать Виктор Сергеевич. — Потом поплачем! Миноносец, на связь!

Легендарная система Китежа. Наши предки, отколовшиеся от основной массы людей, когда-то давно захотели жить своим умом, опираясь на мораль глубоких Темных Веков. Они не приняли ценностей Человечества, а решили строить свое общество. В общем-то, это все, что известно о Китеже. Их пытались найти, но до сих пор это не удалось никому.

— «Сириус», анализ переговоров, — приказывает Защитник.

— Переговоры с флотилией указывают на постановку задачи по уничтожению планет Человечества, — будто тяжелые камни эти слова, падающие сейчас в негромкий рабочий гул рубки. — Включаю.

И звучат голоса. Громкий, очень неприятный голос говорит о том, что в первую очередь нужно уничтожить населенные планеты. При этом указываются старые названия и координаты планет, отчего мне становится просто страшно. Другой голос, сменивший первый, полон пафоса. Он кричит, что теперь безмозглые рабы выполнят свое предназначение, а он поведет всех к победе, чтобы получить еще больше вкусного мяса. Интересно, у меня волосы дыбом не встали? Уля моя от таких новостей только тихо всхлипывает.

— Ожидаемо, — повторяет Защитник слова своей сестры. — «Гремящий», огонь по готовности. Первый удар — сдвоенный. Сохранность планеты непринципиальна, задача — уничтожить Врага.

— Выполняю, — слышим мы традиционный ответ командира миноносца, и тотчас же на экране появляются две маленькие яркие точки, удаляющиеся в сторону скопления ульев.

На самом деле, мины совершенно невидимы для постороннего наблюдателя, даже если знать, что они летят, обнаружить это оружие невозможно, а нам подсвечивает их «Сириус». Виктор Сергеевич командует дальше: открытие эффекторов гравитационных двигателей, дополнительные щиты, поле искривления... а я слежу за двумя маленькими огоньками.

Вот они достигают скопища ульев, влетая в него с противоположных сторон, и... На первый взгляд ничего не происходит, но затем вся масса кораблей Врага вдруг превращается в блин. Виктор Сергеевич что-то говорит о гравитационных двигателях, вполне способных усилить мощность мин, а я просто наблюдаю за тем, как большая куча кораблей просто схлопывается.

— Судя по тому, что я наблюдаю, детонировали гравитаторы первого поколения, — сообщает разум «Сириуса». — Именно поэтому двух мин вполне хватило.

— И планету тряхнуло, как я понимаю, — усмехается Виктор Сергеевич. — «Гремящий», добавь им еще одну на всякий случай.

— Есть, — доносится до нас короткий ответ.

— «Юпитеру» готовность — высадка на планету, — приказывает Защитник, как и все мы наблюдая за искоркой, устремившейся к «блину». — «Сириус», что на планете?

— Они еще не поняли, командир, — доносится до нас смешок из трансляции. — Но скорей всего, будет паника.

— Сканируй поверхность... — приказы следуют один за одним. Я наблюдаю за слаженной работой офицеров Флота, не забывая успокаивать Улю, вытирая ей слезы. Потом поплачем, потом... Нам сейчас расследовать произошедшее и разбираться с расой «возможных друзей».

Уле тяжело, ведь там, на планете, часть наших народов, почему-то решившая предать всех остальных. Возможно, мы найдем среди них и Отверженных, во что я очень даже верю, но... Как могли они забыть свою историю? Как посмели продаться тем, кто их же детей убивал? Дикари какие-то...

Китеж

Ульяна Синицына

Это открытие для меня стало, пожалуй, самым тяжелым за все время расследования. Именно поэтому и меня, и Илюшу напоили успокоительными, но никуда не отпустили, а на планету сейчас сыплется десант. Капсула за капсулой, катер за катером уходят вниз, а оттуда непрерывным потоком следуют доклады. Защитник прав: мы нужны здесь, чтобы фиксировать, а потом и расследовать, ведь принимать решение придется...

— Сопротивление фауны подавлено, обнаружены... дети, — голос квазиживого звенит от ярости. — Необходима медицинская помощь.

— Отправляйте на «Марс», — распоряжается Мария Сергеевна.

— Они разнополые? — по наитию спрашиваю я.

— Девочки, — коротким приговором звучит голос десантника. — Состояние... Ну вы увидите.

— Я себе представляю, — вздыхает товарищ Винокурова. — «Марс», принять детей и Сашке вызов сюда.

— Поняли вас, — доносится в ответ.

Я сначала не понимаю, о чем они говорят, но затем до меня доходит: на предыдущей планете были мальчики, обычно не выживавшие, кстати, надо будет разобраться почему. Зачем Отверженным и животным внизу нужно было мучить обязательно девочек? Какой в этом смысл?

— Эвакуатор спешит, — вздыхает Защитник, прочитав доклад на экране.

— Фауна уничтожена, — коротко звучит снизу.

— А мотив? — сразу же интересуется Виктор Сергеевич.

— Угрожали убить детей, — отвечает ему товарищ Василий, которого я узнаю по голосу. — Требовали... много чего требовали, — и он заворачивает такую конструкцию на флотском наречии, что я тут же рот открываю от удивления.

Плакать действительно будем потом, а сейчас... Сейчас я вслушиваюсь в доклады, понимая, что мы вскрыли то самое осиное гнездо, как это называлось в древности. Ос-то на планетах Человечества нет, поэтому мне было непонятно, что это такое. Теперь-то ясно, действительно, осиное гнездо.

— Мария Сергеевна, вам знакома такая штука? — интересуются десантники, демонстрируя большой серебристый диск, на котором покоится странная конструкция.

Я поднимаю взгляд и сразу же вижу, какой бледной становится товарищ Винокурова. Она невероятно смотрит на эту конструкцию, а в лице ее ни кровинки. Что же это такое, раз саму главу группы Контакта испугало?

— Это Врата, ребята, — наконец произносит она. — Такие же были на Прародине, поэтому планету необходимо уничтожить.

— Понял вас, — слышим мы ответ. — Эвакуатор заберет кого сможет, а потом мы им выбор дадим.

Судя по голосу, никакого выбора ему никому давать не хочется. И я не могу сказать, что осуждаю его. А Мария Сергеевна рассказывает нам, что это за Врата такие, чем они опасны и почему их уничтожают только вместе с планетой. А я вдруг понимаю, откуда взялся Враг и почему действовал именно так. Ведь ставшие фауной люди отлично знали нас и что для нас значат дети. Они предали всех, но ради чего? Зачем? В этом я пока не разобралась, но обязательно разберусь!

— Как начальство возьмете, сразу на «Сириус», — приказывает Защитник. — Нам очень нужно понять, что именно происходит.

— Да тут все хороши, — отвечает ему командир десантников. — А уж то, что мы наблюдаем, я тебе скажу, командир... Хорошо, что десант у нас квазиживой, а то, боюсь, некого брать было бы.

— Ого! — удивляется Виктор Сергеевич. — Вот прямо настолько все плохо?

Связь доносит до нас тяжелый вздох, а я переглядываюсь с мужем. Илья удивленным совсем не выглядит. Он на мгновение переключает записи на библиотеку наладонника, выводя на экран обложку одной из тех книг, что мы вместе читали еще на первом цикле Академии. Неужели он прав? Но тогда... Тогда я просто не знаю, что нужно делать!

Когда-то давно один народ посчитал, что все

остальные не люди, а просто фауна, и принялся их уничтожать, брать в рабство и вообще делать плохое. Вот мне Илья на это как раз и намекает. Если он прав — а быть неправым мой муж просто не может — тогда мне понятно, в каком направлении вести допросы. И Илье понятно, потому что игровые фильмы тех времен мы тоже смотрели. Неизвестно, как они умудрились сохраниться до наших дней, но сохранились, дав нам информацию.

— Замученных детей отправляем, остальных пока не трогаем, — доносится до нас отголосок команды, потому что товарищ Василий точно не с нами разговаривает.

Значит, там есть и собственные дети. Ну конечно, они есть, только вот это показывает нам, что просто уничтожить планету и забыть не получится, нужно переселить куда-то, да и позаботиться о том, чтобы не смогли вернуться к прежним увлечениям. Я уже все поняла, мне интересно только узнать о «возможных друзьях» и других жертвах. Скорее всего, прочие жертвы есть, хотя мне бы хотелось, чтобы не было, но от меня это не зависит.

— Следователям проследовать в допросный блок, — звучит голос разума звездолета. Значит, главарей нашли и доставили, что очень важно, на мой взгляд. Теперь начинается наша работа.

— Удачи вам, ребята, — напутствует меня Мария Сергеевна.

— Спасибо, — вздыхает мой любимый, помогая мне подняться. — Пойдем?

Он прав, надо идти. Сейчас нам нужно вести допросы, причем в некоторых случаях может помочь и десант, ну а прибудет «Варяг» — потащим под мнемограф, потому что нам понадобится совершенно вся информация. Тут мне в голову приходит мысль, заставляющая буквально замереть на полпути.

— Виктор Сергеевич, — обращаюсь я к товарищу Винокурову, — а у нас есть возможность запустить в каюту с допрашиваемым рабочую особь Врага? Ну квазиживого морфировать или...

— Сейчас выясним, — кивает мне наш командир, причем я вижу: он понимает и зачем нам это, и чего мы хотим добиться.

— Если испугается, то, выходит, ими Враг владеет, а если нет... — демонстрируя свое понимание, произносит Илюша.

— Это ясно, — кивает командир, сразу же принимаясь за дело.

Насколько я понимаю, на «Марсе» есть

мобильные роботы, которым можно придать абсолютно любой вид — для группы Контакта это бывает очень даже важно, мало ли с кем придется встретиться... Так что сейчас, через минут пятнадцать, мы и узнаем, как именно правильно допрашивать этих... Было такое слово в древности: «ренегат» — им называли предателей. Потому что эта фауна предала не нас, она всех разумных предала!

Илья мне показывает изображения, поступившие с поверхности. И нет в них ничего неожиданного. Мы видели такие изображения в учебнике Истории — и далекой, и совсем недавней. Вот и выходит у нас, что отверженность — это не особенность народности, а какая-то гниль, живущая внутри, как паразит.

Илья Синицын

Мысль запустить в допросную морфированного под Врага робота мне кажется очень здравой, так мы сразу поймем, как именно вести допрос. Уля умница, правда, она всегда умницей была, так что не сюрприз. Как только ее перестало штормить, она вновь уже очень хорошо соображает, что и демонстрирует сейчас.

Мы же остаемся в рубке, пока готовят робота. Язык Врага нам знаком, расшифровать его удалось сравнительно легко, насколько мне известно, ведь наши «возможные друзья», создавая этих существ, просто свели все к командам, а там уже действовали принципы субординации. Именно поэтому я вношу предложение, сводящееся к тому, чтобы робот не просто двигался, но и издавал звуки на языке Врага.

— А какие именно? — заинтересовывается Мария Сергеевна.

— Пусть будет «Свежее мясо готово к заготовке», — отвечаю я ей, вспоминая Историю. — Это позволит нам определить, понимает ли фауна язык, даже если никак на Врага не отреагирует.

— Точно вас вытребую, — улыбается глава группы Контакта. — Мне бы и в голову не пришло.

— Делаем, — кивает Виктор Сергеевич, чему-то предвкушающе улыбаясь.

Спустя некоторое время на вспомогательном экране, находящемся справа, возле места навигатора, появляется изображение. Привычный уже вид каюты для допросов с серыми стенами, кое-где тронутыми ржавчиной, стол с рефлектором древней лампы, по нашим эскизам сделанной, кстати, два стула, светильник под потолком. Антураж добавляет намертво вделанный в пол выглядящий древним стул, к которому надежно примотан наш сегодняшний «задержанный» — толстый мужчина с испуганным взглядом.

Вот в камеру входит рабочая особь Врага. Уля даже вздрагивает — очень уж натурально все выглядит. Особь издает шипение и пощелкивание, а автоматический переводчик сразу же выводит информацию в виде бегущей строки: «Свежее мясо! План заготовок!» Неразумный толстяк пытается вскочить, а когда это не выходит, принимается сам шипеть, прищелкивая языком: «Немедленно освободи своего начальника! Нужно уничтожить всех!»

— Примерно так я и думал, — спокойно произносит Виктор Сергеевич, что-то набирая на сенсорной клавиатуре, расположенной перед ним.

— Ты что ему сказать передал? — товарищ Винокурова знает брата куда лучше, чем мы, поэтому, наверное, сразу же понимает, что тот делает.

— Приказал проинформировать фауну, что его статус не позволяет что-то приказывать, — весело улыбается Защитник.

Уля соображает первой, тихо хихикая, а на экране виден наш «задержанный», только в глазах его сейчас ужас. На мой взгляд, очень правильная эмоция. Значит, теперь можно выдвигаться и нам. Шипящий робот выходит из каюты, пообещав «мясу» особый рецепт заготовки за наглость, а тот чуть ли не в обмороке.

— Пошли, — предлагает мне любимая, повернувшись в сторону выхода.

Да, нам пора идти, ибо сейчас мы будем иметь дело с сообщником Врага. И нам необходимо постараться вытряхнуть из него все детали. Совсем все, разумеется, не получится, но, пока не пришел «Варяг» с мнемографом, нужно выяснить, где они держат детей, и... почему именно девочки? Вот это в поведении Отверженных мне было непонятно — почему у них чаще всего выживали девочки, а не мальчики. По идее, мальчики более чувствительны к боли... Странное это поведение и совершенно непонятное.

Успокоительным нас залили, поэтому эмоции мешать не будут. Нужен план допроса, а какой тут план... Вот я о нем и думаю, пока мы движемся в подъемнике на технический уровень. Уля тоже о чем-то размышляет, и я так полагаю, что о том же. А что, если...

— Уля, а если нам нарядиться древними докторами, в соответствии с эпохой? — интересуюсь я.

— Ну, можно, а зачем? — не понимает любимая.

— Ну вроде бы пришли посмотреть на неудачный экземпляр... — медленно произношу я. — И дать ему возможность доказать свою «лояльность». Веду я, ты подпеваешь, согласна?

— А давай! — радостно улыбается она.

— «Сириус», медицинскую одежду по эпохе фауны доставить к допросной, — приказываю я.

— Выполняю, — отвечает мне разум корабля.

— Вы молодцы, ребята.

Похвала всегда приятна, а похвала квазиживого, опытного мозга — вдвойне. Квазиживые льстить просто не умеют, не заложено это в них, поэтому они всегда правдивы. Правда, люди тоже льстить уже не умеют, но могут похвалить за малое, а вот тут у нас объективная оценка, которая нас с Улей, что греха таить, окрыляет.

Непосредственно у дверей допросной каюты нас ждет квазиживая из десанта, протягивая два свертка. Стесняться тут некого, да и нечего, поэтому мы натягиваем покровы прямо на комбинезоны, чтобы выглядеть медиками, после чего я принимаю скучающий вид и захожу в каюту.

— Этот последний остался, — равнодушным голосом сообщаю я любимой жене. — Сейчас осмотрим и утилизируем.

— Как утилизируем? — удивляется «задержанный». — Вы обязаны отпустить меня! Я правитель!

— Ты неудачный образец, — так же равнодушно говорю я ему. — Не оправдавший высокого доверия Великих! Зачем-то принялся играться с самками, хотя самцы перспективнее, затянул отправку. Так что ты не правитель, а фарш. Будут тобой кормить других особей.

Я старательно смеюсь, как в одном игровом фильме было. Уля мне подхихикивает, а вот «задержанный» начинает выкрикивать, что он делал все правильно, по каким-то заветам. При этом, стараясь спасти, как он думает, свою никчемную жизнь, рассказывает нам наконец, почему девочки. Оказывается, мальчики сходят с ума или гибнут, а этим дикарям нравится долго издеваться над детьми. Девочки просто дольше выживают в нечеловеческих условиях. Что-то такое я помню, но вот точно не скажу, а за наладонник хвататься не могу — порушу театр.

— Зачем вы врата на планету приволокли? У вас что, планета лишняя? — спокойно интересуется Уля.

— Великие умы! Усиление! — бессвязно выкрикивает фауна, а вот затем рассказывает нам, где именно находятся «питомники» с детьми.

Эта очень важная информация сразу же передаётся десантникам, благо там нет разделения по полам, поэтому имеются шансы спасти всех детей, а не только выживших.

А дальше, совершенно не дожидаясь наших вопросов, неразумный дикарь начинает рассказывать о своём «великолепном плане», и тут мы наконец узнаем, что такое наши «возможные друзья». Вот эта информация нуждается в проверке и перепроверке, потому что она просто чудовищна. И представить себе невозможно такой контроль над целой расой. Надеюсь, командиры смогут найти решение этой проблемы. Но наше расследование на этом почти закончено — источник Врага обнаружен, его «хозяева», как они думают, — тоже. Значит...

Спасение Разумных

Ульяна Синицына

На «Варяге» прибывают обе группы расследования, заставляя меня облегченно вздохнуть. Сейчас мы с ними встретимся, передадим информацию и хоть немного отдохнем. Очень тяжелым оказалось все-таки это расследование. Илюша тоже рад тому, что дальше будут работать без нас, несмотря на то что до пробуждения Лады полмесяца остается. Просто покоя хочется, но что-то мне подсказывает, что покоя нам как раз не будет. Интересно, как это обставят и куда нас пошлют?

Детей спасти удалось всех, хотя эти дикари были готовы уже их убить очень жестоким способом. Десантники успели, поэтому палачи стали историей, ибо есть пределы терпения даже у квазиживых. Сейчас десант собирает в кучу дикарей, а что с ними делать, решит Человечество. Ожидаемо оказалось, что все оставшиеся ульи были именно здесь, то есть остальные планеты, можно сказать, оставлены без присмотра, что очень даже хорошо.

— Внимание следователям, — это командир десантников что-то доложить хочет.

— На связи, — отвечает ему Илья.

— Идентифицированные изначально как дети диких являются куклами, — звучит информация, ставящая в тупик.

— То есть нужно искать, куда они своих детей дели, — понимаю я, тяжело вздыхая при этом, — не будет нам отдыха.

— Мнемограф установит, благодарю, — отвечает Илья, заставляя меня, забывшую о такой простой возможности, улыбнуться. — Нужно с «возможными друзьями» тоже разобраться, кстати.

— Синицыных просят перейти в зал совещаний, — звучит в трансляции голос разума звездолета «Сириус».

— Вот и время, — улыбается мой муж, подавая

мне руку, ведь до того момента мы лежали на верхнем покрове нашей кровати. — Пошли, избавимся от этой задачи.

— Ага, как же, дадут нам, — отвечаю ему, тихо хихикнув. Есть у меня ощущение какого-то сюрприза, есть.

Пока идем в комнату совещаний, находящуюся совсем близко, я раздумываю о том, куда делись дети дикарей. Не могли же они все погибнуть? Хотя врата и несут неизвестные болезни, но раса ведь живет, значит, каким-то образом популяцию поддерживает. Вот надо выяснить, как именно. А как технически это возможно? Я задумываюсь еще глубже, выходя из размышлений только от представления коллег.

— Здравствуйте, Синицыны, — по-доброму улыбается товарищ Петров, но продолжает неожиданно: — Прибыли в ваше распоряжение.

— Сюрприз, — констатирует муж, чувствуя просто бесконечное удивление, я же ощущаю вместе с ним... Но чего-то подобного я, надо сказать, ожидала, поэтому сама удивляюсь несильно, зато Илья, такое ощущение, что за нас двоих.

— Илья и Ульяна, — подумав, товарищ Петров переходит на доверительный тон, — мы делаем одно дело, в котором вы разбираетесь лучше. Поэтому никаких глупостей вроде ревности с нашей стороны ожидать не надо, но только вдвоем...

Тут он прав, Илья тоже это понимает, приглашая товарищей за стол. Достав наладонники, мы уже готовы вводить их в курс дела, потому что помощь нам очень даже нужна. Илья коротко проходит по обнаруженному, демонстрирует допрос и его результаты, при этом я вижу, как внимательно товарищи его слушают, отчего появившийся было страх насмешки исчезает.

— Дикарь позиционирует фактическое уничтожение мальчиков и пытки девочек как развлечение, — произношу я, пытаясь обдумать только что пришедшую в голову мысль. — Но мне кажется, причина в другом. Учитывая, что у них нет своих детей, надо выяснить, куда и когда делись дети, ну и что хотели сделать.

— Погоди, — даже муж ошарашен от подлости самой идеи. — Ты хочешь сказать, они собирались принудительно...

— Есть такое подозрение, — киваю я и объясняю старшим товарищам: — Обнаруженные на планете врата нуждаются в уничтожении вместе с планетой, по мнению Учителей. Но они же распространяют иномирные вирусы, вполне способные воздействовать на репродуктивную функцию. Понимаете?

Товарищ Петров понимает, о чем я говорю, буквально с ходу. Он становится очень хмурым, а я рассказываю ему о наших находках и предположениях. Нам ведь еще нужно лететь на две планеты, чтобы там навести порядок, а затем еще ждут «возможные друзья». И вот что именно там будет — одни Звезды знают.

— Тогда предлагаю так, командир, — по-доброму улыбается мне старший Первой группы. — Хуань со своей группой и десантниками отправится на указанные планеты, а если что — позовет всех. Мы заканчиваем тут, а вы с «Марсом» и группой Контакта двигаете к «возможным друзьям».

— Отличная мысль, — кивает Илья, и я с ним согласна. — Только дождемся результатов мнемографирования вожаков трибы и сразу же отправимся.

Это он так дикарей назвал, точнее их правителей. Немного хихикательно, но по сути верно совершенно. Логично, что нам нужно получить запись мнемографирования: там могут быть сведения и по другим расам, и по тому, что они с «возможными друзьями» сделали... Кроме того, это вряд ли продолжалось долго — в пределах одного поколения, поэтому, возможно, все можно исправить и без усыновления еще одного народа. Проблем это точно не вызовет, но все же...

— В таком случае мы на планету, — улыбается нам товарищ Петров. — Будем держать связь.

— Будем держать связь, — соглашаюсь я.

Вслед за ним уходит и товарищ Хуань, а Илья едва сдерживается, чтобы не высказаться флотским языком, я же вижу. Мой любимый удивлен, потому что нас, по сути, сделали начальниками. Теперь расследованием командуем только мы, вся ответственность наша, но еще и подчиненные появились, при этом товарищи постарались дать понять, что ничуть не обижены этим назначением. Что происходит-то?

— Надо с товарищем Феоктистовым связаться, — замечаю я. — Достоверность проверить.

— Инструкция, правильно, — кивает Илюша и сразу же запрашивает Базу со своего коммуникатора.

Пока происходит обмен, я раздумываю вовсе не о странном назначении лейтенантов только-только после Академии, совсем о другом — я варианты перебираю. И получается у меня, что либо задача была девочек сломить и использовать потом как инкубатор, либо... Стоп!

— Илюша! — восклицаю я. — А если девочке, которая выносить может, пересадить оплодотворенную яйцеклетку, как в древности делали, тогда она только инкубатор — и все!

Вот тут мой любимый муж не выдерживает, не очень длинно, но по существу высказываясь о том, что только что услышал. А я понимаю, что отдавать предпочтение во все времена именно девочкам Отверженные могли именно с этой действительно жуткой целью. Не болезненное желание мучить именно их, а намерение проделывать более приземленные, но от этого не менее жестокие вещи.

Илья Синицын

Догадка любимой моей все ставит на свои места. Остается только доказать, но уже сейчас понятно, что именно эта версия более всего имеет право на жизнь. Значит, нам необходимо подождать, пока десант проведет через мнемограф «правителей», а по результатам уже принимать решение. Судя по всему, решение принимать нам с Улей и там уже докладывать старшим товарищам.

— Знаешь... — не замеченная нами сразу товарищ Винокурова оказывается прямо за моей спиной, заставляя развернуться. — Очень на правду похоже. Если вспомнить нашу историю...

Историю мы, разумеется, знаем. Особенно я, потому что интересовался. Вкратце она звучит так: одаренных девочек Отверженные ломали и унижали, чтобы те были их рабынями, при этом мальчики, насколько мне известно, просто уничтожались. С одной стороны, все понятно, а вот с другой, много неясностей, на мой взгляд, — например, откуда появлялись новые девочки. И вот теперь в свете именно описанного, получается у нас очень несмешная ситуация. Думаю, если копнуть у котят, то, скорее всего, найдем что-то подобное.

Я еще раздумываю, и тут приходят первые результаты мнемографирования. Сначала возникает ощущение, что это какая-то шутка, ведь не может же быть такого? Или может? Я привлекаю внимание Ули, что-то рассматривающей в своем наладоннике, просто погладив ее по руке и кивнув на экран. Через мгновение убеждаюсь, что видит она ровно то же самое, потому что глаза ее расширяются от удивления.

— Это как так? — ошарашенно спрашивает меня любимая. — Они что, сами?

— Получается, так, — киваю я, не в силах осознать увиденное.

— Что у вас? — заинтересовывается товарищ Винокурова.

— У нас выходит, что дикари отказались от деторождения, — объясняю я ей. — Или религия какая, или еще что, но они перешли на кукол, чтобы им «не доставляли беспокойства», а яйцеклетки оплодотворяли через медиков. Но как так?

— Дикие цивилизации сами выбирают свой путь к вымиранию, — замечает Мария Сергеевна. — Но именно это все и объясняет.

Да, этот факт объясняет, зачем им рабыни и почему не нужны рабы. Совершенно дикий, непонятный любому разумному существу факт ставит нас в тупик, но он действительно показывает, насколько дикари далеки от разумного существа, и то, что и их, и наших предков породила одна планета, ничего не меняет. Мы выбрали путь созидания, путь разума, а они — уничтожили сами себя.

— Тогда имеет смысл переселить на пустынную планету, — произношу я. — Заблокировать ее, пока не обретут разум или не вымрут...

— Да, имеет смысл, — кивает глава группы Контакта. — Что же, пожалуй, на вопрос «зачем» вы ответили, осталось выяснить вещи совершенно приземленные: можем ли мы доверять уже бывшим рабам и разговаривать с ними.

— И что с детьми делать, — добавляю я.

Ответа не следует, ибо он подразумевается, но это уже не наше дело. Решать будут старшие товарищи, а у нас с Улей остались только последние штрихи. И вот как только готовы последние записи, я киваю любимой — нужно на «Марс» перехо... Стоп. Не нужно.

— Виктор Сергеевич, — вызываю я командира. — К системе «возможных друзей» мы с «Марсом» прыгнуть можем?

— Подготовка к старту, — звучит вместо ответа голос разума «Сириуса».

Что ж, пожалуй, это ответ. Товарищ Винокуров все прекрасно понял, поэтому мы пойдем к планете двумя кораблями. Десант нам вряд ли понадобится, но на «Марсе» есть свое подразделение, звездолет не покидавшее, им не положено — инструкция такая. А инструкции писаны кровью, и без особой нужды никто их нарушать не станет.

Именно поэтому мы летим сейчас, чтобы поставить точку в расследовании, а затем вернуться к нашей доченьке иной расы. Так посмотреть, на кораблях после каждого крупного «приключения» чуть ли не детский сад образуется. Но надеюсь, проблема появления Врага решится в этот раз окончательно и разумные смогут вздохнуть спокойно, без подобных приключений.

— «Сириус» принимает десантный катер, — слышу я в трансляции. — Следователям подойти на причальную.

— Есть, понял, — удивленно отвечаю я, а в это время приходит еще один сигнал — на этот раз отмены «трех нулей». Это вовремя, кстати, потому что опасность для всех разумных совершенно точно устранена, а с остаточками мы разберемся.

Переглянувшись с Улей, извиняюсь перед товарищами, сидящими в зале совещаний. Нам с любимой нужно покинуть помещение с целью движения туда, куда сказали. Уля загадочно улыбается, что-то чувствуя, поэтому я прислушиваюсь к себе. Кажется мне, катер послали не просто так и не зря вызвали именно нас.

— Ощущение как тогда, с Ладой, — признается моя милая, даря теперь понимание и мне. — Все будет хорошо, — уверенно произносит она, пока подъемник уносит нас на нужный уровень.

Возможно, десантники нашли сестренку для Ладушки или братика, раз у любимой такое ощущение. Материнский инстинкт срабатывает, похоже. Ну что же, тогда и посмотрим, и сразу выясним, откуда что взялось. Если раса одна с нашей доченькой, тогда связь между Ка-энин, Китежем и планетой «возможных друзей» установлена, что уже очень важно, ведь, уничтожив Китеж, мы устраним опасность возвращения сюрпризов.

Довольно быстро оказавшись внизу по причине погруженности в свои мысли, мы видим незнакомого десантника с детской капсулой в руках. Судя по размерам, там у него младенец, что уже очень интересно, потому что именно младенцев на обеих планетах мы не видели пока. Он протягивает капсулу мне, и я ее, разумеется, принимаю, а потом хихикает и исчезает в немедленно стартующем катере.

— Ничего не понял, — констатирую я.

— Давай посмотрим, — предлагает мне улыбающаяся Уля.

Нажав сенсор на поверхности молочно-белой капсулы, от этого ставшей прозрачной, мы видим действительно очень маленького ребенка, как две капли воды похожего на каноническое изображение Лады по генокоду. То есть малыш или малышка той же расы. Любимая что-то быстро набирает на коммуникаторе, начав улыбаться еще сильнее.

— У Ладушки нашей братик, — сообщает она мне.

И тут до меня доходит: она с коммуникатора пол малышка запросила, его возраст и особенности. В принципе, передача малышка именно нам вполне логична, ведь у нас девочка той же расы, так что им вдвоем нескучно будет. Но выглядит, конечно, полнейшей фантастикой, что намекает мне на необходимость прочитать на наладоннике последние новости. Вот только... Как мы его назовем?

Возможные друзья

Ульяна Синицына

Конечно же, я чувствовала. Только не ожидала, что это будет совсем маленький ребенок. Илюша сразу же, как только передал мне очень легкую капсулу, зарылся в наладонник, ведь интересно же, откуда взялись малыши. Мне тоже любопытно, но сначала надо сыночка покормить будет. А «Сириус» уже в прыжке, госпиталь не спросишь. Впрочем, думаю, на вопрос питания может и наш Вэйгу ответить.

— В госпиталь идем, — информирую я любимого, любуясь сыночком.

Все три глаза его плотно зажмурены, а щупальца совсем короткие — едва до пояса доходят, в чем заметно отличие малыша от сестренки, ну еще и ножки все-таки есть. Милый он очень, как и все дети, да и чувствую я малышка уже родным. Надо ему имя дать обязательно. Может, в честь папы? Сейчас дойдем, капсулу подключим и будем с Илюшей решать, как младшего нашего называть. Надо же, только-только замуж вышла, а уже двое детей. Вот мамочка повеселится...

— Идем, конечно, — кивает мне Илюша. — «Сириус», время в пути?

— Четыре часа, — доносится до нас лаконичный ответ.

— Известно, откуда нам такое чудо привалило? — интересуюсь я у мужа, опираясь на него в подъемнике.

— По записям выходит, что дети наши оба из иной реальности, — вздыхает он. — И Учитель наверняка знал.

Это-то как раз понятно, что Учитель знал, иначе и быть не может, но вот факт того, что малыши — дети иного мира, избавляет меня от мук совести: их родных можно не искать. Угадать, из какого конкретно они мира, физически невозможно, так что и не будем. Сейчас разберемся с «возможными друзьями», а потом заберем доченьку, и минимум год никакого Пространства. Потому что детям мы постоянно нужны будем, а Пространство и подождать может.

Мы входим в госпиталь, при этом ничего говорить не надо, Вэйгу уже осведомлен и ждет нас, подготовив место для капсулы малыша. На самом деле, все правильно — чужих детей не бывает. Просто не может быть, и все, в этом сама суть Человечества, поэтому я очень легко принимаю своими и Ладу, и Василия. Да, я решила назвать мальчика в честь Илюшиного папы, не думаю, что он будет возражать.

— Вэйгу, зови нас, как только малыш просыпаться будет, — просит мой любимый муж, а я решаю похулиганить.

— «Сириус», — обращаюсь я к разуму звездолета, — регистрация. Василий Синицын, возраст полгода, сын семьи Синицыных.

— Регистрация принята, — отвечает мне «Сириус». — Синхронизация временно невозможна.

Я как-то мгновенно оказываюсь в объятиях мужа, ощутив себя совершенно счастливой. И хотя я немного волновалась по поводу его реакции, теперь понимаю, насколько беспочвенными были мои опасения. Илюша мне благодарен и радуется, я это очень хорошо чувствую. Значит, все в порядке. Теперь нам нужно выяснить новости, но уходить не хочется, и муж это очень хорошо понимает, отводя меня к стоящему здесь же дивану. Небольшие диваны можно найти почти в любом помещении звездолета, потому что экскурсии бывают разными, а дети и отдохнуть хотят. Это забота, и нам она сейчас на руку. Я смотрю на экран, куда Вэйгу выводит параметры малыша, а Илья читает мне новости и результаты анализа.

— Началось это сравнительно недавно, — рассказывает он мне. — До тех пор на Китеже жили дикие, но не дикари, откатились на первую эпоху, но жили.

— А потом у них появились глупые идеи? — с улыбкой спрашиваю я, понимая, впрочем, что не все так просто.

— Сначала один из оставшихся у них двух звездолетов принес откуда-то семя врат, ну в точности, как Учитель рассказывал, — объясняет мне муж. — И судя по всему, с Прародины. И вот после этого, устроив это семя на поверхности, они будто с ума сошли — тогда и появились странные идеи.

— То есть влияние врат, — киваю я, потому что лекцию об этом очень хорошо помню.

— Да, именно оно, — соглашается со мной Илья. — В отношении детей пошли мысли о том, что с ними одни проблемы. Спустя поколение появились куклы, а вот когда население сократилось вчетверо, уже и тревогу забили. Где-то в этот период появились ульи Врага, которые дикарям удалось взять под контроль. Ну и дальше озаботились рабами...

— Дальше понятно, — снова киваю я, потому что действительно все ясно уже становится. — Но тогда, выходит, «возможные друзья» свободны?

— Ты понимаешь... — любимый муж тяжело вздыхает. — Не факт еще, что они не сотрудничали, потому, отдавать ли детей, будет решать Человечество, а нам нужно просто предоставить данные для Трансляции.

Значит, возможна грязь, типа продажи собственных детей. Тогда их друзьями называть нельзя, а самоназвание у этой расы такое, что я не произнесу. И Илюша не произнесет, но как-то их обозначать нужно... Ладно, товарища Винокурову спрошу, в конце концов.

— Что там дальше-то? — интересуюсь я. — Цель какая была?

— Убить нас, — просто отвечает он. — И все. То есть от целей Врага не отличается никак, потому и непонятно, кто кого под контроль взял.

Что тоже, кстати, ожидаемо: если они отказались от всего, пошли на поводу разных идей, часто противоестественных, то это цивилизация вымирания. Было уже такое в истории Человечества, хорошо, что хоть не все выбрали легкий путь, а то не было бы никого из нас. Самоликвидировались бы люди, вот что... Ну вот эти дикари с Китежа и самоликвидировались, по сути. А сколько красивых сказок было, сколько легенд... И искали их, и даже находили вроде бы, но правда оказалась совсем невеселой.

— Ладно, что у нас есть по тем, куда летим? — интересуюсь я у Ильи. — В свете свежеизученного, конечно.

— Небольшая цивилизация, «дети превыше всего» в декларируемых ценностях, — просматривает муж информацию, что выдает ему наладонник. — Очень закрытые, но это теперь понятно почему, техническое развитие на уровне третьей эпохи.

— То есть что угодно может быть, — понимаю

я. — Тогда разговор ведет группа Контакта, а мы ловим передачи и вещаем на всю планету.

— Постой, — останавливает меня чему-то усмехнувшийся Илюша. — А что если вернуть им «куклы», морфированные под детей, чтобы посмотреть, что они делать с ними будут? Ну и это позволит увидеть общество изнутри.

— Ой... — реагирую я, сразу же задумавшись над этим предложением. — Надо Марии Сергеевне предложить!

У меня муж такой умный! Он придумал вариант, при котором мы увидим, и как общество устроено изнутри, и насколько безопасно им детей отдавать. Это значит, что без официального пути... Тогда «Марс» показывать не надо, а кукол передадим с «Сириуса». И вот тогда...

Илья Синицын

Эта мысль мне пришла в голову внезапно, но ее сразу же горячо поддерживает товарищ Винокурова. Мы с Улей даже объяснить ничего не успеваем, а она с ходу соглашается. Ну да, она же телепат... Ну так вот, товарищ Винокурова предлагает подождать до прилета, потому что с сотню кукол погрузили на «Марс», чтобы в них позже разобраться.

— Сделаем вид, что не поняли, что это такое, — объясняет она свою точку зрения. — И передадим как обнаруженных случайно на планете. По виду они расе соответствуют, так что все будет логично.

— А не догадаются? — интересуется Уля.

— Даже если догадаются, — усмехается Мария Сергеевна, — уже будет тема для разговора. А там посмотрим.

— Внимание, выход, — сообщает нам разум звездолета. Четыре часа, получается, пролетели уже.

— Связь с «Марсом» как можно скорее, — приказывает товарищ Винокурова.

— Связь установлена, — слышим мы в ответ. Это означает в первую очередь, что вышли мы одновременно, а во-вторую — мы не прямо в системе «возможных друзей» вышли. Это логично, учитывая, кто командует кораблями — осторожность и инструкции регламентируют. Товарищ Винокурова инструктирует своих на «Марсе», а мы слушаем переговоры.

— Сканирование целевой системы завершено, — сообщает нам разум звездолета. — Кораблей противника не обнаружено.

— А какие обнаружены? — интересуется Виктор Сергеевич. Я его, конечно, не вижу, но из зала совещаний мы всех слышим.

— Система чиста, — звучит ответ, и что это значит, я не очень понимаю. Ведь были же у них звездолеты?

— Я на «Марс», — решает Мария Сергеевна. — Витя, ты в режиме максимальной маскировки, а «Марс» как на параде. Все понял?

— Понял, — звучит короткий ответ.

Что происходит, я понимаю. Мы, по идее, не опасаемся «возможных друзей», поэтому явление одного «Марса» вполне логично, а вот «Сириус» может навести на ненужные мысли. Поэтому товарищ Винокурова возвращается на свой корабль, а мы устраиваемся поудобнее, чтобы наблюдать, так сказать, из первых рядов. Экраны и дублирование связи нам донесут совершенно всю информацию.

Сейчас мы прыгнем вместе с «Марсом», который высадит «детей» и уйдет, а мы останемся, чтобы наблюдать и прикрывать его на случай неприятностей. Вот тогда наша работа и начнется

— надо будет происходящее тщательно фиксировать, хотя кажется мне, что не могли дикари с Китежа все провернуть без какой-то помощи. Но какой смысл «вероятным» отдавать своих детей?

— Стоп, — произношу я, пока мы еще не прыгнули. — Прямой для «Марса»: Мария Сергеевна, а это точно их дети?

— Куклы сравнят генокод «отцов» и «детей», — отвечает мне глава группы Контакта. — Я тоже об этом подумала, потому что мотива нет, а лицом к лицу мы встречались только с искренне верящими в свои слова, но вот если они говорили не о своих детях... И если для них есть разница...

Я понимаю, что она сказать хочет. Это для нас никакой разницы нет, а вот для другой цивилизации может и быть, мы такие видели. Не разговаривали, правда, но видеть точно видели. Именно потому, что разницы быть не может, и не разговаривали. Дифференциация на «своих» и «чужих» детей отрицает настоящий разум. Ну меня товарищ Винокурова успокоила, теперь можно только ждать.

Прыжок у нас в этот раз очень короткий. «Сириус» сразу же отходит в сторону, замирая, а «Марс» гордо плывет к системе, вызывая контактное лицо. Это протокол такой, то есть тоже инструкция, только конкретно для таких случаев. На планете на первый взгляд все спокойно, а куда делись оба звездолета «возможных», мы, разумеется, узнаем. Будем висеть здесь столько, сколько нужно, и узнаем.

— Нами обнаружены дети вашего вида, — сообщает Мария Сергеевна. — Вы готовы их принять?

— Безусловно! — вот чувствую я фальшь и ничего не могу с собой поделать. — Дети превыше всего!

— Мы подумали, что им будет комфортнее среди принадлежащих к их расе, — объясняет товарищ Винокурова, а затем отдает приказ о передаче детей.

Если бы не знал, как дела обстоят в реальности — точно поверил бы. Куклы, играющие роль детей, включают трансляцию по микроканалам. Это военная разработка, и такую передачу перехватить технически невозможно. А результат шифрованной передачи расшифровывается и суммируется «Сириусом», дающим выжимку на экран.

Вот они внутри катера, видимо, опускаются на планету. К ним относятся по-доброму, улыбаются, но не делают то, что у нас обязательно — не проверяют состояние здоровья. Нельзя сказать, что группа Контакта этого не предусмотрела, но ведь вообще не проверяют, как будто «вероятным» в принципе на состояние детей наплевать. У нас бы за такое с Флота прогнали, а тут ничего, как будто так и надо.

Вот аппарель открывается, улыбки моментально исчезают, и на свет появляются короткие тонкие палки, с помощью которых «детей» выгоняют на улицу. Им не дают остановиться, а гонят буквально бегом, награждая жгучими ударами, которые куклы вполне могут оценить. «Дети» реагируют криками и плачем. В целом уже все понятно, но это еще не конец.

— Ублюдки попались людям, — слышим мы безэмоциональную речь. Это автопереводчик включается. — И как назло, одни самцы.

— «Сириус», на каком языке идет общение? — интересуюсь я.

— На языке Врага, — следует ожидаемый ответ.

— Надо их уничтожить, — продолжается общение неразумных.

Именно из этого разговора следует, что те, кого мы знаем как «возможных друзей», являют собой небольшое количество запуганных существ, а планетой управляют подобные тем, кто с Китежа, дикари. Достоверность оценить невозможно, но я уже понимаю: нужен десант, силовой вариант и отделить мух от котлет, как товарищ Феоктистов говорит. То есть именно следователям тут делать уже нечего — необходимо готовить вполне боевую операцию, чтобы разобраться с убийцами здесь, а потом окончательно вычистить эту грязь. Как-то так я и докладываю командиру.

— К вам идет «Сатурн», — в ответ на доклад звучит с главной базы. Я и не знал, что адмирал флота на линии связи был, но тем лучше.

«Сатурн» это десантный корабль для специальных случаев. Он высадит десант, займется первичной сортировкой, там мы подключимся, а следом и товарищ Петров подтянется. На мой взгляд, план очень хороший, только не нарушаем ли мы таким образом Основную Инструкцию? Прижав к себе любимую, я раздумываю над этим, понимая все же, что иначе поступить просто нельзя. А раз нельзя, значит, все правильно.

Новые друзья

Ульяна Синицына

Что-то мне все же в разговорах «возможных друзей» кажется странным. И поведение их, а ведь они не могут не понимать, что мы здоровьем переданных обязательно поинтересуемся, и сами разговоры, подчеркивающие нарушение Критерия. То есть в нашем понимании это дикари... Но какое-то у них поведение все-таки странное.

— Му-у-уж! — зову я Илью, задумавшись. — А не может это быть проверкой?

— Так была ведь уже? — удивляется он, пролистывая на наладоннике информацию пальцем. — Вот! — тыкает в отчет группы Контакта.

— Не обязательно эта проверка... — отвечаю я

ему. — Просто несколько это утрированно все выглядит, как игра или измененная реальность, помнишь, в Академии рассказывали?

— Внимание, фиксирую вход в систему звездолетов незнакомой конструкции, — оживает трансляция «Сириуса».

— Неожиданно, — констатирует муж. — И что это значит?

— Сейчас узнаем, — пожимаю я плечами, кивнув на экран, где теперь отображается вид огромных кораблей действительно незнакомой формы. Звездолеты в виде додекаэдров Человечеству неизвестны.

— Расшифровка языка, — комментирует разум «Сириуса». — Фиксирую маркеры агрессии.

— Ой... — тихо произношу я, потому что не знаю, как реагировать, а внутри у меня четкое ощущение, что все хорошо будет.

— Ульяну Синицыну в госпиталь, — это уже Вэйгу зовет, и мы с Ильей срываемся с места. Неужели что-то с Васей?

Видимо, поэтому мы и пропускаем первые переведенные разумом «Сириуса» фразы, не вникая в них совершенно. Я почти бегу в большой тревоге за малыша, влетаю в подъемник, а Илья скороговоркой уговаривает меня не нервничать. Только по дороге на уровень госпиталя понимаю, что можно запросить ситуацию с малышом через коммуникатор, что муж, скорее всего, как-то успел сделать. Поэтому я прижимаюсь к нему, виновато взглянув в глаза, но получаю вместо упрека только очень нежный поцелуй, успокаиваясь.

Тем не менее в госпиталь я почти вбегаю, но вижу только зеленый сигнал у Васиной капсулы. Детская капсула здесь одна, перепутать невозможно. Вэйгу, по-моему, отлично понимает мои чувства, потому открывает крышку, едва я только приближаюсь. А там... Три янтарного цвета глазика малышка смотрят на меня так, что я просто не могу сдержаться и беру свое чудо на руки. Илья сразу же как-то оказывается рядом, надевая на Васю широкий балахон, а я все не могу прийти в себя. Эмоции меня буквально захлестывают, и я просто не замечаю ничего вокруг.

А затем нас обоих обнимает Илья, и тут я чувствую себя действительно абсолютно защищенной. Счастье я чувствую, просто невыразимое.

— Васенька, родной мой, — целую я малышка,

видя немного необычную, но все же улыбку на маленьком лице.

— Гу-у-у, — произносит он, и меня снова нежностью буквально затопляет.

— Следователям явиться в рубку, — слышим мы напряженный голос Виктора Сергеевича, но я не хочу расставаться с Васей, что Илья понимает, конечно же.

— Так пойдем, — предлагает он, очень ласково сыночку улыбаясь.

И мы идем уже по направлению к подъемнику, а я рассказываю Васеньке о том, что мы видим вокруг. Почему у нас здесь стены светло-зеленые, что это за штука такая, а еще — как я рада, что он проснулся, потому что он мой очень-очень любимый сыночек. Мне кажется, Вася чувствует мои эмоции, я же прижимаю его к себе, чувствуя именно то, о чем мама как-то рассказывала: мое дитя.

Когда мы входим в рубку, Виктор Сергеевич кивает с таким видом, как будто ждал именно этого. Не только он, но и все офицеры улыбаются, глядя на ребенка, и Вася отвечает им так, что кажется мне — в рубке маленькое солнышко зажигается.

— Гости собираются уничтожить «возможных», — произносит Виктор Сергеевич, — обвиняя их в краже и убийстве детей.

— Это логично и многое объясняет, — вздыхает мой любимый муж. — И мы?

— Мы предлагаем вам приветствовать гостей по протоколу Первой встречи, — объясняет ему Защитник. — Возможно, сможем найти общий язык и отвлечь их от смертоубийства.

— Понял, — кивает Илья, а затем обнимает нас с Васей так, как будто и защищает, и хвастается одновременно.

Протокол Первой встречи — это список правил и инструкций поведения при Контакте, поэтому сначала звучат сигналы Приветствия и Дружелюбия, а затем наступит и наш черед. «Сириус» сейчас снимает маскировку, приспуская защиту, чтобы показать наше миролюбие, да спешит на всех парах обратно «Марс». Ну вот... Пора.

— Здравствуйте, Разумные! — радостно произношу я, потому что так положено. А еще невозможно иначе говорить, когда у меня в руках мое маленькое чудо. — Человечество приветствует вас! Мы идем с миром!

Изображение на экране моментально изменяется. На нем я вижу очень похожего и на «возможных», и на детей, нами спасенных, разумного. Он внимательно смотрит на меня, затем глаза его вытягиваются буквально в щелочку. Что это значит, я не понимаю, но жду его хода, а Вася в это время играет с моей сережкой.

— Здравствуйте, Человечество, — звучит наконец в ответ. — Таишр рады приветствовать братьев по разуму. Вы не похожи на убийц.

— Мы совсем к другой расе принадлежим, — отвечает ему Илья, обнимая нас с Васей покрепче.

— Вы хотите сказать, к нескольким, — поправляет его гость. — В ваших конечностях находится представитель чужой расы.

— Чужих детей не бывает, — произношу я, целуя свое чудо. — Это наш сын.

Кажется, именно этой моей фразы не хватало для взаимопонимания. Мы начинаем разговаривать уже совершенно спокойно, но тут мне приходится отвлечься, потому что Вася проголодался. Думая уже, где взять для него еды, я замечаю детскую бутылочку в руке обо всем подумавшего Илюши. Волшебный у меня муж, просто сказочный!

И вот так, осторожно кормя Васю, продолжаю разговор с нашими гостями. Именно их история и помогает нам увидеть картину полностью. Именно они рассказывают нам, что это за дети, откуда они, и как так вышло, что они исчезли. История, кстати, чем-то на случившееся с Винокуровыми походит. Даже очень, что говорит только о том, что история, как в древности говорили, любит повторяться. Но теперь-то уже все в порядке.

Между тем в систему приходит и «Марс», сразу же включаясь в общение. Похоже, нашим «возможным» не повезло. Их судьбу будут решать Разумные, а вот детей передадут родным. Поэтому история, получается, закончилась. Нас ждет теперь дорога домой, а там — Ладушка. Вот дети порадуются друг другу!

Илья Синицын

Приход в систему новых гостей меня не шокирует. Поначалу я думаю, что у нас тут небольшая заварушка начинается, типа войны, но затем «Сириус» начинает переводить. Мы спешим в госпиталь, где уже готов проснуться Вася, которому очень нужна сейчас будет мама, ну и папа тоже, но слушать перевод это мне не мешает.

— Проклятые убийцы! — без всяких эмоций

произносит «Сириус», то есть переводит дословно. К тому же, раз он так быстро подстроился, значит, язык нам чем-то знаком. Скорей всего они на одном говорят...

Глажу Улю, уговаривая не нервничать, и только в подъемнике до нее доходит. Это очень хорошо заметно по ставшим жалобными глазам. Я глажу ее, но продолжаю слушать переговоры. А тем временем гости обещают уничтожить планету, если им немедленно не вернут всех выживших детей. Не прошедшие нашей проверки «возможные» отвечают в том духе, что тогда умрут все дети, то есть у них получается тупик, ибо гостям знать, что на планете нет детей, неоткуда. Это значит — рано или поздно позовут нас, а пока...

Звезды, чудо какое! Я вижу, что малыш покоряет Улю моментально, но это чудо просто невозможно не любить. Меня захлестывает такой нежностью, что я совершенно пропускаю всю дальнейшую трансляцию перевода. При этом подумать о детской бутылочке, где именно для этого малыша предназначенная еда, успеваю. Но он действительно сказочное просто чудо, слов нет.

— Васенька, родной мой, — зацеловывает

сына Ульяна, при этом чуть ли не мурлыкая, как Ка-энин.

— Гу-у-у, — отвечает ей Вася, а я чувствую захлестывающую нас обоих волну нежности. Надо будет потом спросить, нормально ли это, а то, говорят, и от радости с ума сходят...

— Следователям явиться в рубку, — на этот раз, по-моему, это голос командира, значит, он что-то решил. Уля расставаться с сыном не хочет, да и мне претит мысль его оставлять, кстати, надо будет потом об этом подумать.

— Так пойдем, — предлагаю я любимой, отчего она вся прямо расцветает.

Вообще интересные у нас реакции на сына, на дочку настолько сильных не было, возможно, здесь не все так просто, или же... Допускаю ли я, что наши реакции могут быть следствием какого-то Васиного инстинкта? Вполне допускаю, но для нас это ничего не меняет. Именно поэтому мы сейчас идем в рубку втроем. Мне отчего-то кажется, что Виктор Сергеевич это предполагает, тогда он хочет просто показать наш Критерий, ведь чужих детей действительно не бывает.

Уля ведет себя именно как мама — разговаривает с сыном, рассказывая ему, куда мы идем, что находится вокруг, и как здорово будет отправиться после всего домой. Сдается мне, с гостями мы договоримся, судя по всему, с детьми сложилась та же ситуация, что с Марией Сергеевной и ее сестрами когда-то очень давно. Вот похоже на это. Пропали дети, вся раса принялась их искать и, наконец, нашла. Логично? По-моему, вполне. В любом случае, щитоносцам тут уже делать нечего. Ну, на мой взгляд.

— Гости собираются уничтожить неразумных «возможных», — произносит Виктор Сергеевич, едва мы входим в рубку, чем мои мысли подтверждает, — обвиняя их в краже и убийстве детей.

— Это логично и многое объясняет, — вздыхаю я, радуясь тому, что решение принимать не мне. — И мы?

— Мы предлагаем вам приветствовать гостей по протоколу Первой встречи, — объясняет он мне, кивнув на Улю с Васей. — Возможно, мы сможем найти общий язык и отвлечь их от смертоубийства.

— Понял, — киваю я, обнимая своих самых-самых. Учитывая, как разулыбались все в рубке, стоило нам только войти, загадки у нас еще не закончились.

Надо будет покормить Василия после Приветствия, а сейчас мы готовимся. Уля опирается спиной на меня, я обнимаю ее и Васю, а ребенок, мне кажется, просто счастлив. Интересно, на самом деле, это выглядит, со стороны, наверное. Такой вариант Контакта еще не наблюдался, потому что детей обычно убирают в защищенное помещение. Звучит тихий сигнал, что означает — пора.

— Здравствуйте, Разумные! — полный не просто искрящейся радости, а всеобъемлющего счастья голос моей любимой буквально обнимает каждого. По крайней мере, мной это ощущается именно так. — Человечество приветствует вас! Мы идем с миром!

И тут же переключается экран на входящий визуальный канал, позволяя нам увидеть гостей, а они нас видят сразу. Внешне они очень похожи на обнаруженных и спасенных нами детей, и чуть меньше — на неразумных, которые были «возможными друзьями». Я вижу одетых в одинаковую светло-синюю униформу гостей, стоящих шеренгой, а они видят нас, со вполне человеческим удивлением переглядываясь. Наконец, один из гостей делает шаг вперед.

— Здравствуйте, Человечество, — произносит он, внимательно глядя, кажется, мне в глаза. —

Таишр рады приветствовать братьев по разуму. Вы не похожи на убийц.

Понятно, кого он считает убийцами, но от его взгляда во мне растет желание обнять моих родных, защитив их от любой опасности. Однако надо отвечать, ведь не просто так же гость не повторил слова о мире?

— Мы совсем к другой расе принадлежим, — отвечаю я гостю.

— Вы хотите сказать, к нескольким, — поправляет меня гость, но я вижу, чувствую в его глазах улыбку и... вопрос? — В ваших конечностях находится представитель чужой расы.

— Чужих детей не бывает, — мгновенно реагирует моя Уля, целуя наше чудо. — Это наш сын.

Твердый ответ, и в глазах гостя удовлетворение. Я же уже понимаю: малышка покормить надо, потому протягиваю любимой детскую бутылочку. И, наверное, этот жест, демонстрирующий приоритет ребенка над всеми протоколами, полностью убеждает нашего гостя. Пожалуй, именно теперь он нам верит.

— Сейчас к нам группа Контакта присоединится, — улыбаюсь я. — Они лучше знают, как правильно с новыми друзьями говорить.

— Ты готов назвать меня другом? — негромко

спрашивает гость, а я в ответ объясняю ему, почему я так думаю.

Тут в систему входит «Марс», отчего становится немного шумно, но при этом никто нас не прогоняет, просто направляют на диван, стоящий возле двери. А у нас очень важная сейчас миссия — накормить чудесного и совсем не капризного ребенка, чем мы и занимаемся. На связь выходит Мария Сергеевна, с ходу объясняя гостям, что детей мы спасли всех, кого нашли, они получают медицинскую помощь, а затем...

— Вы с ними как со своими... — задумчиво говорит наш пока не представившийся гость. — Почему?

— Вам Ульяна ответила — не бывает чужих детей, — спокойно отвечает товарищ Винокурова. — Но вы сами разве не так же поступили бы на нашем месте?

Похоже, на этот раз мы обрели действительно друзей. Я понимаю это, пока наш гость рассказывает о спасенных нами детях, о том, какими они были; он говорит так, что безучастно слушать просто невозможно. Именно поэтому я не думаю, что нас обманывают. Но теперь у всей семьи Разумных вопрос с еще одной цивилизацией — что с ними-то делать?

Домой

Ульяна Синицына

Несмотря на то, что изначально новые друзья планировали неразумных уничтожить, они согласились, что следует позволить решать всем разумным расам, ибо дело касается не просто детей, но и Врага. Дальше с нашими новыми друзьями говорит уже группа Контакта, а нас подменит группа Петрова, потому что очень домой хочется. Нужно обустроить дом для детей, ну и для нас с Ильей.

Я занята Васенькой, но Илюша тем не менее просит Марию Сергеевну посмотреть нашего сыночка, ведь она же в контакте с Учителями, а Вася очень на них похож. Глава группы Контакта не отказывает нам, но при этом просит разрешения связаться с Архом — это главный у Учителей. И вот мы сидим уже в зале совещаний, ждем, пока Мария Сергеевна с «Марса» придет. Мы-то потом на «Сатурне» домой, потому что десант в таком количестве, выходит, и не нужен уже. У наших новых друзей и свой есть, так что мы вполне можем отправляться. Расследование наше подошло к концу, все виновные найдены, а возмездие не нашего ума дело. У нас двое детей и совершенно непонятное будущее.

— Здравствуйте, товарищи, — здоровается товарищ Винокурова, входя в зал совещаний.

— Здравствуйте, Мария Сергеевна, — хором отвечаем мы с Илюшей, и даже Васенька произносит свое «гу-у-у».

— Ой, какая прелесть, — умиляется глава группы Контакта, глядя на Васю. — И вас родителями считает, цепляясь... — она поворачивается к экрану, на котором уже появился Учитель. — Арх, он эмоционально излучает, это нормально?

— Это особенность расы, — звучит с экрана. — Малыш принимает и усиливает эмоции, направленные на него родителями.

— Поэтому они теряют связь с реальностью, — смеется Мария Сергеевна, а я удивляюсь, не очень хорошо поняв, о чем они говорят. Зато Илюша, похоже, понял, учитывая, что он мне начинает объяснять.

— Мы любим Васю, — рассказывает муж. — Очень. Он это чувствует и, усилив эмоции, возвращает их нам. У него так любовь проявляется — особенность расы.

— Но невозможно же не любить такое чудо, — я все равно не понимаю, что тут такого. — Сынок же просто волшебный.

— Смотри, Маша, вот так единение и выглядит, — изобразив щупальцами улыбку, произносит Арх. — Дети, вам нужно записывать свои особенности, чтобы идущим за вами было легче.

Единение, оказывается, присуще энергетическим цивилизациям потому, что им оно дается проще. Но суть его вовсе не в слиянии физическом, а именно в таких вещах, ведь единение, получается, следующая ступень развития чувства любви. И другие люди тоже будут испытывать подобное. Мы просто первые ласточки, и помочь таким же, как мы, просто необходимо.

— Хорошо, — соглашаюсь я, а думаю совсем о другом: подружатся ли Ладушка с Васей? Не будут ли драться? Не знаю, откуда у меня такие мысли...

— Так, Синицыны, — заулыбавшись отчего-то, произносит товарищ Винокурова. — «Сатурн» ждет, и чтобы как минимум месяц я от вас ничего не слышала. Это понятно?

— Понятно, — кивает Илья, а затем, попрощавшись, выводит меня из зала.

Я отчего-то мир вокруг себя, за исключением Ильи, очень сложно воспринимаю. То есть почти не воспринимаю, потому что все мое внимание концентрируется на Васе, и ему это явно нравится. Ну а кому бы не понравилось? По расписанию его кормить только через час. Из хороших новостей — Вася генетически совместим со всеми известными нам расами, даже с теми, с которыми мы несовместимы, что говорит о высоком уровне приспособляемости. Чувствую я, Вася нас еще не раз удивит, да и Лада тоже, а пока...

Илья ведет меня на «Сатурн», насколько я понимаю. Наши вещи попадут на десантный звездолет с помощью квазиживых, если уже не попали, а затем мы стартуем в сторону Минсяо. Там в госпитале Ладушка... Надо будет спросить докторов, как она, возможно ее уже домой можно забрать. Хочется с детьми устроиться в тишине и покое, не думая ни о Враге, ни о дикарях... Ой, еще надо выяснить, что с нами-то будет!

— Илюша, нужно с Феоктистовым связаться! — напоминаю я мужу.

— С Минсяо свяжемся, — кивает он. — А нам с тобой пора решить, где жить будем. На Драконии или...

— Давай родителей спросим? — предлагаю я, с чем он согласен, я чувствую.

Какая-то я сегодня погруженная в свои эмоции, оттого не воспринимаю ничего больше. Наверное, это потому, что у меня дети... Но с Ладой такого не было... Или просто малышке совсем плохо было? Вот выпустят ее из госпиталя, и узнаю. А пока я просто переставляю ноги, двигаясь туда, куда меня муж ведет. Я не замечаю ни подъемника, ни переходного шлюза, даже в галерее ни на что не реагирую, потому в себя прихожу уже в каюте.

Для нас обустроили «семейную» каюту, несмотря на то, что лететь совсем недолго. Но здесь можно полежать в покое те несколько часов, что отданы нам для... ой! Васю же кормить пора! Я устраиваю малыша на руках, уже точно зная, как именно ему комфортно, а бутылочку выдает наш папа, в смысле, Илья. Как-то очень быстро у меня меняется взгляд на вещи, интересно, у всех мам так? Надо будет обязательно спросить!

— Ты хочешь узнать у товарища Феоктистова, что будет дальше, — утвердительно произносит мой любимый муж. — Позволь напомнить, любимая, — нас обещала затребовать Мария Сергеевна, и я себе не представляю, что ее может остановить. Но пока мы, скорей всего, станем напланетниками, потому что будем очень нужны нашим детям.

— Я и забыла... — признаюсь ему, потому что действительно забыла.

Я настолько потерялась в силе общих эмоций, что, наверное, совершенно растеряна, но у меня есть Илюша, и он точно ничего не забывает. Хорошо, что он у меня есть, без него я бы совсем пропала. Я совершенно в этом уверена, как и в том, что он будет всегда. Странное у меня настроение сегодня...

Васенька засыпает, наевшись, а я все погружена в свои мысли. Оттого, что Илья меня обнимает и в руках спит мой ребенок, мне тепло очень на душе, а все, что было до тех пор, пока я не признала очевидное, кажется небывальщиной. Такое ощущение, что Илья был всегда... Наверное, так оно и есть, просто я ничего не замечала в прошлом, что-то кому-то доказать все пыталась. А счастье же не в том, чтобы доказывать, а совсем в другом. Я теперь только понимаю, в чем настоящее счастье состоит.

— Отдохни, родная, — любимый муж аккуратно, чтобы не потревожить Васю, укладывает меня на кровать. — Отдохни, тебе нужно.

Действительно, глаза слипаются, теплой волной накатывает сон, поэтому я засыпаю вместе со своим сыном, в ожидании встречи с дочкой. Все-таки я очень счастливая!

Илья Синицын

Мы летим домой. Уля, родная моя, такая красивая во сне, и малыш, лежащий на ней. Чудо настоящее. Не потому, что он усиливает наши эмоции, возвращая их, а просто потому, что ребенок. Наше дитя, пусть и иной расы. Для Человечества разницы нет, ведь мы разумные существа. И наши друзья придерживаются того же Критерия Разумности, а это значит, что подобное — норма. С дикими цивилизациями мы не общаемся, что и хорошо, на самом деле, — у них свой путь развития, вмешиваться в который не следует.

Остаются считанные минуты до выхода, а затем маневрирование в системе Минсяо — стыковка к госпиталю. Затем «Сатурн» выгрузит нас и полетит на главную базу. «Эталон» он заберет с собой, ибо скоростной звездолет для детей не слишком предназначен, а нам сейчас нужно очень бережно и осторожно двигаться на планету. Кто знает, как наши дети переносят полет, несмотря на то, что нет физических противопоказаний.

— Вышли, щитоносец, — доносит до меня трансляция слова вахтенного офицера.

— Благодарю, — отвечаю я, принявшись мягкими, нежными касаниями будить Ульяну. — Просыпайся, родная, время.

Нам пора собираться, о чем Уля знает, но ленится. Я осторожно забираю на руки не проснувшегося Васю, чтобы любимая могла подняться. После сна она уже не так ярко реагирует и не стремится сразу же забрать малыша. А, вот почему — она в направлении санитарной комнаты убегает.

— Вниманию щитоносцев, — звучит в трансляции голос командира звездолета. — Стыковка завершена, вас ждут.

— Благодарю, — с улыбкой отвечаю я, хоть

меня и не видят. — Уже идем.

Тут и Уля выскакивает, сразу же протянув руки к Васе. Я отдаю ей ребенка, еще раз улыбнувшись тому, как бережно она берет его. Прихватив наши сумки, двигаюсь в сторону двери, потому что заставлять ждать нас нехорошо. Любимая, насколько я вижу, связи с реальностью не теряет, двигаясь тем не менее очень мягко, чтобы Васеньку не разбудить.

Мы и здесь на командном уровне, поэтому я веду любимую к подъемнику. Раз завершена именно стыковка, то нам нужно в сторону шлюза, а не к переходной галерее. В общем-то, госпиталь на большой космической станции расположен, он «Сатурн» и на палубу принять может. Только вот никому это не нужно, не экстренная у нас ситуация. Надо, кстати, выяснить, как у нас с иммунизацией, хотя об этом, скорее всего, уже позаботились. Руки у меня заняты, не могу до коммуникатора дотянуться, а голосом не хочется — еще Уля нервничать начнет.

Подъемник очень мягко опускает нас на нулевой уровень, находящийся, насколько я помню схему корабля, прямо в геометрическом центре звездолета. Прямо от растворившейся двери можно увидеть и раскрытый нараспашку шлюз, что заставляет нас ускорить шаг. Подстраховав Улю, чтобы она не споткнулась, я двигаюсь вперед, замечая изменение цвета стен: здесь они светло-салатовые, гражданские, хоть это и Главный Госпиталь Флота.

Впереди маячит труба подъемника — нам туда. Спрашивать Улю, куда сначала, бессмысленно. Конечно же, к доченьке, поэтому я молчу. Звуков вокруг почти и нет, отчего кажется, что госпиталь вымер, но это, разумеется, не так. Подъемник, кстати, сам знает, куда нас везти, поэтому мы стоим молча, только Уля улыбается ласково, опершись на меня спиной. Я вижу ее улыбку в отражении зеркальной стены, откровенно женой любуясь.

Вот и нужный уровень, где прямо у подъемника нас ждет квазиживой в комбинезоне вспомогательного персонала, — по цвету одежды все узнать можно. Он, не говоря ни слова, отбирает у меня наши сумки, кивнув в сторону раскрытой двери отделения. Я киваю, таким образом благодаря, и приобнимаю Улю, от этого заулыбавшуюся еще ярче.

Теперь нужно... Хм... Сначала все-таки надо поговорить с врачом. Вопросами безопасности выписки Вэйгу не занимается, только живой или квазиживой, который может не только осмотреть, но и ощупать при необходимости. Инструкция такова, и нарушать ее без особой нужды никто не будет. А все потому, что каждый из нас с детства знает: инструкции написаны кровью, и глупых среди них нет.

— Ага, Синицыны, — слышу я голос, на который сразу же разворачиваюсь, чтобы увидеть квазиживого врача отделения. — Вы пришли показать нам сына, — утвердительно произносит он. — И спросить о дочери.

— Точно так, — от неожиданности отвечаю традиционным флотским согласием.

— Дочь вашу уже можно забирать, она вылечена и привита, — продолжает свою речь врач. — Но нагружать организм не стоит. Впрочем, что-то мне подсказывает, что вы ее будете на руках носить.

— Будем, — улыбается Уля, в руках которой широко зевает ничуть не испугавшийся Вася.

Квазиживой подходит поближе, быстро проводит выносным сенсором диагноста вдоль тела спокойно воспринимающего это действие Василия и удовлетворенно кивает. Улыбнувшись, зовет нас за собой, идя явно туда, где капсула доченьки стоит.

— По развитию вашему сыну почти год, дочери — три, — сообщает он нам. — Я знаю, выглядела она старше, но сейчас сравнялась. Дети здоровы, насколько мы можем судить, с людьми совместимы, включая медикаменты и продукты питания.

Квазиживой продолжает объяснять нюансы ухода за щупальцами, как часто можно купать, в какой воде, при этом он советует поначалу за детьми наблюдать. Ну это логично — им познакомиться надо, привыкнуть друг к другу, да и к нам тоже. При этом с полгода они точно дома, а там посмотрим, как у нас с детским садом получится, загадывать пока точно не будем.

И вот мы стоим рядом с капсулой. Крышка открывается, ребенка внутри немедленно укрывает покров. Ладушка просыпается медленно, сначала открывая центральный глаз, а затем уже и два остальных.

— Смотри, Васенька, — произносит Уля. — Это твоя сестренка, Лада.

Она передает издающего неидентифицирумые звуки сына мне, а сама берет на руки нашу Ладушку, буквально купая в своей нежности. В следующее мгновение в палате на мгновение гаснет свет, а я будто тону в ощущениях ласки, любви и тепла. Это будет непросто, учитывая, что оба ребенка у нас значительно усиливают эмоции, на них направленные.

— Да, непросто будет, — вздыхает доктор, аж присевший от силы чувств, разлитых в палате. — Но мы подумаем, как сделать так, чтобы малыши смогли находиться среди других детей. А то оглушает, честно говоря.

— Тогда мы полетим домой? — интересуется Уля.

— Возражений не имею, — улыбается квазиживой.

Нас, как я уже знаю, ждут на Драконии — родители промеж собой договорились, связались с врачами и выбрали наиболее подходящую детям планету. Именно поэтому нас сейчас заберет специальный автоматический борт, чтобы доставить домой. Для рейсового мы пока не подходим просто по инструкции. Так что надо двигать домой, надо. Там мамы, папы, бабушки с дедушками и наконец-то немножечко покоя.

Счастливая семья

Ульяна Синицына

Малыши вцепляются друг в друга щупальцами, отчего их удобнее нести, но все мои страхи при этом просто становятся бессмысленными — не будут они драться. Почувствовавшие друг друга Лада и Вася показывают себя действительно близкими, а медицинский катер уже пристыковывается к нашему летающему дому. Как родители сумели перегнать дом Ильи с Чжэньлеса, я и не знаю, но теперь вижу, что наш дом стал больше. Наверное, и для нас с любимым помещения появились, потому что мы же семья, и дети у нас...

Кстати, с того момента, когда дети увидели друг друга, Вася больше не излучает. Возможно ли, что они рождаются парами? С этим еще врачам разбираться, а мы сейчас домой летим. Чуть вздрогнув, катер показывает, что прибыл на конечную точку, а это значит, нам можно выходить. Илья мягко берет на руки Васю и Ладу, против чего ни они, ни я не возражаем. А чего против папы-то возражать? Вот что странно еще — я тоже перестала судорожно за детей цепляться.

— Иди вперед, родная, — мягко говорит мне муж, улыбаясь детям, которые все так же сцеплены щупальцами, но при этом смотрят на него двумя глазами из трех.

— Да, милый, — соглашаюсь я.

Выйдя через шлюз, моментально попадаю в объятия родителей, а за мной и Илья с детьми. И его, и мои родители ведут себя совершенно одинаково, искренне радуясь детям, что они, я знаю, чувствуют. Мне кажется, между нами установилась та мифическая связь родителей и детей. Это, на самом деле, доказывалось не раз — тот факт, что родители детей чувствуют, — но ученые этого точно сказать не могут. Впрочем, мне и не надо, достаточно того, что я чувствую. Такое ощущение, что наше с Ильей единение приняло в себя и Васю с Ладушкой.

— Какие лапочки, — умиляются наши мамы.

Как бы не запутаться, где чья. Это я шучу, конечно. Просто родители Ильи, как и мои, к нам обоим как к родным относятся. Полагаю, это норма, потому что мы семья, а для родителей сейчас внуки важнее нас. И Ладушка с Васенькой очень хорошо чувствуют, что они важны, нужны, любимы.

Нас, разумеется, сразу же за стол усаживают. Сейчас мои дети будут пробовать молочную кашу с ложечки, потому что сами они пока есть не умеют. Ладушка уже может, но, видимо, ей комфортнее, когда ее кормят. Надо будет подумать, как адаптировать столовые приборы для щупалец, чтобы малышам было удобно.

— Здравствуйте, Игорь Валерьевич, — вдруг произносит Илюша, а я понимаю: это товарищ Феоктистов с ним связался. — Есть, понял, — отвечает он, а потом поворачивается ко мне: — Полгода мы в отпуске, а там посмотрим.

— Ура, — реагирую я, продолжая кормить своих малышей — ложечку Васе, ложечку Ладе.

— Кровати для малышей поставили у вас в спальне, — информирует меня папа. — Их можно сдвинуть.

— Судя по всему, — Илюша опять отрывается

от еды, — одна кровать им нужна. Расцепляться они не хотят.

— Им так комфортнее, — замечаю я, погладив обоих детей.

Родители считают, что раз комфортно, то пусть так и будет. Лада и Вася, поев, широко зевают, явно намекая родителям на то, что надо их спать уложить. Кивнув этим мыслям, я встаю из-за стола, ну и Илюша со мной. Его и моя мама с нами идут, чтобы показать, где теперь что. Выходит, что у нас как бы три отдельные квартиры — для взрослых и для нас, при этом есть общие помещения: столовая, кухня, игровая... Что-то подобное было в древности, где-то я читала, кажется, надо будет потом Илюшу спросить, потому что муж все помнит. А что не помнит, то знает, где посмотреть.

Кровати у малышей — два полукруга, и вместе они составляют полный круг. Я замечаю, что обоим так комфортнее, чем было Васе в стандартной. Учитывая, что они единственные представители этой расы, многое нам нужно изучать прямо так — наблюдая за детьми. Сейчас их реакции в основном физиологические, как подрастут, они, конечно, изменятся — воспитание и окружение поработает.

Я пою детям колыбельную, ту самую, которую пела мама, но затем удивляюсь, ведь в мое пение вплетается и голос Ильи, причем очень гармонично, как будто мы репетировали. Как много я о муже, оказывается, не знала! А он изучил все мои привычки, взгляды, даже вот песню колыбельную выучил, и все ради меня. А я и не замечала ничего... Так странно все изменилось всего за месяц... Я уже и замужем, и двое детей есть, пусть и непохожих на нас.

Сладко уснувшие дети, мне кажется, чуть-чуть меняются внешне, но точно сказать это невозможно. Я точно знаю: они будут счастливы, ведь ничего плохого произойти уже не может. На сегодня, кстати, объявили еще и Трансляцию, это значит, что Разумным расскажут и о расследовании, и о встреченных нами дикарях, ну и о новых друзьях, конечно. Надо будет послушать, ведь вряд ли нас дернут? Хотя...

— Любимый, а нас в Трансляции не задействуют? — интересуюсь я, поглаживая спящих детей по головам, отчего они улыбаются сквозь сон.

— Сегодня нет, — качает он головой. — Через «некоторое время», как сказал товарищ Феоктистов, так что пока расслабься.

— Очень хорошо, — я согласна с такой постановкой задачи, потому что мне сейчас не хочется ничего — меня муж обнимает, дети спят... Надо будет их к горшку приучать, играть с ними, ну и посмотреть, как развиваться будут.

— Кто бы спорил, — отвечает мне Илюша. — Дети, как проснутся, отправятся фильм для малышей смотреть, а потом будем с ними играть.

— Будем, — киваю я, потому что такой план мне нравится. — Кстати, тебе не кажется, что они чуть меняются?

Но Илья ничего не отвечает, только улыбнувшись мне в ответ. Наверное, он что-то знает, или, может, предполагает, но пока говорить не хочет. Муж, пока не уверен, точно не скажет, я его знаю. Значит, нужно подождать, понаблюдать... Доктора, если что, к нам очень быстро прилетят, так что волноваться не о чем.

Непривычно так — расследование закончено, все детали раскрыты, остаточки подчищают группы расследования, но в любом случае для нас уже все. Отвыкать от этого сложно очень, даже если учитывать, что само следствие меня сильно изменило. Дважды или трижды я получала сильный шок, и кто знает, что было бы, не окажись рядом Илюши... Но вся история меня изменила. Я теперь знаю, что кроме людей существуют и нелюди, способные на очень страшные поступки. Наверное, это надо показать Разумным. Чтобы, принимая решение, люди и наши друзья понимали: подобное повториться не должно.

Да, точно надо показать!

Илья Синицын

Трансляция поражает, конечно. По-моему, она самая крупная из всех за последние годы. Начинается она с мемо-записи того, что видела Ксия, — падение экскурсионного звездолета на планету, затем следует рассказ и обо всем, что удалось нам установить, включая детей разных цивилизаций. А после этого уже и обнаружение планеты с детьми и куклами...

— Таким образом, — вещает товарищ Феоктистов, — следователями по особо важным делам было установлено, что дикари использовали живые инкубаторы в связи с тем, что сами размножаться не желали.

— Но тогда откуда дети? — звучит вопрос от кого-то с линии трансляции.

— Это не их дети, — вздыхает глава «Щита».

— Дети были украдены у представителей родственной расы.

Это, пожалуй, приговор, согласен. Но теперь Разумным нужно решить, что именно делать со всеми этими дикарями, сотрудничавшими с Врагом против собственных детей. Это очень важный вопрос, и я с ходу даже не могу представить себе, что теперь. Ясно, что опасности для Ка-энин больше нет, дети наших новых друзей полностью переданы им. Но что делать с виновными?

Пока малыши смотрят фильм о том, что такое Человечество, мы с Улей заняты Трансляцией. Еще раз просмотрев всю историю, я понимаю: на исправление надеяться бессмысленно. Одна цивилизация в погоне за властью завела себя в тупик, вторая — потакая себе во всем, занялась грабежом и убийствами. Всякое существо имеет право на жизнь, но эти две расы создали опасность для Разума. На их руках кровь всех уничтоженных Врагом рас, в их черных душах нет ни капли раскаяния. И даже сейчас, сидя на блокированных планетах, они строят свои низкие планы уничтожения всего, что не похоже на них.

— Следователям есть что сказать? — интересуется товарищ Феоктистов, отчего дискуссия замирает.

— Знаете, товарищи, — прижав к себе Улю, я тяжело вздыхаю, — за время расследования мы видели столько подлости, жестокости, мерзости, что я бы их всех просто уничтожил и забыл, но так нельзя.

— Не мы даровали им жизнь, — подхватывает любимая. — Они завели себя в тупик, потому таким существам не место в одном с нами пространстве. Но возможно, Академия творцов может что-то предложить?

— Академия творцов? — удивляется Наставник — его голос хорошо известен всем. — Это очень интересная мысль. Ну-ка, Сережа, что скажешь?

— Теоретически можно создать искусственную ветвь реальности, — задумчиво произносит кто-то, и я догадываюсь: это еще один Винокуров. — Если нам Учителя помогут.

— Что значит «искусственную ветвь реальности»? — интересуется командующий Флотом.

— Как вы знаете, — вступает Арх, так зовут представителя расы Учителей, — параллельные нашей ветви реальности в большей степени уничтожены, но есть и отдаленные, на нашу совсем непохожие. У вас принято их называть параллельными пространствами, хотя термин не совсем верен. Творцы могут создать такую ветвь, берущую начало в любой момент времени.

— И тогда там будут звезды и планетарные системы, — продолжает товарищ Винокуров. — Только все останется ограниченным одной галактикой, а кроме указанных рас больше жизни не будет. Получается, что-то вроде огромной тюрьмы, но если они смогут развиться, то найдут путь в другие миры.

— А могут они развиться, оставаясь такими же? — не очень понятно интересуется девушка с кошачьими ушками на голове, но визуально она не Ка-энин.

— Нет, — изображает щупальцами жест отрицания Арх. — Развитие — оно прежде всего в душе. Потребитель не сможет творить.

По-моему, выход мы нашли. Творцы создадут небольшой ограниченный мир без возможности развития, дикари будут переселены туда, а мы сделаем новый шаг по пути познания. Интересно, если все получится, то эпоха сменится? Надо поинтересоваться, хотя, наверное, вряд ли. Несмотря на то, что Человечество освоит что-то новое, но это будет самый первый, насколько я понимаю, опыт, да еще и для наказания использованный, а по критериям...

— Кажется мне, малыши возраст как-то синхронизируют, — говорит мне Уля, показывая на Ладу.

— Думаешь? — интересуюсь я в ответ, а сам уже тянусь к коммуникатору, чтобы спросить совета.

С ходу совета спросить не удается, потому что к нам сразу же срываются доктора. Вася и Лада у нас единственные такие, поэтому через пятнадцать минут прибывает квазиживой из местного госпиталя, синхронизовавший знания о наших малышах через Вэйгу. Оказывается, квазиживые это умеют, а я и не знал.

— Что случилось? — интересуется он, заходя в комнату, где дети продолжают смотреть фильм, никак на гостя не отреагировав.

— Уля считает, что малыши как-то синхронизируют возраст, — объясняю ему наше видение ситуации.

— Ну давайте посмотрим, — улыбается квазиживой, доставая из кармана компактный сенсор удаленного сканирования. Прибор докладывает прямо в госпиталь, а там уже разберутся.

Быстро проведя сенсором вдоль тел Васеньки

и Ладушки, врач улыбается, ожидая реакции госпиталя. Мы тоже ждем — показалось или нет? Спустя некоторое время на лице квазиживого проступает удивление. Он будто хочет что-то сделать, но останавливается, а затем просто улыбается нам.

— Вам не показалось, — произносит наконец врач. — Возраст развития девочки снижается, а мальчика увеличивается, но пока ненамного. Скорее, девочка подстраивается. Кроме того, у них формируются и руки из группы щупалец.

— То есть они морфируют? — уточняю я, помня о случае Марии Сергеевны с неизвестным ребенком.

— Да, — кивает квазиживой. — Но без фанатизма. По крайней мере, ложку держать смогут.

Это уже очень хорошая новость. А вот то, что дети изменяются, явно приспосабливаясь к обществу, где теперь живут, — необычно, но тоже хорошо, ведь тогда не нужно будет придумывать что-то особенное, малыши смогут нормально поесть в детском саду... Вот о детском саде надо будет хорошенечко поразмыслить, а пока покормить наших хороших и затем, наверное, отвезти в Детский Центр — это практически огромная игровая площадка. Ведь им нужны товарищи по игре, которые многому научат, ну и друзья, наверное, тоже.

Интересно, а что ждет нас с Улей? Судя по тому, что во время Трансляции сказал товарищ Феоктистов, скорее всего, трогать нас будут действительно по самым важным вопросам. Но неужели мы будем просто просиживать комбинезоны? Нет, я думаю, Игорь Валерьевич и Мария Сергеевна что-нибудь придумают интересное, чтобы мы от тоски не захирели. Значит, положусь на них, а сейчас надо кормить доченьку и сыночка. Пора уже.

Обычная жизнь

Ульяна Синицына

Время пролетает совершенно незаметно, вот уже и первый шаг сделан, первое слово сказано. Дети страшно удивились, когда у нас был праздник по поводу первого слова, причем у Лады оно было «папа», а у Васи — «мама». Радовались всей семьей, ведь праздник же!

Каждый день у нас праздник и большое приключение, потому что ходят малыши пока небыстро, а вот на четвереньках передвигаются с такой скоростью, что не всегда угнаться можно. Но сегодня у нас особенный день — мы летим в детский сад. Врачи говорят, уже пора, Вася и Лада не возражают изо всех сил. Очень им в

Детском Центре нравится, а там большинство детей уже...

— Ну, собираемся, — сразу же после завтрака произносит муж.

— Ура! Садик! — звонко сообщает Ладушка, а Вася у меня молчаливый.

— Одеваемся, — улыбаюсь я им, думая о том, как все изменилось.

Неожиданно для врачей, мои хорошие нагнали себе возраст тела до почти трех лет. Насколько я понимаю, произошло это из-за Детского Центра. То есть наши дети могут меняться в довольно широких рамках, но просто этого не хотят, потому что видят — их любят. Они это не только чувствуют, но и слышат, видят, понимают. Поэтому очень счастливыми растут. Здесь для них врагов нет, приспосабливаться не нужно, и наши дети чувствуют себя комфортно.

Электролет нам, разумеется, предоставили семейный. Хотели еще индивидуальные, но для нас это лишено смысла — единение не предполагает путешествий поодиночке. Это, кстати, выяснилось случайно и сильно меня перепугало: стоит мне потерять Илью из видимости дольше чем на четверть часа или около того, и я плакать начинаю, причем не могу объяснить почему. Ему без меня тоже грустно делается, оттого записали это в особенность единения и теперь просто учитываем.

Вот кресла бережно принимают наших детей. Электролет этот сделан специально для нас: чтобы не мешать щупальцам младших и было комфортно старшим. Ведет его навигатор, хотя ручное управление, как дань традиции, есть. Из «Щита» нас никто не уволил, поэтому и ручное управление, и особые полномочия, пользоваться которыми без очень особой нужды мы не будем.

— Маршрут к детскому саду, — сообщает навигатору Илюша и разворачивается в кресле к нашим детям. Обычно в электролетах кресла не поворачиваются, но так сделали именно для нас.

— Маршрут принят, прибытие пятнадцать минут, — подтверждает принятие команды навигатор.

— Вася, Лада, если что-то беспокоит — нажимаете сенсор, хорошо? — в сотый раз инструктирует детей папа.

С детскими коммуникаторами пока сложно, поэтому они на ноге укреплены, пока руки полностью не сформировались. На самом деле, конечности гибче рук, но ложку уже держат, очень цепкие у нас малыши. Щупальца тем не менее остались, по четыре у каждого, они находятся в постоянном движении. Возможно, служат для того же, что и у Учителей — для выражения эмоций, хотя, возможно, я и ошибаюсь.

В первый день мы можем присутствовать с детьми в саду, потом уже медленно отдаляясь, но вот как будет с нашими, никто не знает, поэтому сегодня там же собираются дежурить специалисты. Все-таки я думаю, что Вася с Ладой сами отлично справятся, но немного волнуюсь за моих маленьких, а вот муж спокоен, и своими эмоциями меня еще успокаивает, потому что мы чувствуем друг друга.

— Пойдем, — отвлекает он меня от раздумий.

Мы уже прибыли к ажурному и очень красивому зданию детского сада. Все подобные учреждения на планетах Человечества выглядят одинаково, потому они малышам знакомы. Нас встречает воспитательница, протягивая руки Васе и Ладе. Сын некоторое время раздумывает, а потом кивает.

— Ты добрая, — уведомляет он воспитательницу по имени, насколько я помню, Зоя. — Пошли.

Лада, что характерно, ничего не произносит, а просто протягивает вслед за братом руку. Доверие у них абсолютное. У нас, впрочем, тоже, просто так принято в семье — нет места для лжи. По-моему, все Человечество знает простую истину: детей обманывать нельзя. Ну и наши идут не оглядываясь, а следом мы, но у самой двери меня останавливает муж.

— Зоя, — обращается он к воспитательнице, — мы тут подождем.

Она кивает, а я... Я доверяю мужу. Если он меня остановил, значит, что-то чувствует. Вася и Лада не беспокоятся, а мы возвращаемся к электролету — ждать. В первый день дети в садике ненадолго — до первого беспокойства, при этом их коммуникаторы нам все рассказывают. А на чутких приборах у нас спокойствие — нет тревоги у наших малышей, что очень хорошо. Похоже, регулярные поездки в Детский Центр существенно помогли.

Тихо жужжит коммуникатор у Ильи, что означает — не родители. Родители или вызывают обоих, или начинают с меня, а если с мужа начали, то это совершенно точно по работе. Интересно как, ведь мы еще в отпуске считаемся? Или уже нет? Надо будет уточнить. Илья же заканчивает разговор и поворачивается ко мне, сразу же обняв. Все-то он чувствует...

— Нас завтра, если дети нормально детсад

перенесут, приглашают на «Марс», — объясняет мне муж суть вызова. — Он придет в систему, электролетом на орбиту доберемся.

— А мотив? — копирую я одну интересную книгу, которую мы прочитали очень давно.

— Хотят поговорить, — пожимает плечами Илюша. — Насколько я понимаю, на предмет нас делом занять.

— Интересно... — реагирую я, потому что любопытно, конечно.

С планеты нас не заберешь — у нас дети, формально мы в отпуске, тогда какова причина подобного вызова? Непонятно, на самом деле, но подождать нужно совсем немного — завтра наступит быстро. Пока же мы усаживаемся в электролет, ожидая наших детей. Судя по тому, что я вижу, они вполне готовы расставаться с нами, если точно знают, что мы никуда не денемся. Но сегодня их подержат только до обеда максимум, раз они не беспокоятся, а завтра тогда уже с утра до вечера. Детям нужно развиваться, общаться с разумными, играть и учиться, вечно с родителями они сидеть не могут. Точнее, они-то могут, но так неправильно просто.

Значит, завтра нас ждут, а сегодня мы еще побудем остаток дня с Васей и Ладой. Зубы у них в рост пока не пошли, но врачи нас успокоили — они имеются в наличии, значит, это не «патология», а особенность развития. Поэтому у детей сейчас каши, пюрированные овощи, некоторые фрукты — специальное питание, о чем детский сад, разумеется, в курсе.

Судя по коммуникатору, детям там хорошо. Вот и ладненько, как Илюша мой говорит.

Илья Синицын

Дети как-то сразу очень хорошо себя чувствуют в детском саду, что высвобождает наше время. Несмотря на то, что мы очень их любим, им нужно развиваться — и нам, что греха таить, тоже. Теперь уже, осознав, как помогли нам детективы древних времен, мы можем более предметно работать с учебниками древности, ведь мнемографа в Темных Веках не было, а преступления раскрывались.

Отвезя нетерпеливо подпрыгивающих сына и дочку в детский сад, мы возвращаемся к электролету. Сегодня мы здесь не остаемся, потому что Вася и Лада отлично себя чувствуют среди других детей, а нас приглашают на разговор. Специально для этого прибыл на орбиту

Драконии «Марс», что говорит уже о многом — гонять звездолет группы Контакта просто так не будут. Любопытно мне очень, ну и Уля чуть не копирует дочку от нетерпения.

— Полетели, родная, — произношу я, поцеловав любимую в висок.

— Ага, — кивает она, залезая в электролет.

— Маршрут — орбита, посадка на «Марс», — отдаю я приказ навигатору, а сам кладу ладонь поверх руки жены.

— Принято, — коротко отвечает умный прибор.

Мы взлетаем, а я погружаюсь в размышления. Казалось бы, совсем недавно двое юных лейтенантов, едва-едва из Академии, сдернутые по тревоге, входили в свою новую жизнь, еще даже не представляя, с чем столкнутся. Уля моя любимая тогда еще держала меня на расстоянии, считая, что я ей только мешаю, я лишь мечтал однажды обнять ее, а потом все как-то понеслось, закрутилось... Это расследование стало для нас обоих не только вызовом, но и очень серьезным испытанием, избавив от, как в древности говорили, «розовых очков». Хотя Уле тяжело пришлось...

Наверное, именно та встряска сломала ее

сопротивление, но вот откуда взялось само единение, для меня загадка. Выглядит, как награда за что-то, но за что? И кто может так наградить? Тем не менее загадка, конечно, как и все дары. Вопрос «Почему мы?» можно задавать бесконечно, с загадками даров бьются ученые не первую эпоху, но разгадки просто нет. Единственное, что установили: частота появления зависит от развития разума в нашем понимании, то есть от души, принятия других, понимания, а вовсе не от мощности двигателей и величины пушек.

Несмотря на то, что Человечество не воюет, боевой Флот у нас есть, традиция такая. И уже не раз он нам пригождался, поэтому мы, конечно, идем с миром, но вовсе не беззубые, что очень хорошо понял Враг. И мы с Улей — часть Флота... Да, пожалуй, ничем другим заниматься у нас не получится, изменило нас это расследование, полностью изменило. Повзрослели мы.

— Достигнута конечная точка маршрута, — сообщает навигатор, так как я, видимо, толчок парковки пропустил.

— Пойдем, родная, — улыбаюсь я Уле, давя в себе неожиданно проснувшееся желание взять ее на руки.

— Пошли, — улыбается она мне. — Дома поносишь, — добавляет моя любимая.

— Почувствовала, значит, — понимаю я, вылезая сам и помогая милой.

— Ага, — кивает она, о чем-то задумавшись.

Куда именно нам идти, я уже знаю — коммуникатор сообщил. Ждут нас на командном уровне, в зале совещаний, что вполне логично, учитывая, что позвали именно поговорить. Вот почему я отдаю команду комбинезону принять строевой вид. То есть вид униформы щитоносца. Уля, мельком взглянув на меня, кивает и проделывает все то же самое. Теперь мы оба темно-синенькие. Знаки различия синхронизованы с Главной Базой, потому проступают сами.

Привычно бросив взгляд на шевроны любимой, вижу изменение количества и качества. Раньше у нас на шевронах планеты красовались, отмечая первые офицерские звания, а тут вдруг галактика целая. То есть у Ули и, скорее всего, у меня вдруг изменилось звание на средний офицерский состав. Это уже интересно, потому что так бывает крайне редко, и чаще всего подобное означает какие-то особые условия. Любопытно.

Подъемник привычно возносит нас с Улей на

командный уровень, я настраиваюсь на встречу с командованием, хотя изменение звания меня и удивляет. При этом щит не желтый, как положено, а скорее цвета морской волны. Не помню такого обозначения в цветовой таблице. Это, кстати, тоже необычно, но, думаю, нам все объяснят.

— Капитан-лейтенанты Синицыны явились, — по старинной флотской традиции озвучиваю я очевидное, входя в зал совещаний.

Звезды, сколько же тут народа! И группа Контакта в полном составе, и обе наши базовые группы расследования, и флотское командование во главе с адмиралом Винокуровым, да и товарищ Феоктистов. Это что здесь такое планируется? Несвойственное мне желание убежать я давлю усилием воли, незаметно для остальных погладив Улю. Понятно, чье это желание, но нервничать не будем, ибо чему быть — того не миновать.

— Это хорошо, что вы явились, — произносит товарищ Феоктистов, не предлагая нам присаживаться, отчего неприятно екает где-то внутри. — Товарищ Винокурова, прошу.

Интересно, с чего вдруг Винокурова? Или это потому, что мы приписаны к ее группе, как она и обещала? Ну, допустим. Тогда все логично: Мария Сергеевна нам будет озвучивать наши планы на ближайшие, как я подозреваю, годы. Впрочем, этого следовало ожидать, поэтому просто стоим и ждем.

— Ваши коллеги, — глава группы Контакта обращается к щитоносцам, — используя свои знания, сумели обнаружить и устранить опасность для Разумных. Картины, которые они увидели, едва не сломали капитан-лейтенанта Синицыну, но они справились, — она подходит к нам поближе. — Орден Разума вручается нечасто, но вы оба честно его заслужили.

От неожиданности я на мгновение теряю дар речи. Орден Разума вручался считанные разы за всю историю Человечества, и всегда по общему решению. Что-то я не помню Трансляции по этому поводу. Нас могли, конечно, из нее исключить, но родители... И тут я понимаю: родители просто не хотели портить сюрприз. Этот орден — олицетворение всего того, что и есть Человечество — вручается только по очень особым случаям. Я даже и не упомню, за что его вручили в прошлый раз.

— Это решение всех Разумных, товарищи офицеры, — улыбается нам товарищ Феоктистов.

— Благодарю за отличную работу. И у нас есть для вас важное задание.

— Так, — сосредотачиваюсь я, доставая наладонник.

— С завтрашнего дня вы в виртуальном режиме начнете преподавать в Академии, — спокойно объясняет он. — Будете передавать свой опыт и знания курсантам.

— В самой Академии? — удивляется Уля, а я даже и не знаю, что сказать.

— В самой Академии, — кивает улыбающаяся Мария Сергеевна.

Назначение преподавать для совсем юных офицеров — это что-то из области сказок, потому что так точно не бывает, но вот оно... Вдобавок виртуальный режим означает, что на Гармонию летать каждый день не придется. За это спасибо нашим командирам, потому что дети могут позвать в любой момент, и пока лучше от них далеко не отлучаться. Ну что же, Академия так Академия.

Преподаватели

Ульяна Синицына

Как-то втягиваемся мы потихоньку. Вася и Лада в детском саду, мы днем на лекциях, а вечером с детьми. Не настолько страшно оказалось преподавание, хотя вначале я, конечно, опасалась насмешек. Но оказалось, что курсанты — вполне взрослые люди и пришли учиться. Они лежат в своих капсулах, мы в своих, а то, что между нами двойной переход, никого не волнует. Сегодня у нас лекция по теории допроса, поэтому начинает ее Илюша, а я подключусь попозже.

— Здравствуйте, товарищи, — спокойно говорит муж. — В древности, как вы знаете, мнемографов не существовало, поэтому наши предки использовали различные методы отключения сопротивления подозреваемого. К таким методам относился и метод терморектального криптоанализа.

— А что это такое? — удивляется курсант Балашихин, сидящий за первым столом в четвертом ряду. Главное мне сейчас не улыбаться, потому что Илюша сейчас шутит.

— Воздействие высокой температурой на задний проход подозреваемого с целью получения информации, — любезно отвечает мой муж и делает паузу.

За то время, пока он молчит, курсанты, обладающие живым воображением, пытаются справиться с тошнотой. Да, шутка так себе, но им нужно понимать, что далеко не все методы хороши. Теперь наступает мое время. Я нахожусь сейчас в виртуальной камере, точно повторяющей мрачные подземелья Темных Веков. Сейчас будет демонстрация, правда, без пыток...

— Взять его! — резко выкрикивает Илюша, показывая пальцем на нашу сегодняшнюю жертву.

Остальные курсанты будут наблюдать, а пока оглушенного командой любознательного курсанта грубо вытаскивают из учебного класса, чтобы затем закинуть в эту самую камеру. Его привязывают к стулу. Несмотря на то, что это только виртуал, он все чувствует на себе и сейчас совершенно растерян, я вижу это.

— Ну что, голубь... — из-за яркого света лампы на моем столе он ничего не видит, зато слышит отлично. — Будем признаваться?

— Я ни в чем не виноват! — выкрикивает он, совершенно не понимая, что происходит.

— Согласно докладу, нами полученному, — в створ лампы, частично прикрывая свет, я вношу лист бумаги. Не настоящей, конечно, мы настоящую бумагу давно не используем, — не далее как вчера ты подбивал своих товарищей на самоволку.

На самом деле взяты реальные его слова и чуть искажены так, что выходит он у нас провокатором нарушения, а за такое и из Академии вышибить могут. Я допрашиваю спокойно, иногда срываясь на крик, обещаю ему всякие ужасы, вроде отказа в разумности, помещения в зоопарк и прочие несуразности. Когда он уже почти готов, в камеру вальяжно входит квазиживой. Ну изображение, конечно...

— Что ты с ним тут возишься? — зевнув, спрашивает он. — Он все равно сдох уже.

— Ка-а-ак? — пораженно спрашивает курсант.

— А вот смотри, — показывает ему наладонник квазиживой. — Все честь по чести: курсант Балашихин погиб в результате несчастного случая — перепутал двери и вывалился в Пространство.

Тут загорается синий сигнал, прерывая симуляцию. Курсант вдруг оказывается в учебном классе, его обнимают друзья, зло поглядывая на нас с Илюшей, а я замечаю, как в глазах некоторых появляется понимание. Осознание того, зачем это сделано.

— Вы все видели допрос по правилам древности, — вздыхает мой муж. — Запомнили? — я вижу кивки. — Учтите: так обращаться можно только с врагом. С подозреваемым — нельзя. Только если от его информации зависят жизни, вот тогда...

— Вы дали мне почувствовать, чтобы не было желания идти простым путем? — негромко спрашивает еще дрожащий Балашихин. — Спасибо вам.

И вот тут доходит до остальных: что это было и зачем. Курсанты поднимаются с мест, демонстрируя уважение, а я понимаю, что горжусь ими. Как преподаватель, как щитоносец. Они у нас молодцы. Даже Балашихин вместо обиды понял, зачем через подобное провели именно его, и благодарит за урок.

— Вы молодцы, ребята, — улыбаюсь я. — А теперь перейдем к собственно технике ведения допроса. В первую очередь...

И начинается уже привычная лекция. Практический опыт у них еще будет, тренировочные программы по старым книгам составлены, но вот допрашивая виртуальных существ, они всегда будут помнить бледное лицо своего товарища и глаза, полные паники. Поэтому я уверена в каждом из них.

Я рассказываю о разных типах страха, о том, как убедить говорить правду, как раскачать сопротивляемость перед мнемографированием. Надеюсь, им это не пригодится, потому что мнемограф обычно решает все проблемы, но кто знает, откуда выскочит очередной сюрприз, поэтому пусть лучше знают, чем не знают.

— На этом на сегодня все, товарищи, — заканчиваю я лекцию. — Встретимся завтра.

— До свидания, товарищ капитан-лейтенант, — прощаются с нами курсанты, после чего аудитория гаснет, а я открываю глаза в преподавательской капсуле.

Рядом со мной поднимается кожух второго аппарата, из которого тут же появляется Илюша. Он очень по-доброму мне улыбается, а я чувствую лёгкую тошноту. Неужели сегодняшняя демонстрация на меня так повлияла? Да нет, не может быть, наверное, я просто проголодалась. Конечно, нельзя исключать внутреннюю реакцию на подобные симуляции, но настолько сильно вряд ли, по-моему.

Илья берет меня на руки, отчего мне очень комфортно делается. Он улыбается, унося меня в душ. После капсулы это правильно, даже очень, потому что костюмы без функции самоочистки. Сейчас душ примем, поедим что-нибудь, а скоро и за малышами в садик полетим. Кажется мне, придется нам еще по специальности работать, придется... Мало ли что принесет Пространство. Может так статься, что некоторых разумных только мы и сможем понять.

Мария Сергеевна, кстати, считает, что сюрпризы у нас еще будут, потому что Человечество подошло к действительному прокладыванию путей в иные миры, а не просто в соседние ветви реальности, а там всё, возможно, по-другому. Думаю, когда в таком мире встанет первый форпост — именно тогда и сменится эпоха.

Что-то меня подташнивает, и голова кружится немного. Это нехорошо, но и в госпиталь не хочется. Стоп, у нас же полевой диагност есть в доме. Не Вэйгу, конечно, но что-то он может, заодно расскажет, как время протянуть до прилета медиков, если что-то страшное. Не дай Звезды, конечно...

— Илюша, — зову я мужа, чтобы пожаловаться: — Что-то тошнит, продиагностируй меня, пожалуйста.

В следующее мгновение я оказываюсь на диване, а Илюша уже работает сенсором удаленной диагностики, машинально, насколько я вижу, нажав сенсор синхронизации данных с госпиталем. Он напряжен, но спокоен, а по мере прохождения диагностики, расслабляется, начав улыбаться.

— Нас скоро будет больше, — информирует меня муж, и я...

Я визжу от счастья! Скоро у Васи и Лады младшие появятся! Это ли не счастье?

Илья Синицын

Я даже сначала не понимаю, что означает беременность любимой, но прибывший из госпиталя квазиживой тактично намекает. Сначала он, разумеется, осматривает Улю, подтверждая диагноз полевого диагноста, при этом рассказывает, что именно нужно делать, как кормить мою любимую и что от тошноты принимать.

— Токсикоз на первом месяце случается, — улыбается он, складывая инструменты. — Так что ничего страшного нет, все в порядке.

— Спасибо, доктор, — кажется, мы это хором говорим.

— Не за что, — пожимает он плечами, а затем хмыкает и говорит уже мне: — Мужайтесь.

Почему он именно мне посоветовал мужаться, я и не понимаю, хотя слышал, конечно, о капризах беременных, но медикаменты эту проблему давно, насколько мне известно, решили. Уля, проводив квазиживого, на некоторое время задумывается, а затем начинает хихикать. Посматривает на меня и смеется уже в голос, от души.

— Что случилось? — невольно начав улыбаться, интересуюсь я.

— Илюша, я беременна, — сообщает она мне

то, что уже и так известно. — А у нас единение. Понимаешь?

Вот тут и до меня доходит. Мы делим эмоции, некоторые ощущения, а Уля беременна, значит, будем делить и скачки настроения, и неприятности всякие, но самое главное — роды. Хотя уже давно они не болезненны, но многие женщины предпочитают выносить самостоятельно. Это считается правильным, поэтому некоторые ощущения в родах остаются, а, значит, я их разделю с любимой. Понятно, отчего она смеется...

Впрочем, ничего катастрофического не произошло, но теперь и детям нужно рассказать о том, что месяца через четыре их станет больше. Вот веселье-то будет... Я, правда, точно знаю, что конфликтов не случится, но немного беспокоюсь, конечно. Надо будет им сразу сказать, чтобы не волновались. Вот сейчас перекусим... или уже вместе?

— Любимая, — обращаюсь я к жене. — Сейчас перекусим или заберем детей и все вместе?

— Давай все вместе, — решает она, а потом вспоминает. — Ой, родители же!

— Вот и родители заодно узнают, — обнимаю я ее. — Самая моя любимая.

— А ты — мой, — расслабляется она в моих руках.

Уделив друг другу несколько сладких минут, мы отправляемся к выходу, где во внешней подвеске закреплен наш электролет. Пора за детьми лететь, чтобы новость им рассказать. Ну и родителям, конечно, как же без этого-то...

Васенька и Ладушка родителям очень рады, ну и мы им тоже, поэтому сначала обнимаем наших малышей, наперебой рассказывающих, что было сегодня. Их обязательно надо выслушать, разобрать все, что скажут, где мягко пожурить, а где от всей души похвалить, ведь детям очень важна родительская похвала. Ну а затем мы сажаем наших малышей в кресла и летим домой, где ужин нас уже дожидается. Родители послали весточку на коммуникатор, что все уже готово и они ждут обещанный мной сюрприз. Я думаю, родители отлично понимают, что именно мы хотим им рассказать, но все же ждут и никогда не отмахиваются. Как и мы не отмахиваемся от малышей. Так просто правильно, ведь мы разумные.

Вот проходит совсем немного времени, и мы все уже сидим за столом. Улыбающиеся Ульянина и моя мамы, переглядывающиеся отцы, ну и наши малыши, которые уже вполне сформировавшимися руками едят вкуснейшую запеканку. При этом Вася и Лада жестикулируют щупальцами, поглядывая на свою маму. Мне кажется, они вполне поняли, что произошло, только не могут пока интерпретировать.

— Васенька, Ладушка, — начинает говорить Уля, когда запеканка доедена и всем уже налит чай, — скоро вы станете старшими.

— Это как? — не понимает Вася.

— Значит, будут еще малыши, малышовее нас! — объясняет ему радостно улыбающаяся Лада. — Мы их будем гладить, и они заулыбаются!

Даже мысли не возникает у наших детей, что их могут любить меньше, чем младшего или младших. Кстати, они говорят о младших во множественном числе. Это может быть особенность детской речи, а может, и предвидение. Вот интересно, дар это или особенность? Если дар, то наступают веселые времена, ибо юные интуиты шалят так, что весело всем бывает, я помню. Родители искренне радуются этой новости, а вот Ладушка вздыхает, заставляя меня насторожиться.

— А еще мы завтра в садик не идем, — сообщает доченька. — Так что кому-то придется нас развлекать.

— А почему вы в садик не идете? — удивляюсь я, не понимая, чем вызван этот бунт. Все же в порядке было? Да и печалит Ладу эта перспектива...

— Потому что будем о папочке и мамочке беспокоиться, — отвечает мне ребенок, всхлипнув и попадая в объятия брата. — И никуда не пойдем.

— А почему вы будете беспокоиться? — теперь настораживается уже любимая, а я пытаюсь понять, что может произойти. И вот тут оживает коммуникатор, издавая тихую трель экстренного вызова.

— Ребята, Синицыны, — слышу я немного напряженный голос Марии Сергеевны. — Вы нужны срочно, у нас сорок два и одновременно три единицы на Форпосте. «Эталон» будет у вас через полчаса.

— Есть, понял, — ошарашенно отвечаю я.

— Вот именно поэтому! — удовлетворенно заключает Ладушка.

Получается, действительно дар. Надо будет Марию Сергеевну озадачить на предмет того, какой именно это дар, а пока нам надо собираться, потому что, если сорок два — это просто встреча с неизвестным кораблем, то три единицы — потенциальная опасность для Разумных. Значит, дело серьезное.

— Что там, муж? — с тревогой спрашивает меня Уля. Ах да, у меня же коммуникатор в тихом режиме.

— Зовут нас, родная, — со вздохом отвечаю я. — Сорок два с тремя единицами.

— Ого! — удивляется она. — Это что такое случилось-то?

— На «Марсе» узнаем, — отвечаю я, направляясь за форменным комбинезоном.

Любимая спешит за мной, чтобы быстро переодеться, обнять родителей, зацеловать чуть не плачущих детей. Не нравится им с родителями расставаться, детский сад тут не в счет — там они уверены, что мы рядом, а вот так, когда на службу вызывают, им не нравится.

— Все хорошо будет, — объясняет мне Лада. — Я это знаю, и Вася знает, только все равно грустно.

— Родители быстро вернутся, — улыбаюсь я ей, точно зная, что сделаю все ради этого.

Обнимая детей на прощание, я вижу подходящий прямо к дому вытянутый корпус «Эталона», озаренный специальными огнями. То есть сейчас у нас действительно все срочно. Васенька и Ладушка машут родителям всеми доступными конечностями, а я чувствую просто невыразимую нежность по отношению к ним двоим.

Нас позвала работа, наш обычный труд, как у многих. Мы сотрудники «Щита» и летим сейчас туда, где очень нужны, ведь именно мы закрываем Человечество от бед. Это обычная работа, и, улетая сейчас из дома, я точно знаю: мы обязательно справимся. Все проблемы будут решены, справедливость восторжествует, а мы снова обнимем наших любимых детей, которых очень скоро станет больше. И продолжат они счастливо улыбаться у нас в руках.

Это все совершенно точно будет, а сейчас нас ждут. И мы летим, нарушая правила навигации, туда, где, возможно, стряслась беда. Потому что мы — «Щит» Человечества.

Оглавление

Неожиданный вызов	1
Постановка задачи	15
Дело «Сон»: День первый	29
Дело «Сон»: День второй	43
Дело «Сон»: День третий	57
Трансляция	71
Короткий отдых	85
Вперед, в прошлое	99
Осмотр места происшествия	113
Находки	127
Пора домой	141
Ожидаемые находки	155
Малышка	169
Главная База	183
«Марс»	197
Конец отпуска	211
Новое расследование	225
Планета «трех ульев»	239
Мнемограмма	253
Три нуля	267
Нежданный Враг	281
Китеж	295
Спасение Разумных	309
Возможные друзья	323
Новые друзья	337
Домой	351
Счастливая семья	365

Обычная жизнь 379
Преподаватели 393

www.ingramcontent.com/pod-product-compliance
Lightning Source LLC
LaVergne TN
LVHW021330080526
838202LV00003B/122